빨간 모자, 여행을 떠나
시체를 만났습니다

赤ずきん、旅の途中で死体と出会う。

빨간 모자, 여행을 떠나 시체를 만났습니다

아오야기 아이토 지음 — 이연승 옮김

한스미디어

차 례

1장 유리 구두의 공범

이

뭐야, 정말. 이게 뭐냐고!

빨간 모자는 냇가에 쪼그려 앉아 머리에서 김이 날 만큼 화를 내면서 두 손에 든 신발을 벅벅 빨고 있었습니다. 맑은 시냇물이 진흙이 섞여 탁해집니다.

"정말 미안하구나."

땅에 닿을 정도로 길고 검은 옷을 입은 할머니가 고개를 연신 숙이며 말했습니다. 큼지막한 매부리코가 인상적인 바바라라는 이름의 마법사 할머니입니다.

빨간 모자는 바로 조금 전 이 시냇가 다리에서 바바라를 처음 만났습니다. 바바라는 빨간 모자를 보고는 "애야, 옷이 왜 그렇게 허름하니? 이 할미가 마법을 써서 예쁜 옷으로 바꿔주마"라고 했습니다. 빨간 모자는 평소 좋아해서 늘 걸치고 다니는 빨간 모자가 달린 빨간 망토 대신 신발을 바꿔달라고 부탁했습니다. 그러나 바바라가 주문을 외며 지팡이를 휭 휘두르자 신발은 예쁘게 바뀌기는커녕 진흙투성이가 돼버렸습니다. 누가 봐도 실패한 마법이었습니다.

"꼭 미안해서는 아니지만 네 그 바구니를 황금 바구니로 바꿔주는 건 어떻겠니? 반짝반짝 빛나서 정말 예쁠 거야."

"됐어요. 그만 가세요."

빨간 모자는 신발을 계속 벅벅 문지르며 대답했습니다.

"아니면 그 망토를 조금 더 우아한, 그러니까 불사조 날개 같은 색으로 바꿔줄게. 항상 그런 망토를 쓰고 다니면 너무 어린애 같잖니."

"됐다니까요!"

빨간 모자가 버럭 소리친 순간, 손에서 신발이 미끄러져 냇물에 풍덩 빠지고 말았습니다. 신발이 순식간에 물에 떠내려갑니다.

"아, 안 돼!"

냇가를 따라 뛰어 쫓아갔지만 보기보다 물살이 세서 신발은 점점 멀어지기만 합니다.

"아아……."

얼마 안 돼 신발이 시야에서 사라져버렸습니다. 빨간 모자는 망연자실했습니다. 이제 막 여행을 시작한 참입니다. 신발도 없이 앞으로 어떡하라는 걸까요.

"아이고, 이런. 그래도 힘내렴. 어차피 진흙투성이 신발이었잖니."

바바라가 불난 집에 기름을 붓듯 말해도 빨간 모자는 이제 화를 낼 기운도 없었습니다.

빨간 모자는 결국 맨발로 터덜터덜 걷기 시작했습니다. 그러자 멀지 않은 곳에 물 위로 툭 튀어나온 납작한 바위가 보였습니다. 그 바위 위에서는 다 떨어져 가는 누더기 옷을 입은 맨발의 여자아이가 흰색 천 한 장을 빨고 있습니다. 그리고 그 소녀 바로 옆에는…….

"앗!"

빨간 모자는 쏜살같이 뛰어가 그것을 집어 들었습니다. 틀림없습니다. 바로 조금 전 물에 떠내려간 빨간 모자의 신발입니다.

"다행이야. 네가 건져준 거니? 고마워."

"아……, 네 신발이었구나."

여자아이는 당황한 것처럼 말했습니다. 어쩐지 목소리가 아쉬워하는 것처럼 들리기도 합니다. 나이는 빨간 망토보다 두어 살 더 많은 열여덟 살 정도일까요. 마치 몇 년은 빨지 않은 듯한 누더기 옷을 입었고 머리카락과 얼굴에는 때가 잔뜩 묻어 있습니다.

빨간 모자는 소녀가 돌려준 물에 젖은 신발을 신고, 다시 한번 감사 인사를 하려고 아이의 얼굴을 봤다가 문득 깨달았습니다. 그 눈이 빨갛게 충혈돼 있었던 것입니다.

"너, 울고 있었어?"

"……응."

아이의 시선을 좇으니 풀밭에 뭔가를 묻은 것처럼 봉긋 솟은 부분이 있고, 그 위에 작은 십자가가 세워져 있었습니다.

"아끼던 비둘기가 어제 죽었거든."

"그렇구나. 안됐네."

빨간 모자는 십자가를 보며 비둘기의 명복을 빌고 다시 고개를 돌렸습니다.

"난 빨간 모자라고 해. 넌?"

"……신데렐라."

신데렐라라는 이름에 담긴 'Cinder'는 '재'라는 뜻입니다. 어떻게 이런 지저분한 이름이 다 있을까요. 당황스러웠습니다.

"진짜 이름은 엘라야."

아이는 울면서 그간 자신의 사정을 빨간 모자에게 하소연하기 시작했습니다.

엘라는 이 근처에 있는 집에서 피혁공으로 일하는 아버지, 상냥한 어머니와 함께 행복하게 살았습니다. 그러나 지금으로부터 7년 전 어머니가 병으로 세상을 떴습니다. 그러자 아버지는 아이가 엄마 없이 자라서는 안 된다며 재혼했습니다.

새어머니 이자벨라에게는 두 명의 딸이 있었습니다. 자매 중 언니 앤은 엘라보다 다섯 살 많고, 동생 마고는 엘라보다 두 살 많았습니다. 처음에는 이자벨라와 두 언니 모두 엘라에게 잘해줬지만 결혼 1년 만에 아버지가 세상을 뜨자 태도가 싹 달라졌습니다.

이자벨라는 지금껏 자신이 도맡아온 요리, 세탁, 청소 같은 집안일을 모조리 엘라에게 떠넘겼습니다. 두 언니에게는 예쁜 옷을 입히면서 엘라에게는 낡아빠진 누더기 옷만 주는 것으로 모자라, 엘라를 '재Cinder'와 '엘라Ella'를 합친 '신데렐라'라는 흉한 이름으로 부르기 시작했습니다.

"엄마는 내가 친딸이 아니라서 구박하는 거야."

신데렐라의 두 눈에 눈물이 고였습니다. 가엾게도 손도 여기저기 긁혀서 엉망입니다.

"신데렐라, 그 상처는 뭐야?"

"숲에 있는 가시덩굴에 긁혔어. 앤 언니가 나무딸기로 만든 잼을 좋아해서 나한테 딸기를 따 오라고 자주 시키거든. 나무딸기가 있는 곳에는 꼭 가시덩굴이 있어서 이렇게 상처가 생겨……. 오늘도 숲에 갔는데 딸기를 조금밖에 못 따서 언니가 벌이라며 내 하나밖에 없는 신발을 버려버렸어."

듣고만 있어도 부아가 치미는 이야기였습니다. 신발을

버리면 가시덩굴이 있는 숲에도 못 들어가지 않을까요. 설마 그 가시 많은 숲에 맨발로 들어가라는 뜻일까요.

"너무해. 내가 가서 한마디 해줄게. 너희 집에 데려가 줘."

"가봐야 아무도 없어. 엄마랑 언니들은 오늘 무도회에 갔거든."

"무도회라니?"

"클레어드룬성城에서는 매년 일반 시민도 참가할 수 있는 무도회가 열려. 왕자님의 신부 간택을 위해 이 나라 젊은 여자들을 모두 초대하는 특별 무도회야."

"너도 가면 되잖아. 세수하고 드레스를 갖춰 입은 다음에 머리 장식까지 하면 엄청 예쁠 것 같은데."

지금 눈앞에서 울고 있는 신데렐라는 얼굴도 작고 눈이 커서 잘만 꾸미면 분명 남들 못지않게 예쁠 것입니다.

"그럴 순 없어."

신데렐라는 힘없이 고개를 흔들었습니다.

"난 무도회에 입고 갈 드레스가 없거든. 빌려줄 사람도……."

"그런 건 나한테 맡기렴."

그때 누군가의 목소리가 들려서 빨간 모자와 신데렐라는 동시에 그쪽으로 고개를 돌렸습니다.

눈앞에서는 바바라가 의기양양하게 지팡이를 빙글빙글 돌리고 있었습니다.

"아직도 안 가셨어요?"

빨간 모자가 비아냥 섞어 물었지만 바바라는 아랑곳하지 않았습니다.

"신데렐라, 이 할미가 그 누더기를 무도회에 꼭 맞는 근사한 드레스로 바꿔주마."

"됐다고 했죠? 할머니 마법은 별로……."

"수리 수리 마수리! 얍!"

바바라가 외친 이상야릇한 주문. 부웅 하고 힘차게 허공을 가르는 지팡이.

순간 별똥별처럼 눈부신 빛이 신데렐라의 온몸을 휘감았습니다.

02

눈 깜짝할 사이에 벌어진 일이었습니다. 빨간 모자는 놀란 나머지 말문이 막혔습니다.

어느새 신데렐라는 우아한 하늘색 드레스를 입고 있었습니다. 그뿐만 아니라 금빛 머리카락은 위로 올려 묶여 있고, 얼굴과 팔다리는 눈처럼 새하얗습니다.

"어때? 전혀 다른 사람 같지?"

바바라의 말이 맞았습니다. 신데렐라는 조금 전까지와

전혀 다른, 빨간 모자가 지금껏 단 한 번도 보지 못한 아름다운 아가씨가 됐습니다.

"제가 정말 무도회에 갈 수 있을까요?"

"갈 수 있고말고."

신데렐라의 물음에 바바라가 고개를 끄덕였습니다.

그러자 신데렐라의 얼굴에도 자신감이 깃드는 것처럼 보였습니다.

"목걸이도 하나 있으면 좋을 것 같은데. 어머니가 차고 다니시는 에메랄드 목걸이 같은……."

"그런 게 없어도 충분히 예쁘단다."

빨간 모자도 바바라의 말에 공감했습니다. 무도회장에서 신데렐라는 분명 눈에 띌 겁니다. 부러워……. 빨간 모자의 가슴속에서 소녀다운 경쟁의식이 샘솟기 시작했습니다.

"저어, 바바라 할머니."

빨간 모자는 바바라를 보며 입을 열었습니다.

"저한테도 마법을 걸어주세요."

"응? 뭐라고?"

바바라가 눈을 끔뻑였습니다.

"아까는 그 빨간 망토가 마음에 든다고 했잖니."

"저도 무도회에 갈래요."

"네가 왜?"

"전 지금 인생 경험을 쌓기 위해 여행 중이에요. 여러 나라에서 다양한 일을 접해봐야 하지 않겠어요?"

그렇게 말하며 빨간 모자는 바구니 안으로 시선을 떨궜습니다. 쿠키를 포장한 꾸러미와 와인병. 실은 여행의 진짜 목적은 따로 있지만, 어쨌든 이제 막 여행길에 나선 참입니다. 그러니 잠깐 다른 곳에 들렀다가 가도 괜찮을 거라고 생각했습니다.

"그래? 그럼……."

수리 수리 마수리, 얍! 바바라가 주문을 외자 빨간 모자도 드레스 차림이 됐습니다. 열정적인 느낌의 붉은 드레스. 이것도 이것대로 나쁘지 않습니다. 그러나 발 쪽이 뭔가 허전한 느낌이 들어 치마를 살짝 걷어보니…….

"아, 정말!"

빨간 모자는 머리끝까지 화가 나 펄쩍 뛰었습니다. 조금 전과 마찬가지로 신발이 진흙투성이였던 것입니다.

"미안하구나. 신발만은 도저히……."

바바라는 머리를 긁적이며 겸연쩍은 듯이 말했습니다.

"이런 신발을 신고 무도회에 어떻게 가요! 신데렐라, 넌 괜찮아?"

신데렐라는 자기 발을 확인하더니 고개를 흔들었습니다.

"난 원래 맨발이었잖아."

그러고 보니 신데렐라는 언니가 신발을 버렸다고 했습니다.

그때였습니다.

"참 여전하네요, 바바라 숙모님도."

머리 위에서 목소리가 들렸습니다. 고개를 들어보니 저 나뭇가지 끝에 눈부신 빛 덩어리가 보입니다. 투명한 모자, 투명한 윗옷, 투명한 치마와 투명한 신발……. 온몸을 유리로 장식한, 서른 살 남짓 되어 보이는 여자가 땅 위에 사뿐히 내려왔습니다.

"테클라, 너 돌아온 거니?"

바바라가 물었습니다.

"남편이 당분간 친정에 다녀오라고 해서요."

여자는 바바라의 조카라고 합니다. 당연히 그녀 역시 마법사고, 몇 년 전 저 먼 동쪽의 보헤미아라는 나라에 사는 마법사 백작을 만나 결혼했습니다. 보헤미아는 예로부터 유리 세공으로 유명한 나라라 유리와 관련된 마법이 발전했다고 합니다.

"숙모님, 아직도 그런 낡은 지팡이를 써요? 그 지팡이로는 마법을 걸어봤자 자정이면 마법이 풀려버릴 텐데."

"괜찮다. 마법은 풀리니까 비로소 마법이지."

"시간이 너무 촉박해요. 보헤미아의 유리 마법은 적어도 일주일은 가는데. 아무튼 거기 있는 두 사람. 내가 너희 신발을 유리 구두로 만들어줄까?"

유리 구두라니 정말 멋지겠다. 빨간 모자는 기뻤습니다.

"네, 꼭 부탁드려요."

"그래. 그러지 않아도 조금 전에도 무도회에 간다는 다른 여자아이 신발을 유리 구두로 바꿔주고 왔거든. ……응? 근데 넌 맨발이네?"

테클라는 신데렐라의 발을 보며 말했습니다.

"신발이 아예 없으면 유리 구두로 바꿔줄 수도 없는데. 저기, 숙모님. 숙모님 신발을 이 애한테 빌려주는 건 어때요?"

"뭐? 내 걸?"

바바라는 별로 내키지 않는 듯했지만 결국 신고 있던 부츠를 벗어 신데렐라에게 양보했습니다.

테클라가 그 모습을 지켜보고 손가락을 탁 팅기자 빨간 모자와 신데렐라의 신발이 순식간에 유리 구두로 바뀌었습니다.

"와, 멋져요!"

"예뻐요!"

"잘 들으렴. 조금 전에도 말했지만 마법의 효력은 일주일 동안만 지속돼. 그 유리 구두도 일주일이 지나면 원래 신발로 돌아간다는 말이야. 그리고 그동안 구두는 처음 신었던 사람의 발에만 맞게 돼 있어. 다른 사람이 신으려 하면 아무리 발 크기가 똑같다고 해도 절대 안 들어가."

테클라는 후후 웃었습니다.

"잘하면 너희 둘 중 한 명이 왕자님의 마음을 사로잡을 수도 있겠다. 잠깐 귀 좀 빌려줄래?"

테클라는 그렇게 말하고 두 사람에게 어떤 '작전'을 가르쳐줬습니다. 참으로 절묘한 작전이었습니다.

"세상 모든 여자들의 행복이 곧 내 행복이야."

테클라가 미소 지었을 때 성 쪽에서 종소리가 댕댕 다섯 번 울렸습니다.

"이런, 벌써 5시네. 이제 곧 무도회가 시작될 거예요."

신데렐라가 뛰어가려 하자 바바라가 멈춰 세웠습니다.

"설마 성까지 뛰어가려는 거니? 성에는 자고로 마차를 타고 가야지."

"저한테 마차 같은 게 있을 리 없잖아요."

"혹시 너희 집 헛간에 쥐가 있니?"

"네, 아주 많아요."

바바라는 빙긋 웃었습니다.

"그럼 흰 쥐 네 마리와 검은 쥐 한 마리를 잡아 오렴. 그리고 어디서 호박도 하나 얻어 올 수 있겠어?"

신데렐라는 "네" 하고 고개를 끄덕였습니다.

그때 빨간 모자는 문득 신데렐라의 두 손이 비어 있는 것이 신경 쓰였습니다. 조금 전까지 분명 빨래를 하고 있었을 텐데요.

03

마차가 덜컹거리며 앞으로 나아갑니다. 빨간 모자는 역방향에 앉았고 맞은편에는 신데렐라가 긴장한 얼굴로 앉아 있습니다.

"그나저나 그 바바라 할머니, 처음 봤을 때는 정말 엉터리 마법사인 줄 알았는데 그래도 할 때는 하네."

빨간 모자는 긴장을 누그러뜨리려고 일부러 입을 열었습니다.

"응."

신데렐라는 맞장구를 치고 창밖으로 고개를 돌렸습니다. 칠흑 같은 어둠 속에서 달빛이 비치는 냇물과 낮에 빨래를 했던 넓적 바위가 보였습니다.

드레스와 유리 구두를 손에 넣은 신데렐라와 빨간 모자는 우선 바바라와 함께 신데렐라의 집 헛간으로 향했습니다.

짚단과 손수레, 가래 따위가 난잡히 널려 있고 곰팡내가 물씬 풍기는 곳입니다. 신데렐라가 휘파람을 삐 불자 창고 여기저기서 생쥐가 우르르 몰려나옵니다. 신데렐라는 심술궂은 계모와 두 언니 때문에 집에서 쫓겨나 이 헛간에서 살다가 어느새 생쥐들과도 친해졌다고 합니다.

선발된 흰 쥐 네 마리와 검은 쥐 한 마리, 그리고 신데렐라가 밭에서 따 온 호박을 눈앞에 내려놓자 바바라는 주문을 외며 지팡이를 휭 휘둘렀습니다. 그러자 캄캄한 어둠 속에 거대한 마차가 나타났습니다. 신데렐라가 방금 따 온 호박이 바퀴가 네 개 달린 근사한 마차로 변신한 것입니다. 마차 앞에는 날쌔고 용맹한 백마 네 마리, 그리고 마부석에는 턱시도를 입고 실크해트를 쓴 뻐드렁니 마부가 앉아 있었습니다.

"자자, 아가씨들. 얼른 타세요."

마부는 새된 목소리로 외쳤습니다. 빨간 모자는 그가 조금 전에 본 검은 쥐인 것을 눈치챘습니다. 백마 네 마리도 마찬가지로 마법에 걸린 흰 쥐들이겠지요. 빨간 모자는 들뜬 기분으로 유일한 짐인 바구니를 헛간에 두고 신데렐라와 함께 마차에 올라탔습니다.

"두 사람 다 명심하렴."

마차 창밖에서 바바라가 말했습니다.

"테클라의 유리 구두는 효력이 일주일이란다. 하지만 내 마법은 오늘 밤 12시가 되면 풀려버리지. 12시에 그 드레스는 누더기 옷으로 바뀌고 마차와 마부, 말들도 호박과 생쥐로 돌아가 버리는 거야. 그러니 그 전까지 꼭 왕자의 마음을 사로잡고 오렴."

바바라가 눈을 찡긋하자 마부석에서 "이랴!" 하는 소리가 들렸습니다. 채찍 소리와 함께 호박 마차가 출발했습니다.

"……어쩐지 불안해."

창밖을 스쳐 가는 비둘기 무덤을 보며 신데렐라가 중얼거렸습니다.

"내가 정말 무도회에 가도 되는 걸까?"

"괜찮아. 넌 왕자님의 신부가 되고 싶지 않니?"

"그야 되고 싶지. 전에 왕자님이 탄 마차를 봤을 때 나도 저 안에 탈 수 있다면 얼마나 행복할까 상상했거든. 하지만 지금껏 난 성처럼 화려한 곳에 한 번도 가본 적이 없어. 그리고 왕자님은 너무나 멋진 분이라 눈도 제대로 못 마주칠걸."

마차가 숲속 길로 들어섰습니다.

그때 나무 그루터기에 바퀴가 걸리기라도 했는지, 덜컹거리는 충격으로 두 사람의 몸이 가볍게 튀어 올랐습니다. 신데렐라의 불안감을 부채질하듯 주변 나무의 나뭇잎이 서걱서걱 흔들리는 소리가 마차 안을 감쌉니다.

"좀 더 자신감을 가져도 돼, 신데렐라. 넌 지금 정말 예뻐."

내심 '너도 예뻐'라는 대답을 기대했지만 신데렐라는 거기까지 신경 쓸 여유가 없어 보였습니다.

"솔직히 말하면 어머니와 언니들에게 들킬까 봐 두려워.

난 집을 지키기로 했으니까."

"네가 그 신데렐라인 걸 알아챌 리 없어. 넌 지금 딴사람 같은걸. 아 참, 그곳에서 우리가 서로를 부를 때는 다른 이름으로 부르는 게 좋을 것 같아."

생각해 보면 드레스를 갖춰 입었는데 '빨간 모자'라고 하는 건 이상합니다.

"난 졸리, 그리고 넌 셰리. 어때?"

빨간 모자가 어린 시절 자주 함께 놀던 다람쥐 두 마리의 이름이었습니다. 신데렐라는 셰리라는 이름이 마음에 드는지 그제야 표정을 풀고 미소 지었습니다.

쿵!

히히잉!

그때 뭔가가 충돌하는 굉음과 함께 말이 크게 울부짖는 소리가 들렸습니다.

"꺄앗!"

호박 마차가 기우뚱하더니 신데렐라의 몸이 대번에 빨간 모자 쪽으로 쏠립니다. 마차가 급정차한 것입니다.

"크, 큰일입니다!"

검은 쥐 마부의 당황한 목소리가 귀에 꽂혔습니다.

"무, 무슨 일이야?"

빨간 모자와 신데렐라는 허둥지둥 마차에서 내렸습니다. 마부는 이미 마부석에서 내려와 랜턴을 손에 들고 갈

팡질팡하고 있습니다. 나뭇가지와 잎에 둘러싸여 마치 터널처럼 어두운 길. 랜턴 불빛이 비치는 곳에 누군가가 쓰러져 있습니다.

"아아아, 방금 저 나무 뒤에서 갑자기 튀어나오는 바람에. 아아아⋯⋯."

빨간 모자와 신데렐라는 조심스레 쓰러진 사람 쪽으로 다가갔습니다. 녹색 옷을 입었고 나이는 쉰 정도 돼 보이는 남자입니다. 이마에 말발굽 자국이 선명히 새겨진 채 눈을 감고 있습니다.

"설마."

신데렐라가 옆에서 중얼거리는 소리를 들으며 빨간 모자는 그의 몸을 흔들었습니다.

"저기요, 아저씨. 일어나세요. 저기요."

그러나 그는 이미 숨이 멎어 있었습니다.

"⋯⋯죽었어."

"아아아, 이걸 어쩌죠. 아아아⋯⋯."

검은 쥐 마부는 당황하면서 마차 주변을 어슬렁거립니다. 어째서 이런 일이⋯⋯. 빨간 모자는 머리를 싸쥐고 고민에 잠겼습니다. 무도회장에 가는 중에 사람을 치어 죽이다니, 이런 말도 안 되는 일이 어디 있을까요. 이 나라의 법률이 어떤지 모르지만 사람이 죽은 사건을 그냥 넘어갈 리는 없습니다.

"아아아, 이걸 어쩌죠. 아아아……."

어쩔 줄 몰라 하는 검은 쥐 마부. 신데렐라도 오죽 초조할까 싶어 빨간 모자가 신데렐라 쪽으로 고개를 돌릴 때였습니다.

"조용히 해."

신데렐라가 입을 열었습니다. 그 시선은 깊디깊은 숲 안쪽을 향하는 것처럼 보입니다. 그야말로 침착한 신데렐라를 보며 마부는 입을 꾹 다물었습니다.

"왕궁 순찰대에 들키면 모든 게 끝이야. 얼른 이 사람을 숨기자."

신데렐라는 그렇게 말하고는 하늘색 드레스를 벗기 시작했습니다.

04

이토록 눈부시고 호화로운 장소는 생전 처음 와봅니다.

숲에 사는 동물이 모두 모여도 남을 만큼 드넓은 곳입니다. 천장에는 하늘에 뜬 별을 부숴 만든 듯한 샹들리에 수십 개가 눈부신 빛을 내뿜고 있습니다. 바닥은 거울처럼 반짝반짝 윤이 나고, 대리석 벽에는 거대한 창이 달렸으며, 커튼은 마치 천사의 비단옷 같습니다. 테이블 위에는 빨간 모자가 태어나 처음 보는 음식이 끝없이 놓여 군침 도는 냄새를 풍겼습니다.

초대받은 손님은 대략 백 명쯤 될까요. 역시 여자가 많아 보입니다. 하나같이 각양각색의 드레스를 입고 한 손에 잔을 든 채 담소를 나누며 왕자님이 나오는 순간만을 기다리고 있습니다.

"아가씨, 한잔 어떻습니까?"

느닷없이 누가 말을 걸어서 빨간 모자는 화들짝 놀랐습니다. 옆에는 쟁반을 한 손에 든 남자가 서 있습니다.

"아, 감사합니다."

신데렐라가 고마움을 표하고 쟁반 위에서 잔을 두 개 집어 들었습니다. 남자는 고개를 꾸벅 숙이더니 다른 곳으로 향합니다. 신데렐라는 잔 하나를 말없이 빨간 모자에게 내밀었습니다. 빨간 모자는 그 붉은 음료를 입에 대면서 마음을 가라앉히려 했습니다. 호화찬란한 풍경 때문에 가슴이 설레지만 실은 아직도 심장이 쿵쾅거리고 있습니다. 여기 오기 전 은폐하고 온 시체. 그 일이 악몽이었으면 좋겠다고 진심으로 바랐습니다.

신데렐라는 그가 누군지 안다고 했습니다. 그는 이 마을에서 유명한 숯쟁이 한스라고 합니다. 숲속 오두막에 혼자 살면서 숯을 굽고 부업으로 사슴과 토끼 고기를 훈제해 판다고 했습니다.

아무리 그가 느닷없이 뛰어나왔다고 해도 목숨을 잃었다면 잘잘못은 명백합니다. 마차 주인인 신데렐라와 빨간 모자에게 죄를 물을 것이 뻔합니다. 다소 죄책감은 들어도 빨간 모자는 목적을 달성하려면 지금 여기서 여행을 끝낼 수 없었습니다. 그래서 빨간 모자도 신데렐라처럼 드레스와 유리 구두를 벗고, 함께 시체를 길가 덤불 속으로 끌고 갔습니다.

매일 밤 9시에 왕궁 순찰대가 숲을 순찰한다고 합니다. 그때 시체가 발견되지 않게 시체 위에 흙을 덮고 그 위에 마른 나뭇잎까지 깔아서 숨겼습니다. 검은 쥐 마부가 든 뿌연 랜턴 불빛에 의지해 은폐 작업을 하는 동안 다행히 누가 숲을 지나치지는 않았지만, 속옷 차림의 신데렐라와 빨간 모자는 온몸이 흙투성이가 됐습니다.

"어차피 드레스를 입으면 안 보여."

작업을 끝마친 신데렐라가 호박 마차에 올라탔습니다. 다시 출발하는 마차 안에서 드레스를 다시 갖춰 입고 얼굴과 손에 묻은 흙을 손수건으로 다 닦을 무렵 성 앞에 도착했습니다.

두 사람은 마차를 세워두는 곳에 검은 쥐 마부를 남겨두고, 쉰 개는 될 법한 계단을 올라 무도회가 열리는 큰 홀에 들어설 때까지 한마디도 하지 않았습니다. 숲속에 남기고 온 비밀을 절대 입 밖에 내지 않겠다고 맹세하는 듯한 침묵이었습니다.

"앗!"

잔을 입에 갖다 대고 무도회장에 모인 사람들을 둘러보던 신데렐라가 불현듯 목소리를 높였습니다. 그러더니 자기보다 키 작은 빨간 모자의 등 뒤로 돌아가 숨기라도 하듯 몸을 숙입니다.

"왜 그래? 신데렐…… 가 아니라 셰리."

"저기 저 파란 드레스를 입은 여자가 어머니야. 그리고 녹색이 앤 언니."

그쪽을 보니 접시에 담긴 꿩 통구이를 먹으며 천박하게 웃는 두 여자가 보였습니다. 나이 많은 파란 드레스 여자는 오븐에 넣기 전의 빵 반죽처럼 얼굴이 통통하고, 반대로 녹색 드레스를 입은 여자는 빼빼 마르고 키가 커서 꼭 사마귀 학교의 산수 선생님 같은 느낌입니다.

"들키면 안 돼."

빨간 모자는 저도 모르게 웃음을 터뜨렸습니다. 숯쟁이 한스의 시체를 숨길 때만 해도 놀라울 만큼 냉정하던 신데렐라가 어쩔 줄 몰라 하는 모습이 우스웠습니다.

"괜찮아. 넌 신데렐라가 아니라 셰리야. 그리고 지금 여기 있는 여자들 중 네가 제일 예뻐."

빈말이 아니라 신데렐라는 무도회장 안에서 눈에 띄게 아름다웠습니다. 조금 전부터 빨간 모자는 남자들이 쏟아내는 뜨거운 눈길을 느끼고 있었습니다.

"너희 어머니와 언니는 너와 비교도 안 돼. 왕자님도 거들떠보지 않을걸."

신데렐라의 용기를 북돋워 주려고 그렇게 말하다가 빨간 모자는 문득 속으로 '어라?' 했습니다.

"셰리, 그러고 보니 너, 언니가 둘이라고 하지 않았어?"

"마고 언니는 케이크를 아주 좋아해. 아마 디저트 테이블 앞에 있을걸."

빨간 모자의 머릿속에서는 '무도회장에 왔는데 춤보다 디저트만 신경 쓰다니 희한하네'라는 생각과 '나도 먹고 싶어'라는 충동이 뒤섞였습니다.

그때 한 층 높은 곳에서 대기 중이던 관현악단이 연주를 시작했습니다. 초대 손님들이 대화를 멈추고 정면에 있는 무대를 주목합니다.

우아한 멜로디에 맞춰 안쪽 장막에서 두 남자가 모습을 드러냈습니다. 멋들어진 은빛 머리카락과 은빛 수염에 왕관을 쓴 풍채 좋은 남자가 왕이겠지요. 그 옆에는 키가 훌쩍하고 곱상하게 생긴 새하얀 연미복 차림의 왕자님이 서 있었습니다.

와, 정말 멋져……. 빨간 모자는 잠시 홀린 것처럼 그 모습을 바라봤습니다.

고대 신화에서 튀어나온 듯한 아름다운 얼굴과 균형 잡

흰 몸. 그가 악기를 연주하면 소리가 하늘에 닿아 별똥별처럼 흐르고, 그가 탄 말은 전부 페가수스가 되지 않을까 하는 생각이 들 만큼 왕자는 환상적인 기품을 갖추고 있었습니다.

"오늘 밤 클레어드룬성 무도회에 온 것을 환영하네."

곰이 포효하듯 쩌렁쩌렁한 목소리로 왕이 입을 열었습니다.

"오늘 무도회는 왕자의 좋은 배필을 찾기 위한 자리이기도 하지. 지금 여기 모인 젊은 여인들은 부디 왕자의 청을 받으면 사양 말고 춤을 추게나. 자, 아들아. 첫 상대를 골라보거라."

왕자는 약간 쑥스러운 것처럼 무도회장을 둘러보다가 잠시 후 시선이 한 곳에 멈췄습니다. 그게 언뜻 이쪽으로 향한 것 같지만 자신이 아니라는 것을 빨간 모자는 잘 알고 있습니다.

왕자가 다가와 손을 내민 상대는 물론 빨간 모자 옆에 있던 신데렐라였습니다.

"함께 춤추시겠습니까?"

"……네."

신데렐라가 주뼛거리며 내민 손을 왕자가 맞잡은 순간 관현악단이 왈츠를 연주하기 시작했습니다. 우아한 원을 그리는 두 사람. 주변 여자들도 하나둘 짝을 찾아 춤추기 시작합니다.

"저와 춤추시지 않겠습니까?"

빨간 모자에게도 말을 걸어온 남자가 있었습니다. 왕자의 시종처럼 보이는 그 남자는 땅딸막하고 얼굴 역시 아쉽게도 빨간 모자의 취향이 아니었습니다. 그렇다고 거절할 수는 없는 노릇입니다.

빨간 모자는 그의 손을 잡고 다른 사람들처럼 발을 움직이기 시작했습니다. 그러나 지금껏 이런 춤은 한 번도 춰본 적이 없습니다. 어머니와 함께 살던 숲 옆 작은 마을에서는 이런 우아한 무도회가 열리지 않았으니까요.

빨간 모자는 춤 실력이 형편없는 자신이 부끄러웠습니다.

"괜찮습니다. 제게 몸을 맡기시죠."

땅딸막한 그는 자상하게 미소 지으며 빨간 모자를 리드했습니다. 처음에는 별로 내키지 않았지만 빨간 모자도 그에게 조금씩 마음을 열고 그의 움직임에 몸을 맡겼습니다. 그러자 웬일인지 발이 능숙하게 움직이기 시작했습니다. 성에서 일하는 사람들은 역시 교양의 일부로 춤 실력도 갖추고 있는 모양입니다. 덕분에 이렇게 못생긴 남자도 약간 괜찮아 보일 정도이니 신기할 따름입니다.

"꺄앗!"

그때 옆에서 춤추던 여자가 쫘당 넘어지고 말았습니다. 그녀의 발을 본 순간, 빨간 모자는 깜짝 놀랐습니다.

"저 여자, 저랑 똑같은 유리 구두를 신고 있네요."

틀림없습니다. 보헤미아에서 온 마법사 테클라의 유리 구두입니다. 디자인까지 판에 박은 듯이 똑같습니다.

"저 여자뿐만이 아닙니다."

땅딸보가 유쾌하게 말했습니다.

"저기 있는 부인, 그리고 저기 있는 아가씨도."

빨간 모자는 춤추면서 주변 여자들의 발을 관찰했습니다. 그러자 놀랍게도 그중 절반 정도가 유리 구두를 신고 있었습니다.

"지금 뭐가 유행하는지 알아내는 건 제아무리 눈썰미가 날카로운 매도 여성분들을 따라잡을 수 없겠죠."

농담 섞어 말하는 땅딸보에게 빨간 모자는 "아, 네" 하고 적당히 맞장구치고, 오늘 만난 그 테클라라는 이름의 왠지 장난기 넘치는 마법사를 떠올렸습니다.

—조금 전에도 무도회에 간다는 다른 여자아이 신발을 유리 구두로 바꿔주고 왔거든.

—세상 모든 여자들의 행복이 곧 내 행복이야.

오늘이 무도회가 열리는 날임을 알고 있었던 테클라는 오늘 만난 여자들에게 전부 유리 구두를 선물해 준 게 분명합니다.

그렇다고 꼭 이렇게 다 같은 디자인으로 할 필요는 없잖아. 빨간 모자는 속으로 푸념했습니다.

문득 신데렐라는 뭘 하고 있을지 궁금해 주변을 둘러보니, 그녀는 왕자님과 마주 보며 마치 얼음 위를 미끄러지듯 왈츠를 추고 있었습니다.

정말 멋지구나.

빨간 모자는 테클라 때문에 생긴 짜증도 잊고 진심으로 그렇게 생각했습니다. 나도 더 멋진 남자랑 춤추고 싶은데…….

"감사합니다."

음악이 잠깐 끊긴 틈을 타 빨간 모자는 꾸벅 인사하고 더 춤추고 싶어 보이는 땅딸보 곁을 떠나 다른 남자를 기다리기 시작했습니다.

"아가씨, 저와 한 곡 어떠십니까?"

곧이어 남자 한 명이 다가왔습니다. 땅딸보보다는 훨씬 잘생긴 남자입니다. 땅딸보 덕분에 춤에도 어느 정도 자신이 붙은 빨간 모자는 그 뒤로 무도회를 마음껏 즐겼습니다. 바이올린과 피아노가 자아내는 우아한 선율이 흐르는 곳에서 어느덧 시간도, 시체도 잊고 말았습니다.

"폐하!"

그런 외침이 무도회장 안에 요란하게 울려 퍼질 때까지 시간이 얼마나 흘렀을까요. 순식간에 얼어붙은 것처럼 음악 소리가 멎고 무도회도 중단되고 말았습니다.

갑옷을 입은 병사 한 명이 철컹철컹 소리를 울리며 걸어 옵니다. 무도회 분위기와는 전혀 어울리지 않게 그가 살기 등등하게 향한 곳은 무대 가운데의 옥좌에 앉아 무도회를 지켜보던 왕 곁이었습니다. 그 모습을 지켜보는 빨간 모자는 가슴이 콩닥거리기 시작했습니다.

병사가 왕 옆에서 허리를 숙인 채 귓속말을 속삭이자 왕의 표정이 험악해졌습니다. 이후 왕은 병사와 몇 마디를 더 주고받더니 자리에서 벌떡 일어섰습니다.

"유감이지만 오늘 무도회는 여기까지 해야겠군. 조금 전 숲속에서 사람 시신이 발견됐다고 하네. 우리 왕국에서 숯 굽기로 유명한 한스의 시신이."

그 말을 듣고 빨간 모자는 꿈속에서 현실 세계로 돌아오고 말았습니다.

05

"한스의 이마에는 말발굽 모양의 상처가, 그리고 뒤통수에는 뭔가와 부딪힌 상처가 있다는군. 정황상 마차를 끌고 가던 말에게 이마를 걷어차여 쓰러지다가 바닥에 있던 돌에 머리를 세게 부딪혀 사망한 것으로 추정된다고 하네."

왕이 설명을 이어갔습니다.

"그리고 시신은 길가에 묻혀 마른 나뭇잎으로 덮여 있었다는군. 왕궁 순찰대가 주의 깊게 관찰한 덕에 시신을 발견하긴 했지만 누가 고의로 시신을 은폐하려 한 건 확실하네."

빨간 모자는 신데렐라 쪽을 쳐다봤습니다. 신데렐라도 얼굴이 창백해져 빨간 모자를 보고 있습니다. 군중들 사이에서 술렁거리는 소리가 점차 커집니다.

"모두 잘 알겠지만 한스는 지금껏 이 성에 숯과 훈제 고기들을 진상해 왔네. 한스가 만든 훈제 고기는 이웃 왕국에서도 소문이 자자해 외교와 무역에 빼놓을 수 없는 필수품이었지. 한스를 잃은 건 우리 클레어드룬 왕국의 국익과도 직결되는 일일세."

빨간 모자는 몸을 부르르 떨었습니다. 그렇게 유명한 사람이었을 줄이야…….

"지금 이 안에 한스를 죽인 마차의 주인이 있을 터. 지금 당장 자수하게!"

조금 전까지 세상에서 가장 흥겨웠던 무도회장이 지금은 탈출 불가능한 동굴처럼 음산한 침묵에 잠겨 있습니다. 내가 그랬다고 손을 들고 나설 수도 없는 노릇입니다.

병사가 또다시 왕에게 귓속말을 했습니다. 왕은 고개를 끄덕이고 재차 목청 높여 외쳤습니다.

"지금부터 내 순찰병들이 오늘 밤 이 성에 온 마차를 모두 조사할 걸세. 피 묻은 마차의 주인이 바로 한스를 죽인 자겠지!"

순간 등 뒤로 얼음장처럼 차가운 물을 뒤집어쓴 느낌이 들었습니다. 신데렐라의 표정은 벌써 사형 선고를 받은 사람 같습니다.

그로부터 채 1분도 지나지 않아 순찰대원과 무도회장을 찾은 사람들이 하나둘 계단을 내려갔습니다. 마차는 성벽 옆에 나란히 세워져 있습니다. 어림잡아 마흔 대는 될까요. 마차 옆에 있는 마부들은 하나같이 당황한 얼굴입니다. 순찰대원은 부하 네 명을 더 데려와 총 다섯 명이 함께 마차를 한 대 한 대 조사하기 시작했습니다.

빨간 모자와 신데렐라는 사람들의 눈을 피해 슬그머니 호박 마차 쪽으로 다가갔습니다. 무도회 시작에 맞춰 아슬아슬하게 온 탓에 계단에서 가장 먼 곳에 마차를 세워뒀습니다. 만약 마차에 피가 묻었다면 지금 당장 지워 없애야 합니다.

"무슨 일이라도 있습니까?"

호박 마차 앞으로 가자 검은 쥐 마부가 마부석에서 폴짝 뛰어내려 와서 물었습니다. 빨간 모자와 신데렐라는 재빨리 왕이 한 이야기를 전했습니다. 한스의 시신이 발견됐다는 말에 검은 쥐 마부도 소스라치게 놀랐지만, 이야기를 다 들은 후에는 뻐드렁니를 보이며 히죽 웃고 백마 한 마리의 목에 손을 얹었습니다.

"말씀하신 대로 이 녀석 다리에 피가 묻어 있었습니다. 하지만 지금은 이미 지워지고 없죠."

"뭐?"

"운 좋게도 저쪽에 작은 샘이 있더군요. 제가 직접 입에 물을 머금고 와, 이 녀석 다리에 훅 뱉어서 피를 씻어냈습니다. 물론 다른 마부 녀석들에게는 들키지 않았고요. 아, 그리고 마차에도 피가 튀었는데 그건 잘 안 닦이더군요. 그래서."

검은 쥐 마부가 보는 곳을 확인하니 호박 마차의 차체 일부가 깎여 있습니다.

"제가 갉아먹어 버렸습니다."

"어머나, 정말 잘했어!"

신데렐라는 검은 쥐 마부를 와락 끌어안았습니다. 빨간 모자는 하마터면 다리가 풀려 그 자리에 주저앉을 뻔했지만 그제야 가슴을 쓸어내렸습니다. 그러나 아직 방심해서는 안 됩니다. 순찰병이 예상치 못한 부분을 지적하며 한스를 치어 죽인 게 이 마차라고 밝혀낼지도 모릅니다.

"그나저나 이제 시간이 없습니다."

검은 쥐 마부는 빨간 모자가 떠올린 것과는 다른 걱정을 입에 담았습니다.

"바바라 님께서 12시가 되면 마법이 풀린다고 하지 않았나요?"

그렇습니다. 빨간 모자는 부랴부랴 성의 시계탑을 올려다봤습니다. 시곗바늘은 이미 11시를 지났습니다.

"이런! 지금 당장 돌아가야겠어."

빨간 모자는 서둘러 마차에 올라타려 했지만 신데렐라가 빨간 모자를 멈춰 세웠습니다.

"지금 여기를 떠나면 우리를 의심해 달라고 하는 거나 마찬가지야. 병사들이 쫓아와서 우리를 붙잡을 수도 있어."

듣고 보니 그 말이 맞습니다. 빨간 모자와 신데렐라는 결국 잠자코 기다리기로 했습니다.

순찰병이 호박 마차 쪽으로 다가온 건 그로부터 40분이 더 지나서였습니다. 순찰대원들은 피곤해 보이는 얼굴로 "별 이상한 마차가 다 있군" 하고 중얼거리며 마차를 확인했습니다.

"역시 여기에도 핏자국 같은 건 없어."

샘물로 씻어냈다고는 상상도 못 하는 듯했습니다.

"대장님!"

그때 병사 한 명이 쪼르르 달려왔습니다.

"폐하께서 부르십니다. 지금 막 싣고 온 한스의 시신을 어의가 조사하자 새로운 사실이 밝혀졌다고 합니다."

시계는 이제 11시 45분을 가리키고 있습니다. 그래도 두 사람은 그 '새로운 사실'이 뭔지 꼭 알아야 해서 순찰병들과 함께 계단 아래로 돌아갔습니다.

"엣헴, 조금 전에 신고 온 한스의 시신 말인데. 크흠."

어의는 거들먹거리면서 조사 결과를 알려줬습니다.

"엣헴, 피가 굳은 상태로 봐 이마에 난 상처보다 머리 뒤 상처가 훨씬 더 먼저 생겼다는 게 밝혀졌네. 크흠."

뭐라고……? 빨간 모자는 무심코 신데렐라의 얼굴을 쳐다봤습니다.

"그것도 아주 강한 충격을 받은 듯한 상처가. 엣헴, 한스는 아마 뒤에서 머리를 얻어맞아 사망한 후 크흠, 시간이 지나 마차에 부딪힌 것으로 보이네."

"틀림없나?"

순찰병보다 왕이 먼저 물었습니다. 어의는 굽실거리며 머리를 두 번 조아렸습니다.

"아, 아마도 저녁 무렵 그러니까, 어두워지기 전에 이미 사망했을 것으로 사료되옵니다."

그렇다면…… 한스는 마차 앞에 불쑥 나타났을 때 이미 죽어 있었다는 뜻입니다.

그야말로 기이한 사실에 빨간 모자는 머릿속이 뒤죽박죽됐습니다. 그럼 그가 죽고 나서도 세상을 배회하고 다닌다는 트란실바니아의 괴물이라도 된다는 말일까요.

"폐하, 저…… 아뢰옵기 황송하오나."

그때 무도회 참석자 중 한 명이 한 발짝 앞으로 나왔습니다. 얼굴이 오븐에 넣기 전의 빵 반죽처럼 퉁퉁하고 희멀건한 신데렐라의 계모 이자벨라입니다. 왕은 의심스러운 얼굴로 그녀를 봤습니다.

"숯쟁이 한스를 향한 폐하의 신뢰가 두터운 것 같아 지금껏 말씀을 삼가고 있었습니다만."

"말해보아라."

"사실 그는 나이가 쉰이 넘었는데도 평소 어린 여자들을 좋아했고, 독신인 점을 악용해 숯가마가 있는 오두막에 여자들을 끌고 가서 난폭한 짓을 저지르기도 했습니다."

빨간 모자는 아연실색했지만 주변에서는 왠지 이자벨라의 말에 동의하는 듯한 분위기가 퍼집니다.

"……그게 정말이야?"

빨간 모자가 신데렐라에게 소곤거리자 신데렐라는 "나도 몰랐어"라고 했습니다.

이자벨라가 다시 입을 열었습니다.

"한스는 자기가 폐하의 신임을 받고 있다면서 여자들의 입을 틀어막아 왔습니다. 지금 이 안에도 한스에게 원한을 품은 여자가 많을 것으로 사료됩니다."

"그 한스가…… 믿기 어렵군. 거짓말은 대역죄가 될 걸세."

"거, 거, 거짓말이라니요. 하늘과 땅, 삼라만상에 맹세컨대 사실입니다."

이자벨라는 몸을 벌벌 떨었습니다. 그리고 뜻밖의 인물이 그녀를 거들고 나섰습니다.

"아버님, 실은 한스에 대해서는 저도 한 말씀 올리고 싶습니다."

왕자입니다. 모두의 눈길이 단숨에 그에게 쏠립니다.

"실은 어제 한스가 성에 훈제 고기를 진상하러 왔을 때 제 방을 찾아왔습니다."

—내일 무도회에는 한껏 치장한 여자들이 우르르 몰려오겠죠. 부럽기 짝이 없습니다요.

한스는 무려 왕자에게 "그중 한두 명 정도는 제가 접수해도 되겠습니까?"라고 물었다고 합니다. 속내를 알아챈 왕자가 거절해도 한스는 히죽히죽 웃기만 했다고 하네요.

"왜 사람을 부르지 않았지? 즉시 쫓아낼 수 있었을 터."

"……실은 전 한스에게 약점을 잡혀 있었습니다."

"약점?"

왕자는 주저하듯 눈을 내리깔고 있다가 잠시 후 마음을 굳힌 것처럼 왕의 얼굴을 봤습니다.

"송구합니다. 5년 전 아버님께서 아끼시던 샘의 백조를 죽인 사람이 바로 접니다."

그날 왕자는 해로운 새들을 퇴치하기 위해 만든 독 먹이를 실수로 샘에 뿌렸다고 합니다. 그로 인해 백조가 모조리 죽자 왕은 "대체 누가 이런 짓을! 지금 당장 참수형에 처하겠다! 죄인은 당장 나오너라!"하고 분노를 참지 못했습니다. 그 모습을 보고 겁먹은 왕자는 자신이 저지른 짓임을 털어놓지 못했다고 합니다.

"그때 제가 독 먹이를 뿌리는 모습을 한스가 몰래 지켜보고 있었습니다. 그리고 그날 이후 걸핏하면 그 일을 들먹이며 절 조종하려 했습니다."

"그렇군⋯⋯."

왕은 놀라움과 연민 섞인 표정으로 왕자를 바라봤습니다.

"백조 일은 이제 됐다."

"아버님, 그게 정말인가요?"

"이미 5년도 더 된 일 아니냐. 그보다 한스의 그 천박한 부탁을 네가 들어줬을 리 없겠지?"

"당치도 않습니다. 하지만 그 대신 평소 제가 아끼는 사파이어 검을 그에게 주기로 했습니다."

"그 검을?"

"네, 오늘 오후 4시 30분쯤 심부름꾼을 시켜 그가 사는 오두막에 갖다 주겠다고 약속했죠. 하지만 막상 오늘이 되니 주기가 아까워서 결국 약속을 깨버렸습니다. 한스는 빈손으로 발만 동동 굴리고 있지 않았을까요. 그래서 무도회가 시작된 후, 혹시라도 한스가 들이닥치지 않을까 속으로 조마조마했는데 설마 시신이 돼서 나타날 줄은⋯⋯."

모두가 한숨을 내쉬는 왕자님을 안타까워하는 것 같았

습니다.

"아버님, 그리고 오늘 이렇게 모여주신 여러분. 지금 제 얘기를 들어서 아시겠지만 제게는 한스를 죽일 동기가 있었습니다. 그러나 신 앞에 맹세합니다. 전 결코 그런 짓을 저지르지 않았습니다."

"됐다. 그건 이미 알고 있다."

왕이 조용히 입을 열었습니다.

"넌 오늘 온종일 무도회에 대비해 춤 연습을 했지. 나 말고도 그걸 증명할 사람이 많을 거다. 한스를 죽일 시간 따위 없었겠지."

사람들 사이에서 안도하는 듯한 정적이 흘렀습니다.

"왕자님이 사람을 죽이셨을 리 없어."

신데렐라는 확신에 찬 어조로 말했습니다. 그 목소리를 듣고 왕자가 고개를 돌립니다. 우리를 향해 어렴풋이 미소 짓는 것처럼 보입니다.

바로 그때.

대앵, 대앵.

빨간 모자는 퍼뜩 시계탑으로 시선을 향했습니다.

'12' 숫자 위에 긴 바늘과 짧은 바늘이 겹쳐 있습니다! 빨간 모자와 신데렐라는 얼굴을 마주 볼 새도 없이 호박 마차를 향해 달려갔습니다.

"기다려주십시오!"

왕자가 뒤쫓아 오며 소리쳤습니다.

"죄송해요, 왕자님. 저희는 이제 돌아가야 해요."

신데렐라는 뛰어가면서 비통하게 외쳤습니다.

대앵, 대앵.

종소리가 가차 없이 울려 퍼집니다. 두 사람은 호박 마차에 올라타서 문을 쾅 닫았습니다. 왕자가 마차 창문 앞으로 다가옵니다.

"적어도 이름만이라도."

그러나 신데렐라는 "죄송합니다" 하고 고개를 가로저었습니다. 순간 테클라의 작전을 떠올린 빨간 모자는 신데렐라의 왼쪽 무릎을 툭툭 쳤습니다. 신데렐라는 정신이 확 들었는지 왼발에 신고 있던 구두를 벗었습니다.

대앵, 대앵.

"이걸!"

신데렐라가 유리 구두를 왕자에게 건네자마자 검은 쥐 마부가 "이랴!" 하고 채찍을 휘둘렀습니다. 마차가 엄청난 속도로 출발해 어안이 벙벙해진 사람들 앞을 지나쳐 갑니다. 창밖으로 성이 점점 멀어집니다.

대앵, 대앵.

종소리가 몇 번이나 울렸을까요. 마지막 종이 치기 전까지 최대한 멀리 도망쳐야 합니다. 오로지 거기에만 집중하느라 감상에 젖을 새도 없었습니다.

"검은 쥐야! 숲이 아닌 냇가 쪽으로 가줘!"

신데렐라가 소리쳤습니다. 마차가 급히 왼쪽으로 방향을 틀고 힘차게 달려갑니다. 그리고.

대앵, 대애애앵.

유독 큰 종소리의 여운이 가셨을 때 빨간 모자는 수풀 위에 나동그라졌습니다. 눈앞에는 환하게 빛나는 랜턴(신데렐라가 헛간에서 가져온 물건 중 유일하게 마법이 걸리지 않은 물건입니다)과 추레한 늙은 호박, 검은 쥐 한 마리와 흰 쥐 네 마리, 그리고 누더기 옷을 입은 여자아이가 있었습니다.

06

조금 전까지 본 화려했던 광경이 꼭 딴 세상 이야기 같습니다. 한밤중 시냇물은 정적 속으로 물을 옮기듯 졸졸졸 흐르고 있습니다. 빨간 모자와 신데렐라는 맨발로 냇가 옆 바위를 따라 걸었습니다.

"미안. 조금만 더 가면 돼."

앞장서서 가는 신데렐라가 입을 열었습니다.

"나는 괜찮아. 한밤중의 냇가도 운치 있고 좋네, 뭐."

빨간 모자는 그렇게 대답했지만 실은 몸과 마음 모두

녹초 상태였습니다. 익숙하지 않은 춤을 추느라 그런 것도 있지만 한스의 시신이 발견됐다는 사실 때문에 시종일관 머릿속이 혼란스러웠습니다.

"왕자님이 정말 와주시려나."

"올 거야."

빨간 모자는 확신을 담아 말했습니다.

보헤미아에서 온 마법사 테클라의 작전은 단순했습니다. 성을 떠날 때 유리 구두 한 짝만 그곳에 남겨두고 오면 된다는 것입니다. 왕자는 신데렐라를 다시 만나기 위해 이튿날부터 유리 구두를 손에 들고 젊은 여자가 사는 집을 찾아다닐 것입니다. 테클라의 마법 유리 구두는 아무리 발 크기가 똑같아도 처음 신은 사람이 아니면 신을 수 없다고 하니, 꾀죄죄하고 초라해진 모습의 신데렐라라도 구두에 발만 들어가면 왕자가 자신이 찾던 여자임을 깨달을 것이라고 했습니다.

이 얼마나 멋진 이야기인가요. 내일쯤이면 신데렐라는 왕자님의 신부가 돼 성에 들어가 있을지도 모릅니다. 그렇게 생각하자 누더기 옷의 신데렐라와 함께 있는 이 마지막 밤이 왠지 감개무량했습니다.

빨간 모자가 그런 생각을 하고 있을 때 신데렐라가 뭔가를 폴짝 뛰어넘었습니다.

"가시덩굴이 있으니 밟지 않게 조심해."

"응."

빨간 모자도 두 손에 유리 구두를 들고 가시덩굴을 뛰어넘었습니다.

조금 전 신데렐라가 검은 쥐 마부에게 숲을 피해 냇가로 가달라고 한 이유가 바로 이 가시덩굴 때문이었습니다. 숲 곳곳에는 가시덩굴이 있어서 구두 한쪽을 성에 두고 온 신데렐라는 지나갈 수가 없습니다. 그러나 냇가 옆은 매끈한 바위들이 있고 가시덩굴도 조금밖에 없어서 걷기 수월합니다. 신데렐라는 앤 언니 때문에 나무딸기를 따고 다니느라 익힌 지식이라고 했습니다. 유리 구두를 신으면 바위 위를 걷기 힘드니 빨간 모자도 신데렐라처럼 맨발로 걸었습니다.

"가시덩굴이 또 있네."

"응."

빨간 모자가 폴짝 뛰어넘었던 그 가시덩굴은 냇물에 잠긴 끝부분에 뭔가 희뿌연 것이 걸려 흔들리고 있었습니다. 저게 뭐지……. 빨간 모자가 유심히 살피려고 할 때였습니다.

"한스 아저씨 일 말인데."

앞서가던 신데렐라가 급히 입을 열었습니다.

"설마 우리 때문에 그렇게 됐다고는 아무도 생각 못 하겠지?"

"응, 말발굽 때문에 난 상처와 실제 말발굽을 대조했다면 들켰을지도 모르지만."

그러나 이제는 불가능합니다. 네 마리의 백마는 이미 흰 쥐로 돌아가 버렸으니까요. 호박도 쩍 쪼개져 물에 떠내려 갔습니다.

"한스 아저씨가 죽은 시점이 마차에 치이기 전이라는 게 사실일까?"

"글쎄."

신데렐라는 고개를 움츠렸습니다.

"그럼 우리가 죽인 게 아니라는 뜻이잖아."

"그렇다면 대체 누가 아저씨를 죽인 건데?"

"나도 모르지. 어쨌든 우리와 한스 아저씨의 시신을 연관 지을 단서는 이제 없어. 신경 쓰지 말자."

지금 두 사람의 대화를 듣는 건 신데렐라의 옷 주머니 속에서 몸을 맞대고 있는 희고 검은 생쥐 다섯 마리뿐입니다.

말없이 냇가 옆을 5분 남짓 더 걷자 빨간 모자가 신데렐라를 처음 만났던 넓적 바위가 나타났습니다. 두 사람은 그대로 바위를 지나 신데렐라의 집까지 걸어갔습니다. 안에 불이 꺼진 걸 보니 계모와 언니들은 아직 돌아오지 않은 듯합니다. 밤새 열리는 무도회가 다시 시작된 걸까요.

"들어와."

신데렐라가 헛간 문을 열자 곰팡내가 빨간 모자의 코

를 훅 찔렀습니다. 랜턴 불빛 속으로 문 옆에 있는 작은 나무 선반이 보입니다. 신발장인 듯한데 위에는 아무것도 놓여 있지 않았습니다.

"침대는 없어. 미안."

신데렐라가 짚단 위에 철퍼덕 드러누웠습니다. 빨간 모자도 그 옆에 몸을 눕힙니다.

"잘 자."

신데렐라가 나직이 인사하고 랜턴 불을 껐습니다.

"응, 너도 잘 자."

빨간 모자도 눈을 감았습니다.

07

신데렐라는 얼마 안 돼 쌔근쌔근 잠들었지만 빨간 모자는 잠이 오지 않았습니다. 몸은 피곤한데 이상하게도 정신은 말똥말똥합니다. 헛간 안에 감도는 곰팡내도 거슬렸습니다.

빨간 모자도 부유한 환경에서 자란 것은 아닙니다. 숲 옆 작은 집에서 나무로 만든 침대 위에 손수건처럼 얇고 큰 모포 하나만 깔고 잠들었습니다.

그래도 그 집은 청결했습니다. 냉정하게 생각하면 이런

헛간은 말이나 소가 있어야 할 공간이지, 사람이 살 곳은 아닙니다. 빨간 모자는 새삼 신데렐라가 가여웠습니다.

그러다 잠깐 기분전환도 할 겸 바람을 쐬고 오기로 했습니다.

손을 더듬어 유리 구두를 찾아 신습니다. 바구니에 있는 쿠키 꾸러미 아래에서 성냥을 꺼내 칙 긁어 랜턴 안에 불을 넣습니다.

헛간 밖에서는 고요한 정적이 흘렀습니다. 주변에는 드문드문 다른 집도 있지만 모두 잠들었는지 아니면 무도회에서 아직 돌아오지 않았는지 쥐 죽은 듯이 조용합니다. 빨간 모자는 문득 숲 쪽이 신경 쓰였습니다.

잠시 후 숲으로 들어가는 입구 앞에 도착했습니다.

어디선가 갑자기 인기척이 들렸습니다.

"응?"

빨간 모자의 눈에 기이한 광경이 들어왔습니다. 숲속에서 노란 옷을 입은 누군가가 이쪽으로 비틀비틀 걸어오고 있었던 것입니다.

"응? 어라?"

그는 빨간 모자를 알아보고 눈을 부릅뜨더니 쏜살같이 빨간 모자 쪽으로 뛰어왔습니다. 목에 여우 꼬리로 만든 스카프를 했고 노란 드레스를 입은 키 작은 여자입니다.

"살려줘!"

"어? 응? 으응?"

그 여자는 엄청난 기세로 빨간 모자의 두 어깨를 꽉 붙들었습니다.

"꺄악!"

빨간 모자는 비명을 질렀습니다. 머리가 헝클어졌고 이마에서 핏줄기가 흐르는 것으로 모자라 눈 밑에 거무스름하게 그늘까지 진 여자입니다. 악마. 퍼뜩 그런 단어가 떠올라 절로 다리가 얼어붙었습니다.

"뭐, 뭐야?"

빨간 모자는 공포 속에서 간신히 그 말만 내뱉었습니다.

"난 마고라고 해. 지금 쫓기고 있어!"

마고……. 그 이름을 기억하기까지 몇 초가 걸렸습니다.

"신데렐라의 둘째 언니?"

"어? 걔를 알아?"

"네, 제 친구예요."

"그 애한테 친구라니……. 아무튼 나 좀 도와줘. 지금 쫓기고 있단 말이야. 왕궁 순찰대에게."

"왜요? 무슨 일이라도?"

빨간 모자의 얼굴을 보는 마고의 두 눈에서 닭똥 같은 눈물이 뚝뚝 떨어졌습니다.

"내가, 사람을 죽여서……."

"네?"

"숯쟁이 한스 아저씨를 죽이고 말았어."

생각지도 못한 고백에 빨간 모자는 소스라치게 놀랐습니다.

"오늘 점심에 한스 아저씨로부터 편지가 왔어. '세상에서 가장 맛있는 케이크를 손에 넣었으니 특별히 나눠주마. 오후 4시 이후에 찾아와' ……라는 편지가. 난 케이크라면 사족을 못 써서 편지에 적힌 대로 4시가 지나 아저씨의 오두막을 찾았어. 그리고 거기서 아저씨에게 공격을……."

"공격?"

문득 한스가 어린 여자들을 좋아한다고 한 이자벨라의 말이 떠올랐습니다.

"오두막 문을 열자마자 뒤에서 날 덮쳤어. 날 내려친 돌이 내 눈앞을 굴러갔던 것 같아. 정신이 아득해진 상태에서 뒤를 돌아보려다가 한 대 더 맞았고, 그 뒤로는 기억이……. 이후 다시 눈을 뜨고 보니 머리가 욱신거렸고, 이 부근이……."

랜턴으로 마고의 머리를 비추니 크고 작은 상처들이 보입니다.

"아무튼 정신을 차렸을 때는 이미 내 눈앞에서 한스 아저씨가 쓰러진 채로 숨이 멎어 있었어. 피 묻은 돌이 눈에 들어왔고, 그리고 이게……."

마고는 빨간 모자에게 뭔가를 꺼내 보여줬습니다. 녹색

보석이 달린 목걸이입니다.

"이게 뭐예요?"

"어머니가 아끼는 에메랄드 목걸이라 무도회에 차고 가려 했거든. 근데 이게 한스 아저씨의 주머니 안에 들어 있었던 거야. 아저씨가 이걸 훔친 게 분명해. 난 돌로 얻어맞아 정신을 잃은 후 아마 얼마 지나지 않아 눈을 떴을 테고, 그리고 아마 순간적으로 화가 치밀어서 아저씨를 이 돌로……."

"계속 '아마'를 붙이시네요. 당신이 저지른 짓 아닌가요?"

"기억이 확실하지 않아서 그래."

마고의 눈에서 또다시 눈물이 뚝뚝 떨어졌습니다.

"하지만 아무리 생각해도 그런 짓을 할 수 있었던 사람은 나밖에 없어!"

혼란이 극에 달한 것처럼 보입니다.

"진정해요, 마고 씨. 한스 아저씨가 죽은 걸 확인하고 나서는 어떻게 했어요?"

"시신을 어떻게든 숨겨야 할 것 같았어. 그래서 오두막 주변을 둘러보니 숯가마 옆에 짐수레가 있더라고. 그 위에 시신을 싣고 숲길 부근으로 가, 나무 그늘에 몸을 숨기고 시신을 품에 안은 채로 아무 마차가 다가오기만을 기다렸어."

빨간 모자는 아연실색했습니다.

"마차에 치여 죽은 걸로 위장하려 한 거예요?"

"응. 그러다가 얼마 후 마차가 다가오는 걸 보고 난 그 앞에 시신을 내던졌어. 그리고 말이 시신을 걷어차는 소리까지 확인하고 한달음에 숲속으로 도망쳤지."

빨간 모자와 신데렐라가 타고 있던 호박 마차가 분명합니다. 당황한 검은 쥐 마부 옆에서 신데렐라가 숲 안쪽을 지그시 바라보고 있었던 이유는 도망치는 마고를 발견해서일지도 모릅니다. 빨간 모자는 그렇게 추측하며 몇 가지를 더 물었습니다.

"그다음에는요?"

"원래라면 무도회에 가야 하는데 도저히 못 가겠더라고. 혹시라도 왕자님에게 들킬 것 같아서. 하지만 그렇다고 다시 집에 돌아가고 싶지도 않아서 그대로 숲속을 배회하다가 순찰병의 눈에 띄고 만 거야. 나도 모르게 긴장이 풀렸는지 하필 그 순찰병에게 지금까지 일어난 일들을 설명하고 말았어. 그러다 앞으로 내가 붙잡혀서 겪게 될 일들이 떠올라 두려워졌고, 그래서……."

마고가 거기까지 말했을 때.

"저기다!"

남자들이 우르르 몰려왔습니다.

"꺄아악!"

마고는 당황하며 어쩔 줄 몰라 하다가 그만 빨간 모자의 얼굴을 손톱으로 할퀴고 말았습니다.

"아얏! 뭐 하는 거예요?"

빨간 모자는 대번에 마고의 손목을 잡아 비틀었습니다. 태어나서 처음 하는 행동이었지만 다행히 마고를 단단히 붙잡을 수 있었습니다. 그리고 다가온 순찰병들에게 마고를 넘겼습니다.

"자, 여러분이 찾는 마고 씨가 바로 이 여자분이에요. 데려가세요."

"뭐야, 도와줄 거라고 했잖아!"

"그런 말은 한마디도 안 했어요."

빨간 모자는 옷소매를 손으로 툭툭 털었습니다.

"거짓말쟁이! 냉혈한! 으앙! 으아앙!"

마고는 마치 산 채로 붙잡힌 용처럼 울부짖으며 순찰병들 손에 끌려갔습니다. 그때 마고의 스카프 쪽에서 뭔가 반짝이는 물건이 눈에 언뜻 들어왔습니다.

뭘까요, 이 가슴의 수런거림은.

사실 마고의 머리에 난 상처를 처음 봤을 때부터 뭔가가 마음에 걸렸습니다. 아니, 그 이전부터 뭔가 줄곧 이상하다고 느끼고 있었던 게 분명합니다.

"협력해 주셔서 감사합니다."

목소리가 들려서 돌아보니 순찰대원과 함께 홀로 차림새가 남다른 남자가 서 있었습니다. 꼿꼿이 서서 말하는 그에게 랜턴 불빛을 비추다가 빨간 모자는 "앗!" 하고 소리쳤습니다. 무도회장에서 함께 춤춘 그 땅딸보였습니다.

"전 왕자님의 시종장입니다. 당신은?"

그는 빨간 모자를 알아보지 못하는 듯했습니다. 그때는 드레스 차림이었으니 그럴 만도 하겠지요. 그나저나 시종장이라니, 높은 지위에 있는 사람이었던 모양입니다,

"전 빨간 모자라고 해요."

"그렇습니까. 아무튼 정말 고맙습니다. 덕분에 폐하께도 반가운 소식을 들려드릴 수 있게 됐네요."

한스를 죽인 범인을 붙잡았다고 보고하겠다는 말일까요. 그러나 빨간 모자는 생각이 조금 달랐습니다.

"정말 그분이 범인일까요?"

빨간 모자의 질문에 땅딸보 시종장은 "네?" 하고 되물었습니다.

"마고 씨의 머리에 난 상처. 그건 일부러 만든 상처가 아니에요. 누군가에게 얻어맞아 생긴 상처죠. 그렇게 정신을 잃은 마고 씨는 바닥에 쓰러지고 말았어요."

"한스에게 얻어맞은 것 아닌가요?"

"그럼 한스 아저씨를 때린 사람은 누구죠?"

마치 자문하는 느낌입니다. 한스를 공격한 사람은 따로 있다. 그러나 의식이 돌아온 후에도 정신이 몽롱했던 마고는 그것을 자신의 소행이라 믿어버린 게 아닐까요. 또 마고는 한스가 이자벨라의 목걸이를 훔쳤다고 했지만, 그가

그리 쉽게 그 집에 들어갈 수 있었을까요. 만약 목걸이를 훔친 사람이 한스가 아니라면…….

"응?"

그때 빨간 모자의 머릿속에서 퍼즐이 하나로 맞춰졌습니다. 그러나 아직 억측에 불과합니다. 증거를 더 찾아야 합니다.

"시종장님."

빨간 모자는 조금 고민하다가 입을 열었습니다.

"혹시 괜찮으시면 저랑 잠깐 밤 산책 어때요?"

시종장은 놀라는 듯했지만 잠시 후 기뻐하며 미소 지었습니다.

"기꺼이 그러죠, 빨간 모자 씨."

08

하늘이 새파랗습니다.

티 없이 맑은 공기 속에서 요정의 숨결 같은 산들바람이 뺨을 스쳐 갑니다. 하늘에는 작은 새가 날아다니고 어디선가 한가로운 소 울음소리도 들립니다.

졸졸졸 흐르는 시냇물, 따뜻한 햇볕, 눈이 편안해지는 녹색 풍경. 그 사건만 없었다면 정말 아름다운 기억으로 남을 텐데. 유리 구두를 신은 빨간 모자는 그런 생각을 하며 신데렐라의 집을 향해 천천히 발걸음을 뗐습니다.

헛간과 별로 멀지 않은 곳에서 나무들 사이에 봉 하나를 걸쳐 놓고 침대 시트를 말리는 여자아이가 보입니다. 여기저기 기운 누더기 옷을 입은 신데렐라였습니다.

"안녕."

빨간 모자가 말을 걸자 신데렐라는 "어머!" 하고 쪼르르 달려왔습니다.

"어디 갔었어? 일어났을 때 옆에 없어서 얼마나 걱정했는데. 바구니도 그대로 있었고."

빨간 모자는 신데렐라의 말에 대답하지 않고 어깨만 으쓱했습니다.

"실은 지금 그게 중요한 게 아니고, 오늘 아침 일찍 순찰병이 와서 나한테 엄청난 사실을 알려주고 갔어. 한스 아저씨를 죽인 범인이 무려 마고 언니였대!"

신데렐라는 꼭 분화하는 화산처럼 잔뜩 흥분해서 말했습니다.

"언니는 어제 무도회장에 가기 전에 케이크를 나눠주겠다는 한스 아저씨의 말에 속아 오두막을 찾았대. 그리고 거기서 아저씨의 습격을 받아 반격하다가 그만 그를 죽이고 만 거야. 이후 아저씨를 마차에 치여 죽은 것처럼 위장하려고 나무 뒤에 숨어 있다가 우리가 탄 호박 마차가 앞을 지나갈 때 그 시신을 내던졌다지 뭐야!"

신데렐라는 끼어들 틈도 주지 않고 떠들었습니다.

"어머니와 앤 언니는 지금 충격을 받아 몸져누웠지만 난 아주 후련해. 역시 말에 치이기 전에 이미 한스 아저씨는 죽어 있었던 거야. 우리 잘못이 아니었어!"

"있지, 신데렐라. 네 손은 왜 그렇게 상처투성이야?"

빨간 모자는 신데렐라의 말을 무시하고 물었습니다. 신데렐라는 "응?" 하고 느닷없이 무슨 소리를 하느냐는 듯이 빨간 모자를 쳐다보다가 자기 손을 내려다봤습니다.

"어제도 말했잖아. 나무딸기를 따다가 다친 거라고. 가시덩굴 때문에. 그건 갑자기 왜……."

"있지, 신데렐라. 네 발은 왜 맨발이야?"

"신발이 없으니까 그렇지. 앤 언니가 버렸다고 했잖아. 이제 와서 왜 또……."

"있지, 신데렐라."

빨간 모자는 집게손가락을 번쩍 세워 신데렐라의 얼굴을 향해 들이밀었습니다.

"네 범죄 계획은 왜 그렇게 허술해?"

그러자 신데렐라는 대번에 입을 굳게 다물고 빨간 모자의 얼굴을 빤히 응시했습니다. 무서울 정도로 차갑고 독사 같은 눈빛입니다. 얼음장 같은 시간이 흐른 후, 신데렐라는 침착한 목소리로 입을 열었습니다.

"네가 무슨 말을 하는지 모르겠어."

"바구니 맡아줘서 고마워."

성큼성큼 헛간으로 들어가는 빨간 모자를 신데렐라가 말없이 바라봅니다.

빨간 모자가 바구니를 들고나왔을 때 다그닥 다그닥 말 발굽 소리가 들렸습니다. 금과 보석으로 치장한 근사한 마차와 순찰대원들, 그리고 그 땅딸보 시종장도 보입니다.

마차가 빨간 모자와 신데렐라 앞에 멈춰 서고 잠시 후, 문이 열렸습니다. 안에서 모습을 드러낸 사람은 왕자님입니다. 몸에 꼭 맞는 남색 군복에 노란 견장이 눈에 띕니다. 연미복을 입었을 때와 분위기가 사뭇 다른데도 정말 멋졌습니다.

"왕자님……."

신데렐라는 조금 전까지 보이던 독사 같은 눈빛은 온데간데없이 사랑에 빠진 소녀 같은 얼굴로 중얼거렸습니다. 시종장이 한 발짝 앞으로 다가옵니다.

"왕자님은 지금 이 구두의 주인을 찾고 계신다."

그는 점잔을 빼며 왼쪽 한 짝뿐인 유리 구두를 앞으로 내밀었습니다.

"듣자 하니 이 유리 구두는 처음 신은 사람이 아닌 다른 이의 발에는 절대 들어가지 않는다더군. 아가씨의 이름을 알려주겠나?"

"신데렐라라고 해요."

"자, 신데렐라여, 왼발을 내밀어 봐라."

신데렐라는 고개를 끄덕이고 치마를 살짝 걷어 왼발을 앞으로 내밀었습니다. 얼굴에 긴장감이 역력합니다. 동시에 모든 게 지금 이 순간을 위한 것이었다는 성취감과 희망도 엿보입니다.

시종장은 신데렐라 앞에 유리 구두를 내려놨습니다. 신데렐라의 아담한 발이 구두로 향합니다. 발은 마치 빨려 들어가듯 정확히 유리 구두 안에 들어갔습니다.

"딱 맞습니다!"

시종장이 외치자 왕자님은 신데렐라 앞으로 한 걸음 다가와 얼굴을 확인했습니다. 신데렐라는 자신에게 펼쳐질 행복한 미래를 떠올리고 있는지 눈이 촉촉이 젖어 있습니다.

잠시 후 왕자님의 입이 마침내 열렸습니다.

"이 여자를 체포해라."

"네?"

순찰대원들이 재빨리 신데렐라의 양팔을 붙들었습니다.

"이, 이게 무슨. 저를 왜……."

"신데렐라, 이 유리 구두는 어제 네가 왕자님께 건넨 구두가 아니야. 비둘기 무덤 속에서 파낸 구두지."

빨간 모자가 그렇게 설명하자 순식간에 신데렐라의 표

정이 돌변했습니다.

"당연히 오른쪽 구두도 함께 파내셨겠죠, 시종장님?"

그러자 시종장이 숨겨두고 있던 오른쪽 구두를 꺼내 보여줬습니다. 힐 부분이 부러져 있습니다.

"널 처음 만나 앤 씨에 대한 얘기를 들었을 때부터 뭔가 이상했어. 나무딸기 잼을 그렇게 좋아한다면서 네 신발을 갖다 버리다니. 신발을 버리면 가시덩굴이 있는 숲에 네가 못 들어가게 되잖아. 아무리 심술궂어도 과연 그렇게 경솔한 짓을 할까? 결국 그날 네가 맨발이었던 건 다른 이유가 있었던 거야. 신데렐라 너, *날 만나기 전에 이미 한 켤레 뿐이었던 신발을 유리 구두로 바꿨지?*"

"무슨 소리를 하는가 했더니."

신데렐라가 얼굴을 씰룩이며 웃음을 터뜨렸습니다.

"증인이 있어. 아니, 증마법사라고 해야 하려나?"

"나 말이지?"

그때 머리 위에서 빛이 번쩍이더니 보헤미아에서 온 마법사 테클라가 서서히 땅에 내려왔습니다. 왕자님과 시종장이 숨죽이고 그 모습을 지켜보고 있습니다.

"테클라 씨, 당신이 이 누더기 옷을 입은 여자애의 신발을 유리 구두로 바꿔주셨죠?"

"응, 어제 숲속에서 만나서 바꿔줬어. 그 후 얼마 지나지 않아 냇가 옆에서 만난 드레스 차림의 여자아이가 설마 같은 아이였을 줄은 상상도 못 했지만."

그때 휘잉 하고 바람 소리가 들리더니 이번에는 나이 든 마법사 바바라가 모습을 드러냈습니다.

"그럴 만도 하지. 내 마법 덕분에 그때 이 아이는 *아주 딴사람*이 돼 있었으니까. 같은 아이에게 유리 구두를 또 선물했어도 알아챌 수 없었을 거야."

"거짓말. 이 마법사들은 거짓말쟁이야!"

신데렐라는 그렇게 고래고래 소리쳤지만.

"아니, 거짓말이 아니야." "거짓말이 아니란다."

두 마법사는 동시에 고개를 흔들었습니다. 빨간 모자는 테클라를 향해 물었습니다.

"신데렐라를 처음 만나 신발을 유리 구두로 바꿔줬을 때 신데렐라는 숲속에서 뭘 하고 있었어요?"

"녹색 옷을 입은 어떤 중년 남자와 대화 중이었는데 얼굴이 파랗게 질려 있더라고."

"혹시 그 아저씨가 손에 뭘 들고 있지는 않았어요?"

"아름다운 에메랄드 목걸이를 들고 있었지."

빨간 모자는 신데렐라를 돌아봤습니다.

"이자벨라 씨의 목걸이를 훔친 사람은 신데렐라, 바로 너였어. 넌 무도회장에 가는 계모와 두 언니가 부러워서 질투심에 불탔을 거야. 그래서 소심한 복수로 계모가 평소 아끼는 목걸이를 훔쳐 숲속에 감추려 했겠지. 그런데 그 모습을 그만 한스 아저씨에게 들키고 말았어. 그는 네게 이렇게 말했을 거야. '목걸이를 훔친 걸 들키고 싶지 않으면 앞으로 내가 시키는 대로 해라'라고."

한스는 신데렐라에게 왕자님의 심부름꾼이 4시 30분쯤 검을 갖다 주러 오두막에 올 테니, 그 시간 이후 오두막에 오라고 지시했을 겁니다.

"앞으로 한스 아저씨에게 무슨 짓을 당하게 될까. 하지만 목걸이를 훔친 사실이 어머니 귀에 들어가는 상황도 두렵다. 차라리 이렇게 돼버린 김에 아저씨를 죽인다면……. 그런 생각을 떠올리던 네 눈앞에 테클라 씨가 나타났어. 그리고 유리 구두를 신고 있을 무렵 마침내 네 위험한 계획이 완성된 거야."

신데렐라는 빨간 모자의 눈길을 피했습니다.

"넌 한스 아저씨를 죽이고 그 죄를 평소 미워하는 마고 씨에게 덮어씌우기로 했어. 그래서 '세상에서 가장 맛있는 케이크를 손에 넣었으니 특별히 나눠주겠다. 오후 4시 이후에 찾아와라'라는 내용의, 마치 한스 아저씨가 쓴 것 같은 가짜 편지를 마고 씨에게 남겼지. 정작 넌 그보다 조금 일찍 오두막에 가서 기회를 엿보다가 아저씨의 머리를 뒤에서 돌로 내려쳤을 거야."

이후 신데렐라는 가만히 몸을 숨긴 채 마고를 기다렸을 겁니다. '오두막 문을 열자마자 뒤에서 덮쳤다'라고 한 마고의 기억이 옳다면 아마 근처 나무 그늘 같은 곳에 숨어 있었겠죠. 그렇게 마고를 기절시킨 후, 4시 30분에 오두막을 찾은 왕자님의 심부름꾼이 마고와 한스의 시신을 발견하게 하는 것이 신데렐라의 애당초 계획이었습니다.

"하지만 넌 마고 씨를 공격할 때 실수를 저지르고 말았어. 한 번 만에 기절시키지 못한 것으로 모자라 돌을 땅에 떨어뜨리고 만 거야. 바닥에 쓰러져 신음하는 마고 씨가 널 알아보기 전에 꼭 기절시켜야 했던 넌 그 즉시 오른발에 신은 유리 구두를 벗어 마고 씨의 머리를 다시 후려쳤어. 그때 유리 구두의 힐 부분이 부러졌고."

빨간 모자는 주머니에서 유리 조각을 꺼냈습니다. 신데렐라가 눈을 부릅뜹니다.

"그건 대체 어디서……."

"마고 씨가 목에 두른 스카프에 붙어 있더라. 넌 나중에 이게 발견될까 봐 줄곧 두렵지 않았을까? 이 파편은 네 유리 구두의 부러진 힐 부분에 정확히 들어맞을 테니까. 유리 구두를 그냥 버려도 되겠지만 혹시라도 누가 주워 가기라도 하면 큰일이지. 테클라 씨의 마법은 효력이 일주일밖에 안 가니까. 그건 곧 마법이 풀리는 순간 마고 씨에게 휘두른 흉기가 네 신발로 돌아간다는 소리야. 그럼 누가 범인인지도 즉시 들통나게 돼."

빨간 모자는 시종장에게서 신발을 받아 들었습니다.

"그래서 넌 다른 사람들 눈에 절대 띄지 않을 곳에 이 신발을 일주일 동안 숨겨야 했어. 그런 곳이 어딨을지 골똘히 궁리하다가 어제 죽은 비둘기의 무덤을 떠올렸겠지. 아무리 동물의 무덤이라 해도 무덤을 파헤칠 사람은 없을 테니까. 내가 널 처음 만난 그때가 아마 유리 구두를 묻은 뒤였을 거야."

신데렐라의 침묵은 긍정을 의미하고 있습니다.

"그렇게 증거인멸을 마쳤지만 넌 곧장 어떤 사실을 깨닫고 망연자실하고 말았어. 네가 가진 단 한 켤레의 신발이 사라져버렸으니까. 그때 네 눈앞으로 신발이 떠내려온 거야. 순간 넌 하늘의 계시라고 생각하지 않았을까. 얼마 안 돼 그 신발의 주인이 나타나 버리긴 했지만."

빨간 모자는 미소 지으며 손으로 자신을 가리켰습니다. 신데렐라는 그때 왠지 아쉬워하듯 "네 신발이었구나"라고 말한 적이 있습니다.

"넌 바바라 할머니에게 드레스를 선물 받기 전까지 무도회에 가게 될 줄은 꿈에도 몰랐을 거야. 누군지 못 알아볼 만큼 예뻐진 넌 우리가 옆에서 잔뜩 추켜세우자 우쭐해진 나머지 계모와 심술궂은 두 언니, 네 손에 죽은 한스 아저씨, 그리고 잃어버린 신발까지 모든 걱정이 머릿속에서 사라지지 않았을까."

"아니!"

신데렐라가 버럭 소리치며 빨간 모자의 말을 가로막았습니다.

"무도회에 가게 될 줄은 꿈에도 몰랐을 거라고?"

신데렐라는 깔깔 웃음을 터뜨렸습니다.

"몰랐을 리 없잖아. 내가 다른 여자들보다 수십 배는 더 예쁘다는 걸 이미 다섯 살 때부터 알고 있었으니까. 앤 언니나 마고 언니의 미모는 내 발끝에도 못 미쳐. 예쁜 드레스를 입고 성에 가서 왕자님의 눈에 드는 건 내게 주어진 당연한 권리란 말이야. 그 당연한 권리를 인정받을 정당한 기회가 찾아왔을 뿐이라고!"

신데렐라는 이제는 완전히 다른 사람이 돼 있었습니다. 왕자님은 추악한 괴물이라도 보는 눈빛으로 신데렐라의 고백을 듣고 있습니다. 빨간 모자가 입을 열었습니다.

"그 정당한 기회의 이면에서 네 계획을 어긋나게 하는 예상 밖 일들이 연속해서 일어났지. 우선 왕자님이 아끼는 사파이어 검을 포기 못 하고 결국 심부름꾼을 보내지 않은 것. 그로써 한스 아저씨의 사망을 마고 씨의 소행으로 위장하려던 네 계획은 물거품이 되고 말았어. 그런데 그 일을 마고 씨의 소행으로 믿어버린 사람이 딱 한 명 있었어. 바로 마고 씨 자신이야."

머리를 얻어맞은 후 기억이 몽롱해진 마고는 자기가 한스의 습격을 피하다가 되레 그를 죽이고 말았다고 믿었던 것입니다.

"체포될까 봐 두려워진 마고 씨는 한스 아저씨의 시신을 수레에 싣고 숲 옆길로 가, 그가 마차에 치여 죽은 것처럼 위장하려 했어. 하필 그때 앞을 지나간 마차가 우리가 타고 있었던 호박 마차였던 거고. 이미 죽었을 한스 아저씨가 다시 눈앞에 나타나자 넌 오죽 놀랐을까."

빨간 모자는 그때 신데렐라가 입에 담았던 "설마"라는 말을 떠올렸습니다. 신데렐라는 이를 갈며 빨간 모자를 노려보고 있습니다.

"이후 넌 정신을 차린 마고 씨가 한스 아저씨의 시신을 그곳으로 옮긴 걸 알게 되자 또 잔꾀를 부렸어. 자기가 누구한테 공격당했는지 마고 씨가 모르고 있을 거라 확신하고."

신데렐라는 자신들과 한스의 접점을 지워야 한다고 판단해 빨간 모자를 공범 삼아 함께 한스의 시신을 숨기기로 한 것입니다.

"넌 12시가 되면 마차와 말, 마부까지 모두 호박과 생쥐로 돌아가면 시신을 친 흔적도 깨끗이 사라질 거라 안심하고 무도회에 참석해 왕자님을 유혹하려 했어. 하지만 여기서도 네 계획이 틀어지고 말았지. 왕궁 순찰대가 한스 아저씨의 시신을 발견하고 만 거야. 호박 마차에 묻은 그 피는 검은 쥐 마부가 지워줘서 다행이었지만, 정말 외줄타기처럼 아슬아슬한 범죄 계획이었어."

빨간 모자는 잠시 말을 끊고 미소 지었습니다. 공범이 됐을 때의 심정이 떠올랐습니다.

"호박과 생쥐가 원래 모습으로 돌아가자 넌 안심했을 거야. 마고 씨는 결국 무도회장에 나타나지 않았고 집에도 돌아오지 않았으니 아직 숲속에 있을 거라 추측했겠지. 그렇게 넌 헛간에 돌아가자마자 바로 잠들어 버렸어. 마고 씨가 곧 붙잡히기를 기대했을 테고 자면서 왕자님이 널 맞으러 오는 꿈을 꿨을지도 모르겠지만 말이야. 그 뒤로 내가 헛간을 나가 마고 씨를 직접 만나고 심지어 머리에 난 두 개의 상처까지 보게 될 줄은 상상도 못 했을 거고. ……테클라 씨, 유리 구두는 구두를 처음 신었던 사람 발에만 들어가는 게 확실하죠?"

"확실해."

테클라가 고개를 끄덕입니다. 빨간 모자는 신데렐라를 더욱 몰아붙였습니다.

"비둘기 무덤에서 발견한 유리 구두를 신을 수 있는 사람은 범인뿐이야. 하지만 너와 얼굴을 마주해 직접 이 유리 구두를 신으라고 하면 네가 거부할 수도 있지. 그래서 왕자님께 협력을 부탁드린 거야."

이 모든 추리는 시종장을 거쳐 아침 무렵 왕자님께도 전달했습니다. 시종장은 "왕자님은 슬퍼 보이는 얼굴로 협력하겠다고 하셨습니다" 하고 빨간 모자에게 알려줬습니다.

"왕자님이 내민 유리 구두를 네가 거부할 리는 없으니까."

신데렐라는 이제 누가 봐도 범죄자 같은 얼굴로 빨간 모자를 노려보고 있습니다. 더 변명할 마음도 없어 보입니다. 그러나 잠시 후.

"하나만 물을게."

신데렐라가 또다시 서슬 퍼런 목소리로 열었습니다.

"너 같은 꼬맹이가 어떻게 왕자님과 순찰병들을 움직인 거야? 도대체 이 사람들을 어떻게 설득했어?"

"빨래."

"빨래?"

"어제 널 처음 만났을 때 네가 냇가에서 빨던 하얀 천. 그 천은 바바라 할머니와 헛간에 가기 전에 어느새 사라지고 없었어. 생각해 보면 이상하잖아. 다른 빨랫감도 없이 오로지 천 한 장만 빨고 있다니. 뒤늦게 의아하게 생각한 난 네가 그 천에 묻은 뭔가를 없애는 걸 포기하고 일부러 냇물에 흘려보냈다고 추측했어."

빨간 모자는 어젯밤 땅딸보 시종장과 함께 성으로 이어지는 냇가를 걷다가 가시덩굴에 걸린 하얀 천을 찾아냈습니다.

"이겁니다."

순찰병 한 명이 천을 펼쳤습니다. 밑단이 쓸려 찢어진

앞치마에 붉은 핏방울이 튀어 있습니다.

"한스 아저씨의 머리를 돌로 쳤을 때 튄 피겠지. 이걸 냇물에 씻어 없애려 할 때 내 신발이 떠내려온 거야."

신데렐라는 어금니를 바득바득 갈았습니다. 이제는 예쁜 얼굴도 소용없습니다.

왕자님은 그런 신데렐라를 딱한 눈빛으로 바라보다가 잠시 후에 입을 열었습니다.

"끌고 가라."

순찰병에게 지시했습니다. 미래에 왕이 될 사람답게 품격 있고 엄숙한 목소리입니다. 왕자님이 탄 마차의 문이 닫혔습니다. 신데렐라는 팔을 뒤로 묶인 채 순찰병에게 끌려갑니다.

"왕자님의 마차에 못 타서 아쉽겠네."

빨간 모자는 신데렐라의 뒷모습을 보며 중얼거렸습니다.

"저어."

그때 누가 말을 거는 소리가 들렸습니다. 땅딸보 시종장입니다.

"어젯밤부터 줄곧 신경 쓰였는데 혹시 무도회장에서 저와 춤추신 분 아닙니까? 괜찮으시다면 이따가 성으로 초청하고 싶습니다. 사교댄스 교사가 와서 춤을 가르쳐주기로 했는데, 모쪼록 제 파트너로……."

"아뇨, 사양할게요."

빨간 모자는 다리 옆에 둔 바구니를 들고 빙긋 웃었습니다.

"슈펜하겐까지 쿠키와 와인을 배달해야 하거든요."

"너 아주 똑똑한 아이였구나."

이번에는 바바라의 목소리가 들렸습니다. 유리의 마녀 테클라는 어느새 자취를 감췄습니다.

"난 너 같은 아이들을 아주 좋아한단다."

"그래요? 고마워요."

"자, 이걸 부적으로 갖고 다니렴."

바바라는 웬 토끼 다리를 빨간 모자의 손에 쥐여줬습니다.

"혹시라도 곤란한 일이 생기면 그걸 하늘에 치켜들고 내 이름을 부르려무나. 몇천 킬로미터가 떨어져 있다 해도 번개처럼 네 곁으로 달려갈 테니."

과연 이 나이 든 마녀에게 도움을 청할 일이 생길까요. 빨간 모자는 잠시 의심했지만 순순히 "고맙습니다" 하고 고개를 끄덕였습니다.

다음 목적지를 향해 발걸음을 떼는 빨간 모자.

그 발에는 아직 마법이 풀리지 않은 유리 구두가 신겨져 있었습니다.

2장 달콤한 밀실의 붕괴

이

시냇물 소리가 들리는 숲길입니다. 수풀이 버스럭거리더니 갈색의 뭔가가 하늘로 날아갑니다.

"꺄악!"

계모 소피아가 헨젤의 어깨에 찰싹 달라붙으며 소리쳤습니다.

"뭘 그렇게 놀라요, 엄마. 그냥 개똥지빠귀잖아요."

"흥!"

소피아는 헨젤의 어깨를 다시 밀치고 겸연쩍은 듯 손을 탁탁 털었습니다.

"나도 알아. 그건 그렇고, 정말 금화가 잔뜩 쌓여 있는 거 맞지?"

"우리를 못 믿겠다는 거예요?"

"직접 두 눈으로 보기 전까지 못 믿어. 그나저나 이런 숲속은 정말 싫다니까. 이러다가 늑대라도 만나면 어떡해? ……뭐 그럴 때는 저 꼬맹이를 먹이로 던져주고 도망치면 되겠지만, 흥."

앞서가는 그레텔을 보며 소피아가 거칠게 말을 내뱉었습니다. 그렇게 내키는 대로 지껄일 시간도 이제 얼마 안 남았어, 이 욕심꾸러기 아줌마야. 헨젤은 경멸을 담아 속으로 중얼거렸습니다.

"앗, 저기다!"

별안간 그레텔이 뛰기 시작했습니다. 헨젤이 뒤따라가자 소피아도 허둥지둥 쫓아옵니다.

주변이 탁 트이더니 마치 햇빛이 숲을 둥글게 깎아내어 만든 것 같은 빈터가 눈앞에 나타났습니다.

"세상에……."

헨젤 옆에서 소피아가 놀라서 숨을 집어삼켰습니다. 그럴 만도 합니다. 지금 눈앞에 있는 것은 세상에서 둘도 없을 만큼 특이한 집이니까요.

규모나 형태는 평범한 산장 수준이지만 정면 벽이 웨이퍼로 만들어졌고 작고 둥근 창은 캔디, 문은 초콜릿입니다. 옆면 벽은 귀여운 마카롱 장식이 잔뜩 달린 비스킷이고, 굴뚝은 그물코 무늬 와플에다가 꼭대기 부분은 구멍이 뻥 뚫린 팬케이크입니다.

"대단하네. 정말 과자 집이잖아. 지금 나 꿈꾸는 거 아니지?"

"꿈인 것 같으면 문을 한번 깨물어보세요. 달콤한 초콜 릿이니까."

"집 밖에 있는 초콜릿을 더럽게 왜 먹니? 얼른 안으로 안내해 줘."

그레텔이 초콜릿 문에 달린 캔디 손잡이를 잡아당겨 열었 습니다. 소피아는 집 안을 확인하고 또다시 감탄했습니다.

가운데에는 상단부가 쿠키인 테이블과 걸터앉을 수 있 는 각설탕이 네 개. 그 맞은편 왼쪽 벽에는 초콜릿으로 만 들어진 튼튼한 찬장과 조리대, 그리고 정면 안쪽에는 단 단한 비스킷으로 만든 아궁이가 있습니다.

"이게 대체 뭐야. 세상에 뭐 이런 집이 다 있어?"

소피아는 하늘을 올려다보며 중얼거렸습니다.

헨젤은 이 신비한 집의 정체를 적당히 둘러댔습니다.

"……그보다 그 아궁이 문을 열어보세요."

그러자 소피아는 찜찜해하는 얼굴로 아궁이에 달린 양 쪽 문을 활짝 열었습니다.

"히익!"

불 없는 아궁이 안에는 검게 그을린 마녀의 시체가 있었 습니다. 끔찍한 모습이지만 의외로 악취는 풍기지 않습니다.

"그레텔이 그랬어요."

"이 꼬맹이가? 정말 무서운 아이네."

정말 무서운 건 앞으로 당신에게 닥칠 일이야. 헨젤은 속으로 그렇게 말했습니다.

"참, 금화는 저 찬장 서랍에 있더라고요."

"오오, 그래?"

헨젤의 말을 듣고 소피아는 대번에 표정이 환해져서 찬장 서랍을 열었습니다. 찬장 바닥과 비스킷으로 된 마루 사이에 그레텔이 평소 쓰는 스카프가 끼워져 있는 것은 눈치채지 못한 듯합니다.

"이야, 엄청나네. 이것만 있으면 그 낡은 집을 벗어나 마을에서 살 수 있겠어."

소피아는 서랍에 담긴 금화를 두 손으로 퍼 올리더니 차르르 떨어뜨리며 환호성을 질렀습니다. 이 얼마나 천박한 여자입니까.

"이런, 신발 끈이 풀렸네."

헨젤은 그렇게 중얼거리며 허리를 숙여 그레텔의 스카프를 확 뽑아내며, 찬장 아래에서 뻗어 나온 노끈 두 줄을 한꺼번에 움켜쥐었습니다. 아궁이 앞에 있는 그레텔에게 눈짓하자 그레텔은 허둥지둥 각설탕 옆을 지나 집 밖으로 나갑니다.

"헨젤, 이 집에 혹시 봉지 같은 거 없니? 전부 담아 가자."

군침을 질질 흘릴 기세인 소피아는 이제 헨젤이 무슨 짓을 하는지도 관심 없어 보였습니다.

"죽어!"

헨젤은 단숨에 노끈을 잡아당겼습니다. 그러자 찬장을 지탱하던 나뭇가지가 쑥 뽑히더니 금화에 넋을 놓고 있던 소피아를 향해 찬장이 와장창 쓰러졌습니다. 쨍그랑, 쨍그랑 접시와 컵이 깨지는 소리. 소피아는 단말마의 비명을 지를 새도 없이 찬장에 깔리고 말았습니다.

찬장 아래로 소피아의 두 손만 보입니다. 잠시 후 비스킷 바닥에 서서히 피가 스며들기 시작했습니다.

"엄마……."

그레텔이 덜덜 떨며 소피아를 불렀지만 대답은 돌아오지 않습니다. 헨젤은 이마에 난 땀을 닦으며 한숨을 휴우 내쉬었습니다.

"그레텔, 괜찮아."

자상하게 여동생을 챙기는 헨젤. 그레텔의 눈에 눈물이 고입니다. 이렇게 겁쟁이 같은 모습을 보면 자연스레 오빠로서 동생을 지켜주고 싶어집니다.

헨젤은 그레텔의 머리를 끌어안았습니다.

"울지 마. 이제 우린 정신을 똑바로 차려야 해. 정말 중요한 건 지금부터야."

"응……."

작은 새처럼 몸을 바르르 떠는 여동생의 머리를 쓰다듬으며 헨젤은 하늘을 올려다봤습니다. 그렇습니다. 정말 중요한 건 지금부터입니다.

"그레텔, 냇가에 가서 물 좀 길어 올래?"

02

뭐 이렇게 야박한 동네가 다 있담?

빨간 모자는 화를 버럭버럭 내며 발걸음을 뗐습니다.

마이펜이라는 마을에 도착한 건 점심때가 지났을 무렵이었습니다. 저 높은 곳으로 성이 보이는 마을은 수많은 석조 건물이 늘어서 있어 매우 부유한 동네처럼 보였습니다. 아침부터 쫄쫄 굶은 빨간 모자는 빵 한 조각이라도 선뜻 나눠줄 사람을 만나기를 기대했습니다.

그러나 현실은 냉혹했습니다. 거리에서 만나는 이들에게 말을 걸어도 하나같이 바쁜 것처럼 종종걸음으로 옆을 휭 스쳐 지나가기만 했기 때문입니다.

어쩔 수 없이 아무 집을 찾아가 문을 두드려 밖에 나온 사람에게 먹을 것을 부탁했을 때 "우리 집도 형편이 어려워서"라고 변명하는 건 그나마 양반입니다. 코웃음을 치거나 심지어 "악마여, 썩 물러가거라!" 하고 빨간 모자에게 재를 뿌리는 사람도 있었습니다. 잼 바른 빵 한 조각을 얻어먹고 될 수 있으면 하룻밤 신세도 지겠다는 소망은 도저히 이뤄질 것 같지 않습니다.

"구두쇠들 같으니!"

어느새 해가 기울었습니다. 빨간 모자는 포기하고 다음 목적지로 향할 수밖에 없었습니다.

배에서 계속 꼬르륵 소리가 들립니다. 바구니에 쿠키가 있지만 아무리 배가 고파도 이 쿠키를 손대서는 안 됩니다.

눈앞에 울창한 숲이 보입니다. 달도 뜨지 않은 어두운 저녁입니다. 숲을 지나가야 하나 한탄하고 있을 때, 문득 빨간 모자의 눈앞에 집 한 채가 나타났습니다.

창문에는 불이 켜졌고 버터를 녹이는 듯한 향긋한 냄새가 풍깁니다. 이제는 이곳이 마지막 희망입니다. 빨간 모자는 주저 없이 문을 두드렸습니다.

"소피아? 돌아왔어?"

걸걸한 목소리가 들리고 문이 열렸습니다. 곰처럼 덩치가 산만 한 남자가 때가 잔뜩 묻은 앞치마를 두르고 서 있었습니다.

"응? 넌 누구지?"

"전 여행 중인 빨간 모자라고 해요. 오늘 밤 잘 곳이 없어서 그런데 하룻밤만 묵을 수 없을까요?"

"여행? 너 같은 여자애 혼자?"

속으로는 나도 이제 열다섯 살이라고 외쳤지만 입 밖에 내지는 않았습니다. 괜히 남자의 기분을 상하게 해서 집에 들이길 거부한다면 모든 게 말짱 도루묵입니다. 실제로도 지금 남자는 팔짱을 낀 채 떨떠름한 얼굴로 "흐음" 하고 고민하고 있습니다.

"아빠, 불쌍하니까 하룻밤 재워줘요."

집 안에서 여자아이 목소리가 들렸습니다. 덩치 큰 남자에게 가려져 잘 보이지 않지만 유심히 보니 탁자 앞에서 차를 마시는 여덟 살 남짓의 여자아이가 있었습니다. 그 옆에는 열두 살 정도 돼 보이는 남자아이가 의심 어린 눈빛으로 빨간 모자의 얼굴을 흘겨보다가 잠시 후 표정을 풀었습니다.

"그레텔 말이 맞아요. 이제 파이도 다 구워질 텐데."

남자아이가 동생을 거들었습니다.

"하지만 소피아 것도 남겨놔야 하는데……."

"하나 더 구우면 되죠. 괜찮아요."

곰 같은 남자는 결국 두 아이의 말에 못 이겨 빨간 모자를 집 안에 들였습니다.

"고마워, 얘들아. 난 빨간 모자라고 해."

빨간 모자는 두 아이에게 진심으로 감사를 표했습니다. 이 둘이 없었다면 오늘 밤새 캄캄한 숲속을 헤매야 했을 것입니다.

"난 헨젤, 얘는 내 여동생 그레텔. 그리고 이분은 우리 아버지 고프야."

"오늘은 미트 파이를 만들고 있단다. 항상 신세 지는 마을 어르신께 밀가루와 고기를 받았거든. 그리고 애들도 무사히 돌아온 기념으로."

고프 씨는 수염이 덥수룩한 얼굴로 미소 지었습니다. 그러나 표정에서 왠지 불안감이 읽힙니다.

"무사히 돌아왔다니. 어디 갔었는데요?"

빨간 모자의 질문에 고프 씨의 표정이 어두워졌습니다.

"숲속에서 길을 잃었거든."

옆에서 헨젤이 밝게 대답했습니다.

"그레텔과 둘이 버섯을 따러 간 길이었어. 이 숲은 워낙 넓어서 길을 한번 잘못 들면, 주변에 펼쳐진 똑같은 풍경 때문에 방향을 잃게 돼. 집에 잘만 가는 줄만 알았는데 모르는 사이 점점 숲 안쪽으로 들어가 버렸지 뭐야. 그렇게 무려 2주나 숲을 헤매고 다녔어."

"2주라니! 엄청 오래 돌아다녔네. ……근데 그런 것치고는 안색도 밝고 지친 기색도 없는 것 같은데?"

그러자 헨젤은 또다시 빨간 모자를 날카롭게 쳐다봤습니다. 혹시 해서는 안 될 말이라도 한 걸까요. 빨간 모자가 속으로 의아해하고 있자 헨젤은 곧 다시 웃는 얼굴로 입을 열었습니다.

"이 숲에는 버섯과 나무 열매가 잔뜩 열려. 우리는 이곳에서 나고 자라서 그런 게 어딨는지 잘 알아."

그렇다면 집에 돌아오는 길도 헷갈리지 않을 수 있을 텐데요. 그러나 빨간 모자는 더 캐묻지 않았습니다. 고향에 있는 어머니에게 툭하면 말대꾸를 한다고 꾸중 들은 기억이 떠올랐기 때문입니다.

"아버지, 이제 다 구워지지 않았을까요?"

"아, 그래……."

헨젤이 재촉하자 고프 씨가 주방 장갑을 끼고 오븐 문을 열었습니다. 덩치에 비해 마음이 여려 보이는 사람입니다.

"자, 먹자."

맛있게 잘 구워진 미트 파이가 탁자 위에 놓였습니다. 고기와 소스에서 풍기는 풍부한 향과 고소한 파이 냄새가 텅 빈 빨간 모자의 위장을 자극합니다. 고프 씨는 파이를 네 조각으로 잘라 빨간 모자, 헨젤, 그레텔의 접시에 나눠 줬습니다.

남매는 "잘 먹겠습니다" 하고 허겁지겁 파이를 먹기 시작했습니다. 물론 빨간 모자도 득달같이 파이에 달려들었습니다. 배가 고파서인지 태어나서 먹어본 미트 파이 중 가장 맛있게 느껴졌습니다.

그러다가 빨간 모자는 문득 깨달았습니다. 고프 씨는 자기 접시 위의 파이에 손도 대지 않고 그저 남매가 먹는 모습만 가만히 지켜보고 있습니다. 흐뭇해하기보다는 뭔가 미안한 표정이었습니다.

"고프 아저씨는 안 드세요?"

빨간 모자는 궁금증을 참지 못하고 물었습니다. 고프 씨는 몸을 움찔하더니 빨간 모자를 쳐다봅니다.

"아, 아니, 아내가 돌아올지도 몰라서. 정말 어디 갔는 지…….."

"어디서 산딸기라도 따고 있을 거예요. 걱정 안 해도 된 다니까요."

헨젤이 느긋하게 말했습니다. 그레텔은 입을 오물거리 며 불안한 듯이 헨젤을 바라봅니다.

"하지만 집에 오고 나서 자기 몫의 파이가 없는 걸 알면 기분이 상하지 않을까?"

빨간 모자는 그제야 한숨을 내쉬며 깨달았습니다. 아무 래도 아내에게 잡혀 사는 남편인 듯합니다.

"그렇게 어머니가 무서우면 어쩔 수 없죠, 뭐. 아, 빨간 모자, 넌 신경 쓰지 말고 많이 먹어."

밝게 말하는 헨젤. 고프 씨도 덩달아 싹싹하게 미소 짓 습니다.

뭔가 찜찜한 가족입니다. 혹시 뭐 숨기는 거라도 있는 가 싶지만 깊이 파고들 마음은 없습니다. 빨간 모자는 남 매와 말없이 파이를 먹었습니다. 고프 씨도 어느새 포크를 파이에 찔러 넣었습니다.

"그런데 어머니가 정말 늦기는 하네."

헨젤이 그렇게 중얼거리더니 갑자기 몸을 벌떡 일으켰습니다.

"가서 좀 찾아볼까?"

문 옆 벽에 걸린 랜턴을 들고 성냥불을 붙이려 합니다. 성냥갑에는 금발에 푸른 눈을 가진 여자아이가 환하게 웃는 일러스트가 그려져 있습니다. 그걸 본 순간.

"잠깐만!"

빨간 모자는 헨젤을 멈춰 세우고 바구니에서 다른 성냥을 꺼냈습니다.

"이 성냥을 써봐. 이게 더 잘 붙을 거야."

헨젤은 잠시 미심쩍어했지만 결국 군말 없이 빨간 모자가 내민 성냥으로 랜턴에 불을 붙였습니다.

"이 시간에는 위험하다. 내가 다녀오마."

"그럼 같이 가요, 아버지. 그레텔도 갈 거지?"

"응."

그레텔이 먹던 파이를 접시에 내려놨습니다.

"그럼 집이 비게 되는데……."

헨젤이 빨간 모자를 보며 말했습니다. 상황이 뭔가 이상하게 돌아가고 있습니다.

솔직히 파이를 더 먹고 싶었습니다. 그러나 손님 혼자 집을 지킬 수는 없겠지요.

그리고 빨간 모자는 지금 이 가족에게 뭔가 수상한 일이 벌어지고 있다는 것을 직감했습니다.

미트 파이를 좋아하기는 하지만 이런 이상야릇한 분위기도 싫어하지 않습니다.

"나도 갈게."

빨간 모자도 냅킨으로 입을 닦고 몸을 일으켰습니다.

03

계획이 좀 틀어진 것 같아. 아버지 고프의 뒤를 따라가며 헨젤은 속으로 생각했습니다.

지금 옆을 걷는 빨간 모자라는 여자아이 때문입니다. 열두 살인 헨젤보다 두어 살 더 많을까요. 빨간 모자가 달린 빨간 망토를 뒤집어쓰고 있지만 자세히 보면 꽤 귀여운 소녀입니다. 설마 이런 밤중에 하룻밤 묵게 해달라는 손님이 찾아올 줄이야……. 예상치 못한 일이었지만 어째서인지 헨젤은 가슴이 두근거렸습니다.

우연히 집에 묵은 손님에게 살해한 사람을 보여주는 것도 나쁘지 않습니다. 헨젤은 꼭 다른 사람 일처럼 '나도 정상은 아니네' 하고 생각했습니다. 어쩌면 자신은 이미 세상에서 범죄자라고 부르는 사람이 돼버렸는지도 모릅니다.

헨젤의 다른 옆쪽에서 걷는 그레텔은 걱정이 앞서는지 헨젤과 맞잡은 오른손에 땀이 흥건합니다. 가엾은 내 동생……. 예상하지 못한 일이 일어나 겁을 먹었겠지요. 그런 여동생을 보며 헨젤은 옆에서 든든하게 동생을 지켜주고 싶었습니다. 너무나 사랑스러운 나의 그레텔. 크림을 발라 과자로 만들고 싶을 정도입니다.

그렇게 잠시 딴생각을 하느라 하마터면 그냥 지나칠 뻔했습니다.

"아버지, 저거."

헨젤은 길가에 있는 삼나무 아래에 떨어진 스카프를 가리켰습니다. 고프 씨는 스카프를 주워 들고 랜턴 불로 비췄습니다.

"소피아 거잖아……."

단숨에 안색이 달라졌습니다.

"어머니는 아마 이쪽으로 향한 것 같아요."

넌지시 목적지 쪽을 가리키자 고프 씨는 고개를 끄덕이고 길 아닌 길을 거침없이 나아갑니다. 이 얼마나 단순한 사람입니까. 다루기 쉬운 건 좋지만 이렇게 멍청한 사람이 아버지라고 생각하자 헨젤은 구역질이 일었습니다.

그 뒤로도 숲길에 떨어뜨리고 온 소피아의 소지품에 의지해 30분 정도 더 걷자 마침내 과자 집과 가까운 곳까지 도달했습니다. 바로 그때 시냇물이 요란하게 첨벙거리는 소리가 들렸습니다.

뭔지 모를 하얀 덩어리가 나무 사이를 쏙 지나갑니다. 헨젤은 가슴이 철렁했습니다.

잠시 후 그 덩어리는 모두 앞에 불쑥 나타나 날카로운 눈빛으로 사람들을 노려봤습니다.

"꺅!"

빨간 모자는 놀라서 그 자리에서 펄쩍 뛰었습니다.

늑대입니다. 성인 정도의 키에, 오늘은 달도 뜨지 않았는데 온몸을 뒤덮은 은빛 털이 은은한 빛을 발산하고 있습니다.

"난 신성한 이 숲의 관리자 게오르그라고 한다."

늑대는 인간의 언어로 말했습니다.

"해도 떨어진 시간에 왜 인간 녀석들이 숲을 어슬렁거리지?"

"아, 우리 아내가 아직 집에 돌아오지 않아서."

고프 씨가 대답했습니다. 그러자 게오르그는 "응?" 하고 노란 눈을 찌푸렸습니다.

"자네는 혹시 울보 고프인가?"

"어?"

"나무꾼 로랑의 아들, 울보 고프 아니야?"

"우, 우리 아버지를 알고 있어?"

"물론이지. 자네가 어렸을 때 이 앞 늪에 빠진 자네를 내가 구해줬으니까. 로랑이 아주 고마워했지."

"……그러고 보니 아버지에게 사람 말을 할 줄 아는 신성한 늑대가 있다고 들은 적이 있어. 한밤중에 돌아다니다가 그 늑대에게 들키면 혼난다고도."

"그래. 자네 뒤에 있는 세 명은 자식인가?"

"아, 아니, 그게……."

"전 아니에요. 그냥 오늘 밤 이분 집에서 하룻밤 묵기로 한 손님이에요."

빨간 모자는 그가 못된 늑대가 아닌 것을 깨닫고 입을 열었습니다.

"게오르그 아저씨, 혹시 숲속에서 여자 못 보셨어요?"

"여자? 안타깝지만 못 봤어. 그런데 지금 나도 저쪽으로 확인하러 가는 길이었네. 인간의 피 냄새가 풍겨서 말이야."

고프 씨가 옆에서 몸을 움찔하는 게 느껴졌습니다.

"올보 고프, 보아하니 자네가 로랑에게 못 들은 얘기도 있는 것 같군. 난 이 숲을 대표해 자네들의 왕인 마이펜의 성주와 계약을 맺었네. 이 숲에서 누군가 길을 잃으면 인간들이 다니는 곳까지 안내해 주기로. 그리고 숲에서 누군가가 예기치 못한 죽임을 당하면 그 사인을 성에 보고하기로 했지. 대신 성주는 백성들에게 숲에서의 사냥을 금지시켜서 동물들의 안식을 지켜주기로 했네."

12년 동안 숲에서 산 헨젤도 처음 듣는 이야기입니다.

빨간 모자가 집을 찾아온 것보다 더 뜻밖의 상황이 펼쳐졌습니다. 아니나 다를까 옆에서 그레텔이 몸을 덜덜 떨고 있습니다.

비록 피로 이어진 관계는 아니라고 해도 계모를 죽인 사실이 들통나면 그 즉시 사형에 처해질 것입니다. 그러나 이제 와서 계획을 포기할 수도 없는 노릇입니다.

"게오르그 아저씨, 저희도 따라가 봐도 될까요? 걱정돼서요."

헨젤의 제안에 게오르그는 고개를 끄덕이고 앞장서서 발걸음을 뗐습니다.

그 후 백 걸음도 채 걷기 전에 그때 그 빈터에 도착했습니다.

"응? 저게 뭐지?"

눈앞에 보이는 과자 집을 보며 빨간 모자가 눈을 휘둥그레 떴습니다.

"과자로 만들어진 집이잖아……."

헨젤은 지금 막 집을 처음 본 사람처럼 연기하는 것을 잊지 않습니다.

"와, 정말이다……."

그레텔도 의욕 없이 놀라는 연기를 선보입니다. 게오르그가 옆에서 코웃음을 쳤습니다.

"에이미에게 들은 대로군. 허그족의 별종 짓이 분명해."

"허그족? 그게 뭐지?"

고프 씨가 고개를 갸웃했습니다.

"울보 고프, 자네는 정말 아무것도 모르는군. 허그족은 여기서 수백 킬로미터 떨어진 브리튼이라는 섬의 숲에 사는 마녀 일족을 뜻하네. 달콤한 과자를 자유자재로 만들고 없애는 능력이 있어서 이런 집도 지을 수 있지. 아이들이 집을 보고 홀려서 찾아오면 처음에는 상냥하게 대해 주다가 어느 정도 친분이 쌓이면 갑자기 돌변해 집 안에 아이를 가둔다더군. 그리고 남자아이는 감금한 채로 피둥피둥 살을 찌워서 잡아먹고, 여자아이에게는 고된 집안일을 시키며 힘들어하는 모습을 보고 즐긴다고 해. ……특히 그 별종은 유독 질투심이 강해서 늘 일족 안에서 갈등을 일으키다가 결국 쫓겨나 이 숲에 정착하게 된 거야."

마녀에게 그런 사연이 있으리라고는 헨젤도 전혀 몰랐습니다. 그러나 어차피 상관없습니다. 그 마녀는 이미 죽었으니까요.

"집 안에 불도 안 켜진 걸 보면 아무도 없는 것 같은데요."

빨간 모자가 그렇게 지적했습니다.

"그런데 인간의 피 냄새는 확실히 이 집 안에서 풍기고 있어. 이봐, 자네."

"전 자네가 아니라 빨간 모자예요."

"빨간 모자, 자네가 가서 문을 열게."

늑대는 팔다리를 땅에 대고 있느라 손잡이를 쥐지 못한다고 합니다. 빨간 모자가 캔디로 만들어진 문손잡이를 잡아당겼습니다. 그러나 문은 꿈쩍도 하지 않습니다.

당연히 안 열리지. 헨젤은 속으로 중얼거리며 음흉하게 미소 지었습니다. 지금 저 문 너머에는 빗장이 단단히 채워져 있으니까요. 제삼자인 빨간 모자가 증인이 된 셈이니 정말 행운입니다.

"혹시 빗장이 걸려 있나? 안 열려요. 저기요! 안에 아무도 없나요?"

빨간 모자가 집 안을 향해 소리쳤지만 헨젤은 쓸데없는 짓이라는 것을 알고 있었습니다.

"다른 출입구가 있는지 찾아보는 게 어때요?"

헨젤이 제안하자 모두 함께 집 주변을 한 바퀴 둘러봤습니다. 그러나 다른 출입구 같은 게 있을 리 없습니다.

"어쩔 수 없군. 창문을 깨야겠어."

게오르그의 그 말을 들었을 때 헨젤은 하마터면 웃음을 터뜨릴 뻔했습니다. 빨간 모자처럼 이 늑대의 등장 역시 계획에 없었지만 방해는커녕 오히려 도움이 될 듯합니다.

"누가 가서 적당한 돌을 좀 찾아오게."

"저깄어요."

헨젤은 낮에 미리 점찍어 둔 문 옆에 놓인 돌을 가리켰습니다. 고프 씨가 그 즉시 두 손으로 돌을 들어 둥근 캔디 창에 집어 던지자 와장창 창문이 깨졌습니다.

"이런, 창문이 너무 작군. 난 못 들어가겠어."

"제가 들어갈게요."

머리를 벅벅 긁는 고프 씨 옆에서 그레텔이 나섰습니다. 고프는 그레텔을 번쩍 들어 올리더니 "조심해야 해" 하고 창틀로 다가갔습니다. 그레텔이 창틀을 넘어 집 안으로 들어갑니다. 잠시 후 안쪽에서 문이 열렸습니다.

"역시 빗장이 채워져 있었어요."

"그렇군. 좋아, 들어가 보지."

게오르그가 먼저 안에 들어갔고 랜턴을 든 고프 씨가 뒤따릅니다.

"소피아!"

곧이어 고프 씨의 외침이 들렸습니다.

랜턴으로 비춘 집 안. 그곳에서는 찬장 아래에 깔린 어머니의 피투성이 손이 보였습니다.

04

또 시체가……

어느 시점부터 대략 예상은 했지만 그래도 빨간 모자는 몸을 부르르 떨었습니다.

그건 그렇고 참으로 군침 도는 향기가 가득한 집입니다. 미트 파이를 남기고 와서 그런지 식욕에 더 휘둘리는 것 같습니다. 이 비스킷 벽은 윤기가 자르르 도는 게 맛있어 보입니다. 그리고 바깥에 있는 굴뚝은 와플 아닌가요? 외부 비스킷 벽에 마치 장식처럼 달린 마카롱들을 발판 삼으면 지붕으로 올라갈 수 있겠지만……. 빨간 모자가 달콤한 상상에 잠겨 있을 때, 그 옆에서 게오르그가 "자네 아내가 확실한가?" 하고 고프 씨에게 확인했습니다.

"그래, 확실해. 내 아내이자 이 아이들의 새엄마야."

고프 씨는 충격을 받았는지 몸을 휘청거리며 탁자 위에 손을 얹었다가 "앗!" 하고 탁자를 통째로 무너뜨리고 말았습니다.

"뭐, 뭐야. 이 집은 탁자까지 과자로 만들어졌나? 이건…… 쿠키?"

고프 씨는 손바닥을 혀로 핥아 확인했습니다. 탁자가 산산조각이 났지만 게오르그는 별 관심도 없이 "조심하게" 하고 주의만 줄 뿐입니다.

"그보다 새엄마라니?"

"이 아이들의 친엄마는 세상을 떴어. 남자 혼자 아이들을 키우려면 힘들 거라며 마을 어르신이 소개해 준 여자가 바로 소피아야."

"계모라는 말인가. ……응? 안쪽에 있는 아궁이에서 수상한 냄새가 풍기는데."

게오르그는 안으로 걸어가더니 불현듯 "이게 뭐지?" 하고 놀란 목소리로 외쳤습니다.

"바닥 비스킷이 흠뻑 젖어서 흐물흐물해졌잖아. 물이 흐른 것 같은데."

이 바닥도 비스킷이었구나. 빨간 모자는 발끝으로 바닥을 툭툭 쳐 확인했습니다. 소리와 감촉이 분명 나무와는 다릅니다. 조금 더 무른 느낌의……. 그러나 확인하려 해도 집 안이 어두워서 아무것도 보이지 않습니다.

"랜턴 하나로는 부족한 것 같아요. 어디 조명으로 쓸 만한 게 없을까요."

"조명이라면 저기……."

그레텔이 집 문 바로 위를 가리켰습니다. 사과 모양 등피가 달린 랜턴이 벽에 붙어 있습니다.

"응? 정말이네."

헨젤은 까치발을 들어 랜턴을 벽에서 떼어내더니, 아내 옆에서 무릎을 꿇고 허탈해하는 고프 씨의 랜턴 불을 빌려 사과 모양 랜턴에 불을 붙였습니다.

집 안이 단숨에 환해졌습니다.

휑한 곳입니다. 가구라고 해봐야 탁자와 쓰러진 찬장 외에는 조리대뿐이라 뭔가 부족한 느낌을 지울 수 없습니다.

찬장 아래에 깔린 소피아 씨 주변에는 피가 고여 있고

금화가 잔뜩 떨어져 있었습니다.

"오옷, 이것은!"

게오르그가 소리쳤습니다. 그곳으로 고개를 돌리니 문이 활짝 열린 아궁이 밖으로 불에 탄 사람 다리가 튀어나와 있었습니다. 참으로 끔찍한 광경입니다. 이렇게 귀여운 과자 집에 시체가 두 구나 있다니요.

게오르그는 시체 앞으로 다가가 냄새를 맡았습니다.

"인간 냄새가 아니야. 이 녀석이 바로 이 집을 만든 허그족 마녀겠지. 허그족은 살아 있을 때 언제든 과자를 만들거나 없앨 수 있고 죽은 뒤에도 살아 있을 때 만든 것들은 그대로 남는다더군. 하지만 어차피 과자이니 이 집은 이대로 숲속 새들의 먹이가 되거나, 썩어서 흙으로 돌아가거나 둘 중 하나겠지. 그건 그렇고……."

게오르그는 아궁이에 고개를 집어넣었습니다.

"상태가 말이 아니군. 도대체 언제 죽었는지 감도 안 잡히네."

"소피아 아주머니는요? 아주머니는 언제 돌아가셨는지 아세요?"

그 물음에 게오르그는 빨간 모자의 얼굴을 올려다보며 고개를 끄덕였습니다.

"굳이 냄새를 맡지 않아도 피가 굳은 정도만 봐도 알 수 있지. 오늘, 그러니까 해가 서쪽으로 기울 무렵 아니었을까."

"그럼 지금부터 서너 시간 전이네요."

"인간들이 쓰는 시간 개념 같은 건 모르네. ……응? 저건!"

게오르그는 원래 찬장이 놓여 있었던 것으로 보이는 벽 앞으로 달려갔습니다. 비스킷 바닥 부분이 비스듬하게 파여 있습니다. 그리고 그 옆에는 노끈에 묶인 나뭇가지가 두 개 떨어져 있었습니다.

"하하, 이 찬장이 어떻게 쓰러졌는지 이제야 이해가 가는군."

게오르그는 노란 눈으로 모두를 둘러봤습니다.

"아마도 찬장은 이 벽에 딱 달라붙어 있었겠지. 범인은 찬장 앞 비스킷 바닥을 공들여 파냈어. 그렇게 찬장이 앞으로 살짝 기울자, 노끈을 묶은 이 나뭇가지 두 개를 바닥에 끼워 찬장을 떠받쳤을 거야."

빨간 모자의 상상 속에서 찬장은 상당히 불안정한 상태로 기울어 있습니다. 찬장을 지탱하는 나뭇가지 두 개가 흔들리는 광경도 떠오릅니다.

"이후 범인은 금화를 미끼 삼아 이 여자가 찬장 앞으로 다가가게 했겠지."

"그리고 그 자신은 안전한 곳에서 노끈을 잡아당겨 나뭇가지를 뽑아서 찬장을 쓰러뜨렸다는 말이죠?"

빨간 모자가 묻자 게오르그는 "그래" 하고 고개를 끄덕였습니다.

"하지만 찬장 앞 바닥이 파여 있었다면 어머니도 이상하게 생각하지 않았을까요?"

헨젤이 의문을 제기하자 게오르그는 "찬장과 바닥 사이에 천 같은 걸 깔아뒀다면 보이지 않았겠지"라고 대답했습니다. 빨간 모자도 "그러네요" 하고 맞장구를 칩니다.

"하지만 누가 그런 짓을 해요? 노끈을 나뭇가지에 묶은 걸 보면 숲에 사는 동물은 아닐 테고."

그러자 게오르그는 당연한 소리를 한다는 것처럼 코웃음을 쳤습니다.

"이봐, 꼬마 아가씨. 자네가 아까 여기 들어왔을 문에 빗장이 채워져 있었다고 했지?"

"아, 네……."

그레텔이 대답하고 가리키는 곳을 보니 문에는 빗장을 넣는 고리와 빗장이 달려 있습니다.

"그건 곧 이 여자를 죽일 수 있었던 사람은 마녀뿐이었다는 뜻이야. 이 녀석이라면 비스킷 바닥을 파내 찬장을 쓰러뜨리는 구조도 쉽게 떠올렸을 테고."

"하지만 마녀는 저런 상태로……."

"집에 들어올 수 있었던 다른 사람이 없는 이상 마녀가 여자를 죽이고 스스로 불타는 아궁이에 몸을 던졌다고 볼 수밖에 없는 상황이지. 자네들은 혹시 이 여자와 마녀가 어떤 관계였는지 알고 있나?"

짧은 침묵 후 먼저 입을 연 사람은 헨젤이었습니다.

"그러고 보니 어머니가 반년 정도 전에 '돈이 어마어마하게 많은 부자 친구가 생겼어'라고 하신 적이 있어요."

"부자 친구?"

게오르그의 시선이 바닥에 떨어진 금화로 향합니다.

"네, 잘만 하면 친구 덕을 보고 쪼들리는 생활도 청산할수 있겠다고 하셨어요. ……하지만 한 달쯤 전이었을까요. 갑자기 '그 여자는 도움은커녕 느닷없이 나더러 자기애인을 해달라지 뭐야'라며 화를 내시더라고요."

빨간 모자는 헨젤의 말에 뒤통수를 얻어맞은 듯한 충격을 느꼈습니다.

"그러더니 '역시 너무 예뻐도 문제라니까. 이렇게 된 이상 돈 좀 뜯어내고 바로 차버려야겠어'라고도 하셨어요. 내 말이 맞지, 그레텔?"

"응……, 맞아."

오빠의 말을 듣고 그레텔이 고개를 끄덕입니다. 빨간모자는 "잠깐" 하고 두 사람을 멈춰 세웠습니다.

"여자가 여자를 좋아하는 것까진 뭐 그렇다고 쳐. 하지만 마녀가 인간 여자와 사랑에 빠지다니. 그게 정말 가능해?"

"인간들의 심리는 잘 모르지만 인간 여자에게 반한 마

녀 얘기는 나도 들어본 적이 있기는 하네."

게오르그가 입을 열었습니다.

"심지어 그 마녀는 인간 여자를 제 손아귀에 넣으려고 어부인 그녀의 남편까지 죽였다지. 마법으로 폭풍우를 일으켜 배를 침몰시키는 방법으로."

빨간 모자는 그저 놀라울 따름이었습니다.

"마녀는 가끔 인간보다 더 감정에 휘둘릴 때가 있다고 하더군. 이 여자의 냉담한 태도에 화가 난 마녀가 여자를 죽이고 절망한 나머지 스스로 목숨을 끊었다는 식으로 해석할 수도 있겠어. ……그런데 울보 고프, 자네는 지금 아들이 한 얘기를 알고 있었나?"

"우리 아내가, 마녀와…… 그렇고 그런 관계였다고? 아, 아니……."

고프 씨는 고개를 흔들었습니다.

"내가 집을 비울 때가 많기는 했지만 그런 소리는 처음 들어."

"그런 바람직하지 못한 일을 오로지 아이들만 알고 있었다니. 인간들은 역시 참 희한해."

"그러고 보니…… 소피아가 아이들과 사이좋게 잘 지내니 걱정 말라고 한 적은 있었는데."

순간 빨간 모자는 헨젤의 표정이 달라지는 것을 알아챘습니다. 자기 아버지가 마치 범죄자라도 되는 양 차갑고 날카로운 눈빛으로 바라보고 있습니다.

"과연."

게오르그가 입을 열었습니다.

"울보 고프, 아무래도 자네 말을 좀 더 들어봐야 할 것 같군. 아이들은 먼저 집에 보내고."

"하지만 이렇게 어두운 숲속으로 아이들만 보내는 건……."

"걱정 말게. 내 충실한 심복을 함께 보낼 테니."

***

랜턴을 든 헨젤 앞에서 덩치 큰 곰이 느릿느릿 걷고 있습니다. 움직임은 굼뜨지만 우락부락한 근육과 날카로운 발톱을 보니 다른 짐승에게 당할 걱정은 하지 않아도 될 것 같습니다.

빨간 모자는 헨젤 뒤를 걸었고, 그레텔은 어째서인지 오빠가 아닌 빨간 모자 옆에 찰싹 달라붙어 걷고 있습니다. 줄레줄레 따라오면서 피곤한지 연신 하품을 합니다. 입을 작게 벌리며 후암 하고 하품하는 모습이 귀여워서 빨간 모자는 마치 여동생이 생긴 듯한 훈훈한 기분이 들었습니다.

"……아빠는 거짓말을 했어."

그레텔이 갑자기 그렇게 중얼거렸습니다. 꼭 꿈결 같은

목소리라 처음에는 잠꼬대를 하는 줄 알았습니다. 헨젤이 발걸음을 멈추고 뒤돌아봅니다.

"우리가 엄마랑 사이좋게 지냈다니."

"사이가 좋지 않았던 거야?"

빨간 모자가 묻자 그레텔이 대답했습니다.

"사이가 좋기는커녕 엄마는 아마 우리가 죽기를 바랐을 거예요."

"그레텔."

헨젤이 동생을 나무랍니다.

"헨젤, 그게 정말이야?"

빨간 모자가 확인하자 헨젤은 말없이 빨간 모자의 얼굴을 빤히 쳐다보다가 잠시 후, 한숨을 내쉬고 "정말이야"라고 했습니다.

"걸어가면서 얘기하자. 이러다가 곰 아저씨를 놓치겠어."

집으로 걸어가면서 헨젤이 들려준 이야기는 다음과 같습니다.

가족 셋이 사는 집에 소피아 씨가 들어온 건 2년 전. 그때만 해도 집안 형편이 괜찮았지만 시간이 갈수록 나무꾼인 고프 씨의 벌이가 신통치 않아졌다고 합니다.

고프 씨는 땔감 말고도 숲의 일부에서만 나온다는 검은 돌을 캐서 부싯돌로 팔았지만, 저 먼 북쪽의 슈펜하겐이라는 도시에서 성능이 뛰어난 '엘렌의 성냥'이 보급되면서 사람들은 점차 부싯돌을 외면하기 시작했습니다.

결국 네 가족의 삶이 더 쪼들리게 되자 고프 씨는 주초에는 나무를 베고, 다른 날에는 마을에 나가 집과 도로를 짓는 일용직으로 일하며 돈을 벌었습니다. 남매와 소피아 씨의 관계가 삐걱거리기 시작한 것도 그 무렵입니다.

소피아 씨는 남편이 집을 나가기만 하면 완전히 돌변해 남매에게 밥 짓기, 세탁, 청소 같은 집안일을 모조리 떠넘기고 자신은 누워 있거나 딴짓을 하며 빈둥거렸다고 합니다. 그러면서 조금이라도 마음에 들지 않는 구석이 생기면 남매에게 버럭버럭 화를 냈습니다. 특히 그레텔이 그 표적이 될 때가 많아서 그레텔의 몸 이곳저곳에는 파란 멍이 끊이지 않았습니다.

주말이 지나 집에 돌아온 아버지에게 헨젤이 간곡히 호소해도 "예전 엄마랑 달리 성격이 급하니 어쩔 수 없지" 하고 웃어넘기며 남매를 도와줄 마음이 없어 보였다고 합니다.

남매에게 더 무서운 일이 들이닥친 건 2주 전입니다. 헨젤이 침대에 누워 있을 때 부엌에서 고프 씨와 소피아 씨의 대화 소리가 들렸습니다.

—이제 먹을 것도 다 떨어졌는데 어쩌지.

—우리라도 살아야지. 저 애들을 내쫓자.

—말도 안 돼. 애들을 어떻게 내쫓겠어?

―당신이 일을 도와달라고 하고 숲속 깊숙한 곳으로 저 애들을 데려가. 그리고 날이 어두워지면 곧장 혼자 돌아오는 거야.

　―어떻게 그런 짓을…….

　―아아, 그렇구나. 당신 마음이 뭔지 잘 알겠어. 그럼 우리 다 함께 굶어 죽으면 되겠네.

　―왜 그리 극단적으로…….

　―우리가 처한 지금 이 상황 자체가 이미 극단적이야. 저 애들을 버리고 올지 아니면 모두 함께 굶어 죽을지 선택해.

　―그, 그래. 알겠어. 당신이 시키는 대로 할게.

　―그래. 처음부터 그랬어야지. 자, 그럼 내일 당장 하는 거다. 알겠지?

　질겁한 헨젤은 부모님이 잠들자 그레텔을 깨워 함께 집을 몰래 빠져나가서 하얀 조약돌을 잔뜩 주워 왔습니다. 그 조약돌은 달빛을 받으면 반짝이는 특성이 있습니다. 다음 날 남매는 옷에 조약돌을 숨긴 채 앞서가는 아버지의 눈을 피해 숲의 길목마다 조약돌을 떨어뜨렸습니다.

　결국 조약돌을 표식 삼아 집에 돌아온 남매를 아버지는 안심한 얼굴로 맞아줬지만, 소피아 씨는 짜증 섞인 눈빛으로 바라봤다고 합니다.

　―아까 집 주변을 둘러보니 빛나는 조약돌들이 떨어져

있었어.

그날 밤에도 부엌에서 두 사람의 대화 소리가 들렸습니다.

— 진짜 약삭빠른 애들이라니까. 조약돌을 따라서 집에 돌아온 게 분명해.

— 소피아, 역시 애들을 숲속에 버리고 오는 건 좀…….

— 내일 한 번 더 해.

— 소피아, 다시 생각해 보면 안 될까?

— 이제 와서 무슨 소리야! 오늘 밤은 내가 밤새도록 지켜볼 거야. 저 애들이 조약돌을 주워 오지 못하게!

다음 날 남매는 또다시 아버지에게 이끌려 숲 깊숙한 곳으로 들어갔습니다. 소피아 씨의 감시 때문에 조약돌을 주워 오지 못해서 이번에는 길목마다 점심으로 가져온 빵을 조금씩 뜯어 떨어뜨렸습니다. 지난번과 마찬가지로 아버지가 사라지면 그 빵 조각들을 쫓아 집에 돌아갈 생각이었습니다.

"하지만 빵은 사라지고 없었어요."

헨젤이 설명을 마치기도 전에 그레텔이 끼어들었습니다.

"새가 전부 쪼아 먹은 거예요. 덕분에 저와 오빠는 계속 숲속을 방황하다가……."

"버섯을 발견했어."

헨젤이 그레텔의 말을 가로막고 말했습니다. 그레텔은

순간 몸을 움찔했습니다.

"응……, 맞아요."

그렇게 맞장구를 치고 다시 입을 다물어버립니다. 헨젤이 설명을 이어갔습니다.

"운 좋게 버섯을 따 먹으며 배를 채웠고 나무 열매도 잔뜩 얻을 수 있었어. 하지만 여전히 집에 돌아가는 길이 헷갈려서 2주나 숲속을 떠돌아다니다가 오늘 저녁 간신히 집에 돌아오게 된 거야."

"그랬구나. 정말 힘들었겠네. 그런데 너희를 그렇게 싫어하던 소피아 아주머니는 왜 그 '돈 많은 친구' 얘기를 해줬던 걸까?"

"글쎄."

헨젤이 어깨를 으쓱하더니 "그냥 충동적으로 그랬겠지" 하고 앞을 향해 몸을 돌렸습니다. 빨간 모자가 사실인지 확인하려고 그레텔에게 눈짓했지만 그레텔은 왠지 겁먹은 것처럼 고개를 푹 숙입니다. 아무래도 이 남매는 뭔가 수상합니다.

그때 헨젤이 들고 있던 랜턴 불빛 속에 낯익은 집이 나타났습니다.

"자, 집에 도착했어. 곰 아저씨, 감사해요."

헨젤은 총총걸음으로 집 안으로 들어가 버렸습니다.

05

이 집에는 부엌 말고 방이 두 개 더 있습니다. 하나는 아버지와 어머니의 침실(지금까지는 어머니 대신 그 얄미운 소피아가 썼지만), 다른 하나는 헨젤과 그레텔의 침실입니다.

"빨간 모자 언니도 우리랑 같이 자요."

그레텔이 신이 나서 빨간 모자를 졸랐습니다.

"안 돼."

헨젤은 동생의 제안을 딱 잘라 거절했습니다.

"손님을 남이 쓰던 침실에 재우는 건 실례니까…… 미안, 빨간 모자. 동생이 아직 여덟 살이라 아무것도 몰라."

원래라면 오히려 손님에게 침실을 내주는 게 예의란 것을 헨젤도 알고 있었습니다. 그러나 이 숲의 상식은 다르다고 주장하듯 헨젤은 소피아가 쓰던 침대에서 담요를 걷어 부엌 바닥에 깔았습니다.

혹시라도 못마땅해하면 뭐라고 둘러댈지 궁리했지만 빨간 모자는 의외로 싫어하기는커녕 "담요까지 깔아 주다니 고마워" 하고 고개를 숙였습니다. 쓸데없이 의심만 많은 소녀지만 예의는 바른 것 같습니다.

셋이 함께 집에 돌아온 지 얼마나 됐을까요. 천장 채광창으로 달빛이 비칩니다. 집 밖은 쥐 죽은 듯이 고요하고 이따금 부엉이가 우는 소리 외에는 아무것도 들리지 않습니다.

아버지는 아직 돌아오지 않았습니다. 어쩌면 게오르그는 아버지를 밤새 붙들고 이야기를 들을 작정일지 모릅니다. 성에 보고하려면 사정을 자세히 알아야 하니까요.

헨젤은 조심스레 침대에서 내려가 침실 문을 열고 부엌을 살폈습니다. 탁자 너머에 깔린 담요 옆으로 가지런히 놓인 신발이 보입니다. 귀를 기울이니 희미한 숨소리도 들립니다. 빨간 모자는 아무래도 푹 잠든 것 같습니다.

문을 닫고 그레텔의 침대를 확인합니다. 사랑스러운 그레텔은 등을 돌린 채 담요를 머리끝까지 뒤집어쓰고 있지만 아직 잠들지 않은 게 확실합니다. 헨젤이 먼저 잠들면 안 된다고 단단히 일러뒀으니까요.

헨젤은 그레텔의 침대 가장자리에 걸터앉았습니다.

"그레텔, 오빠는 오늘 밤 엄청 조마조마했어. 네가 자꾸 쓸데없는 짓과 해서는 안 될 말을 하려 해서."

"혹시…… 내가 뭐 실수라도 했어?"

그레텔이 헨젤에게 고개를 돌려 조심스레 물었습니다.

"이런, 이런. 모르고 있었어? 잘 들어, 그레텔. 우리는 그 과자 집에 아까 생전 처음 가본 거야."

"그래서 나도 과자 집을 처음 봤을 때 놀라는 척했잖아."

"거기까지는 괜찮아. 하지만 집에 들어간 뒤로 빨간 모자가 '조명으로 쓸 만한 게 없나?'라고 물었을 때 곧장 사과 모양 랜턴을 가리켰지?"

"아, 응⋯⋯."

"그럼 안 되지. 처음 가본 집 안에 랜턴이 어딨는지 네가 어떻게 알겠어?"

그레텔은 당황한 듯하다가 잠시 후, 힘없이 "하지만⋯⋯." 하고 중얼거렸습니다.

"내가 집에 제일 먼저 들어갔잖아. 그때 봤을 수도 있지."

"이런, 이런. 그레텔, 지금 오빠한테 말대꾸하는 거야? 바보처럼 순진해서 더 사랑스러운 내 동생 그레텔. 네가 그 집에 들어갈 때 집 안에는 불이 꺼져 있었어. 그 캄캄한 곳에서 랜턴 같은 게 눈에 들어오겠어?"

"하지만⋯⋯."

"게다가 집에 가는 길에 넌 갑자기 아빠가 거짓말했다 는 말을 꺼냈지."

"그건 참을 수 없었어. 우리를 숲속에 버려두고 갔으면 서⋯⋯."

"심정은 이해해. 그래도 그 말 때문에 오빠는 빨간 모자 에게 소피아가 세운 못된 계획과 거기에 순순히 따른 아빠 얘기를 해야 했어. 우리가 소피아를 원망하고 있었다는 걸 최대한 모르게 해야 하는데."

"⋯⋯미안."

"그뿐만이 아니야, 그레텔. 넌 우리가 땅에 떨어뜨린 빵 조각을 새가 쪼아 먹었다고 한 이후, 무심코 과자 집을 발견했다는 얘기도 꺼내려 했지?"

그레텔이 눈을 내리깔았습니다.

"누누이 말하지만 우리는 조금 전에 그 집에 처, 음, 으, 로 들어간 거야. 그 집 벽을 뜯어 먹다가 마녀에게 들키거나, 집 안에 들어가 융숭한 대접을 받다가 다음 날 나 혼자 지하 감옥에 갇힌 적도 없는 거야. 아궁이 화력이 어떤지 잘 모르겠다며 네가 마녀를 꾀어 아궁이에 밀어버린 것도……."

"그만해. 잘못했어!"

그레텔이 귀를 틀어막으려 하자 헨젤은 동생의 손을 꽉 움켜쥐었습니다. 그리고 얼굴을 들이밀며 그레텔에게 나직이 속삭입니다.

"조용히 해. 빨간 모자가 깰지도 몰라."

"미안……."

"……난 걔가 왠지 마음에 안 들어. 순진한 척하면서 계속 우리 일에 참견하려 하는 것 같거든. 처음에는 우리 계획의 증인으로 이용할까 생각하기도 했지만 마음이 바뀌었어. 내일 당장 이 집에서 쫓아내야 할 것 같아. ……이런, 이런. 지금 우는 거야? 그레텔."

"난 늘 오빠 발목만 붙잡는 것 같아서……."

그 기특한 모습이 헨젤의 마음을 자극합니다. 헨젤은 자상하게 동생을 끌어안고 손으로 등을 문질러줬습니다.

"아니, 오빠가 너무 심했던 것 같아. 내 사랑스러운 동생 그레텔. 잘 들으렴. 앞으로 쓸데없는 짓은 하지 마. 넌 그저 이 오빠라는 큰 배에 올라타 있기만 하면 돼."

"……응."

"무슨 말인지 이해했다면 평소처럼 오빠 옆으로 와줄래?"

그러자 그레텔은 대번에 몸이 굳어 고개를 흔들었습니다.

"오늘은 이런저런 일들이 많아서 피곤한데……."

"또 말대꾸하는 거야?"

헨젤은 그레텔의 어깨를 꽉 붙들고 다시 귓가에 속삭였습니다.

"그레텔, 넌 이 오빠 없이는 아무것도 못 해."

06

빨간 모자는 문이 삐걱거리는 소리를 듣고 잠에서 깼습니다. 몸을 일으켜 현관 쪽을 보니 커다란 사람 그림자가 있습니다.

"이런, 그런 곳에서 잤어?"

고프 씨의 느긋한 목소리가 들립니다. 시간은 거의 동틀 무렵 같습니다. 문밖에서 서늘한 기운과 함께 뿌연 빛이 들어옵니다. 아침 안개가 낀 모양입니다.

"고프 아저씨, 이 시간까지 얘기하다 오신 거예요?"

고프 씨는 대답 대신 후아암 하고 요란하게 하품을 했습니다.

"그 게오르그라는 늑대와 과자 집까지 조사하느라."

집 조사까지……. 빨간 모자는 무슨 일이 일어났을지 상상했습니다.

"혹시 그 안에서 뭐라도 나왔나요?"

"그 집 안에 작은 감옥이 딸린 지하실이 있더군."

감옥. 어제 느꼈던 위화감이 되살아납니다. 그리고 거의 반사적으로 머릿속에서 가설 하나가 짜 맞춰졌습니다.

"근데 말이지. 청소가 깨끗이 돼 있고 누가 사용한 흔적도 없었어. 게오르그가 나한테 어떻게 생각하느냐고 물었는데, 무섭다는 말 외에는 다른 할 말이 없더라. 게오르그는 내 대답이 영 못마땅한 듯했지만…… 후아아암. 이제 됐지?"

게오르그는 고프 씨를 의심했던 걸까요. 과자 집을 함께 조사하자고 한 것도 고프 씨가 그곳에서 뭔가 허점을 드러내는 타이밍을 노리기 위해서였을지도 모릅니다.

"게오르그 아저씨는 지금 어딨어요?"

"여기까지 날 바래다줬으니 아직 이 근처에 있지 않을까. 난 이제 잘래. 졸려. 지쳤어. 피곤해."

고프 씨는 침실로 들어가 버렸습니다. 불과 몇 시간 전

아내의 시신을 발견한 남편답지 않게 태평해 보이지만 그렇다고 고프 씨가 범인은 아니겠지요. 다른 사람에게 무시나 소외를 당했다 해도 살인처럼 엄청난 일을 저지를 사람으로는 보이지 않습니다.

그보다 게오르그가 아직 이 근처에 있다면 전해야 할 말이 있습니다. 빨간 모자는 서둘러 우윳빛 안개 속으로 뛰어들었습니다.

주변을 두리번거리며 걷고 있을 때였습니다.

"오, 어제 만난 그 빨간 모자 아닌가."

뜻밖에도 게오르그가 먼저 빨간 모자를 발견해 말을 걸었습니다. 아침인데도 노란 눈동자가 예리하게 빛납니다. 빨간 모자는 오래전 늑대에게 통째로 잡아먹혔던 기억이 떠올라 하마터면 몸서리를 칠 뻔했습니다.

"안녕하세요, 게오르그 아저씨. 성에 어떻게 보고할지 다 정리하셨어요?"

"아니, 아직 수사 중이야."

"마녀가 소피아 아주머니를 죽이고 스스로 목숨을 끊었다는 얘기를 의심하고 계시죠?"

그러자 게오르그는 크흥 하고 짐승 같은 콧숨을 내쉬었습니다.

"내가 처음 그 말을 꺼내기는 했지만, 솔직히 마녀가 인간 여자를 죽일 거면 저주 같은 다른 방법을 쓰는 게 더 낮지 않았을까? 살해 동기에 치정 같은 문제가 얽혔다면 더더욱. 또 충동적으로 살인을 저질렀다고 보기에도 수법이 너무 번거롭지."

"맞아요. 그런데 그 과자 집에는 지하실이 있었다면서요?"

"그래. 나도 깜빡하고 있었는데 원래 그곳에는 몇십 년 전 남자가 한 명 살았네. 그는 숯쟁이였는데 남몰래 마을 아이들을 납치해 지하실에 감금한 범죄자였어. 마이펜 성주가 그 사실을 알게 됐고 결국 남자가 체포된 후에 집도 불태워졌지."

시간이 흐르며 남은 재도 전부 바람에 쓸려 갔지만 지하실은 그대로 남았고, 결국 마녀가 그 위에다 과자 집을 지었을 거라고 게오르그는 설명했습니다.

"그렇다면 지하실은 처음부터 거기 있었고 과자로 만들어지지도 않았다는 말인가요?"

"그래. 집 바닥 비스킷 한 장을 떼어내니 지하로 이어지는 계단이 나왔지. 또 그 지하실에는 사람이 한 명 들어갈 크기의 작은 감옥이 있었는데 그 역시 예전 범죄자가 쓰던 것일 거야. 지하실 내부는 깨끗이 청소돼 있었고 최근에 누가 그곳을 쓴 흔적은 없더군. 아무래도 이번 사건과는 관련이 없는 것으로 보이네."

관련이 없다고? 빨간 모자는 어처구니가 없었습니다.

"저기요, 게오르그 아저씨. 이미 몇십 년이나 쓰지 않은 지하실이 *깨끗이 청소돼 있다*는 건 최근 그곳을 사용한 누군가가 그 흔적을 은폐하려 했다는 뜻 아닌가요?"

"뭐라고?"

게오르그는 빨간 모자의 말을 바로 이해하지 못하는 듯했습니다.

"무슨 뜻인지 모르겠군. 그보다 난 지금 바빠. 울보 고프의 냄새를 쫓아야 하니. 그 녀석이 어제 정말 마을에 갔는지 안 갔는지를 알아야 해."

"있죠, 게오르그 아저씨."

빨간 모자는 타박하듯 말했습니다.

"만약 고프 아저씨를 의심하고 계신다면 번지수가 틀렸어요. 고프 아저씨는 자기 아내를 죽일 배짱이 없는 사람이에요. 그보다 더 수상한 사람이 있잖아요."

그러자 게오르그가 귀를 쫑긋 세웠습니다.

"그게 누구지?"

"헨젤과 그레텔 남매요."

게오르그는 잠시 입을 다물더니 나직이 큭큭 웃음을 터뜨렸습니다.

"그 어린 남매가 마녀와 계모까지 두 명을 죽였다고?"

"어젯밤 모두 함께 과자 집에 들어갔을 때를 떠올려 보세요. 제가 조명이 될 만한 게 없냐고 물었을 때 그레텔이 곧장 사과 모양 랜턴을 가리켰죠."

"그래, 그건 나도 기억나는군."

"그 랜턴은 천장 근처에 있었고 그때는 내부가 어두워서 잘 보이지도 않았어요. 그런데 그 애는 어떻게 거기 랜턴이 있는 걸 알았을까요?"

게오르그는 당시를 떠올리듯 하늘을 올려다보며 생각에 잠겼지만 이내 깨달은 듯했습니다.

"그 애가 거기 들어간 게 그때가 처음이 아니라는 말인가. 하지만 남매가 왜 계모를 죽이지? 그 남매는 계모와 사이가 좋았다고 하지 않았나?"

"그것도 거짓말 같아요."

빨간 모자는 어젯밤 그레텔의 말을 계기로 헨젤이 들려준 이야기를 게오르그에게 전했습니다.

"남매가 계모에게 원한을 품고 있었다는 말인가."

"적어도 동기만큼은 확실히 있었어요. 마녀가 소피아 아주머니에게 반했다는 얘기도 뭔가 수상쩍고요."

"하지만 마녀까지 죽인 이유는 뭐지? 남매는 마녀와 모르는 사이였을 텐데."

"저기요, 게오르그 아저씨. 당신은 이 숲의 관리자이니 늘 숲을 돌아다니며 이상이 없는지 확인하시죠?"

"갑자기 그런 건 왜 묻지?"

"어린 인간 남매가 무려 2주나 숲속을 헤매고 다녔다는

데 한 번도 못 만나신 건가요?"

"이 숲은 자네가 상상하는 것보다 훨씬 넓은 곳이야. ……그렇지만 숲에 있는 다른 짐승이나 곤충으로부터 인간 아이들이 돌아다닌다는 소식은 못 들어봤지. 2주나 돌아다녔다면 분명 누군가는 발견해 내게 귀띔했을 텐데."

"남매는 숲속을 헤매지 않았어요. 그보다 훨씬 일찍, 그러니까 아마 고프 아저씨가 남매를 두고 떠난 첫날에 바로 마녀를 만나지 않았을까요."

"……그리고 그 과자 집 안에 감금됐다는 말인가. 허그족은 어린 남자아이를 살찌워서 잡아먹는 걸 즐기지. 그래서 헨젤에게 먹을 것을 주며 살찌우려 했고, 여동생인 그레텔에게는 집안일을 시켰다……."

이제야 이해한 것 같습니다. 허그족의 습성을 그리 잘 알면서 사건 이해까지 이렇게 시간이 걸릴 일인지 빨간 모자는 조금 어이가 없었습니다.

"분명 마녀 쪽이 먼저 살해됐을 거예요. 마녀는 헨젤을 구워 먹기 위해 그레텔에게 아궁이의 화력을 확인하고 오라고 시켰고, 그레텔은 불 세기를 보는 법을 모른다면서 마녀에게 대신 봐달라고 했겠죠. 그리고 마녀가 아궁이 앞에 선 순간, 등 뒤에서 돌진해 마녀를 아궁이 안에 떠밀고 바로 문을 닫았을 거예요."

"그 정도라면 그 애도 할 수 있었을 것 같군."

"그리고 남매는 그 집을 이용해 평소 미워하는 계모도 죽이기로 마음먹었어요. 찬장 아래에 미리 장치를 만들어 두고 고프 아저씨가 일 때문에 집을 비운 사이, 집에 돌아가 금화 얘기로 소피아 아주머니를 꾀어 과자 집으로 데려가 죽인 거예요."

게오르그는 크흠, 크흠 하고 납득한 것처럼 콧숨을 내쉬면서 빨간 모자의 이야기를 들었습니다. 그러다가 불현듯 "아니, 문제가 있어" 하고 빨간 모자에게 이의를 제기했습니다.

"아직 커다란 수수께끼가 하나 남았지. 남매가 그 집에서 어떻게 나왔는가. 유일한 출입구였던 집 문은 안쪽에서 빗장이 채워져 있었네. 굴뚝도 조사했지만 새가 들어가지 못하게 굴뚝 중간에 그물망이 두 개나 설치돼 있었어."

빨간 모자는 늑대가 어떻게 그런 곳까지 조사한 건지 의아했지만 일단 제쳐두고 다른 의문을 입에 담았습니다.

"벽과 지붕은요? 비스킷의 이음새를 녹이거나 할 수는 없었을까요?"

"비스킷은 허그족 고유의 설탕 시럽을 써서 이어 붙였더군. 그걸 녹이려면 불을 갖다 대야 하는데 그러면 비스킷에도 그을음이 남게 되지. 현장에 있던 비스킷에는 어디에도 그을음 자국이 없었네."

정말로 없었을까요. 그 과자 집을 밀실로 만들 다른 방법은 정녕 없는 걸까요.

빨간 모자는 현장을 다시 한번 두 눈으로 확인하고 싶었습니다.

"게오르그 아저씨, 마녀가 죽으면 과자 집도 썩어버린다고 하셨죠?"

"그래. 오늘은 유독 아침 안개가 자욱한 걸 보니 습기 때문에 이미 흐물흐물해졌을 수 있겠군. 다시 한번 그 과자 집에 가서 조사해 보도록 하지. 빨간 모자, 자네도 동행하겠나?"

바라던 바입니다.

"설마 제가 늑대와 함께 사건을 수사하게 될 줄은 몰랐어요."

"자, 내 등에 타게."

빨간 모자는 고개를 끄덕이고 은빛 늑대의 등 위에 올라탔습니다. 아침 안개가 조금씩 걷히고 있습니다.

07

헨젤이 눈을 뜨자 천창에서 아침 햇살이 들어오고 있었습니다. 옆에 그레텔은 보이지 않습니다.

침실을 나가자 부모님 침실 쪽에서 아버지가 코 고는

소리가 들립니다. 땅이 울릴 정도로 요란한 소리에 고개를 절레절레 흔들며 주변을 살핍니다. 부엌에서 자던 빨간 모자가 보이지 않습니다. 담요도 이미 정돈돼 있습니다.

헨젤은 집 밖에 나가봤습니다. 여동생의 뒷모습이 보입니다. 그레텔은 허리를 숙인 채 참새들에게 모이를 주고 있었습니다.

"그레텔."

헨젤이 말을 걸자 참새들이 푸드득 날아갑니다. 그레텔이 고개를 돌렸습니다.

"오빠, 좋은 아침이야."

"빨간 모자는 어디 갔어?"

"내가 일어났을 때도 부엌에 없어서 집 문을 살짝 열어보니 게오르그 아저씨 등 위에 올라타 있는 모습이 보였어. 말을 걸려 했지만 게오르그 아저씨가 무시무시한 속도로 뛰어가는 바람에……."

"언제?"

"두 시간쯤 전에."

"왜 안 깨웠어!"

헨젤은 그레텔에게 달려가 뺨을 찰싹 때렸습니다. 그레텔이 쓰러지자 새 모이가 바닥에 흩뿌려집니다. 그레텔은 엉엉 울음을 터뜨렸습니다.

"……미안, 그레텔. 하지만 이건 우리 남매의 미래가 걸린 일이야. 어제도 말했지만 그 빨간 모자라는 애는 눈치가 백단이야. 게오르그에게 괜히 헛바람이라도 넣으면 우리가 곤란해질 수도 있어."

"미안, 오빠. 난 그런 것도 모르고……."

이 순진무구한 여동생은 다른 사람을 의심할 줄 모릅니다. 요즘 같은 세상에 순수함은 그 자체로 미덕이지만 완전 범죄 계획에는 걸림돌이 되기도 합니다.

"게오르그는 빨간 모자에게서 뭔가 날카로운 의견을 듣고 걔를 과자 집에 데려갔을 거야. 우리도 얼른 가봐야 해."

서둘러야 합니다. 과자 집이 무너져 사라지면 앞으로도 범죄가 드러날 일이 없겠지만, 만약 그 전에 빨간 모자가 과자 집을 밀실로 만드는 방법을 알아차리기라도 한다면…….

바로 그때 어디선가 힘찬 말발굽 소리가 들렸습니다. 마을로 향하는 길을 따라 말 두 마리가 달려오고 있습니다.

말 등 위에는 성에서 근무하는 병사가 한 명씩 타고 있었습니다. 집행관들입니다.

"이봐, 너희가 헨젤과 그레텔 남매인가?"

헨젤은 얼굴에서 핏기가 가시는 게 느껴졌습니다. 말 앞으로 붉은 벌레 한 마리가 부웅 날아가는 모습이 평소보다 더 뚜렷이 보였습니다.

08

아침 햇살 속 과자 집은 어제와 분위기가 사뭇 달랐습니다. 초콜릿 문은 허옇게 일어났고, 정면에 있는 웨이퍼 벽과 마카롱이 달린 옆면 비스킷 벽도 너덜너덜합니다.

"이렇게 더러운 집이었어요?"

빨간 모자는 게오르그의 등에서 내리며 말했습니다. 시냇물 소리가 들리는 걸 보니 어젯밤과 같은 집은 확실합니다.

"어제도 말했지만 허그족 마녀들은 살아 있을 때 계속 과자를 만들거나 없앨 수 있어. 그리고 당연히 오래된 과자를 새 과자로 바꿀 수도 있지. 마녀가 죽은 뒤에도 과자는 남지만 시간이 지날수록 과자는 썩기 마련. 저것 보게. 마법이 풀리는 바람에 벌써 개미가 들끓고 있잖나."

게오르그의 말대로 웨이퍼에는 어느새 개미 떼가 붙어 우글거리고 있습니다. 과자가 가득한 이 집을 발견해 얼마나 기뻤을까요. 빨간 모자는 초콜릿 문에 달린 손잡이를 잡아당겼습니다.

그때 흐물흐물해진 웨이퍼 벽이 위태롭게 삐걱거리기 시작했습니다.

"이런! 벽이 무너질 것 같아요!"

왜 하필 웨이퍼처럼 무른 과자로 벽을 지었을까요. 이제 과자 집이 무너지는 건 시간문제입니다. 얼른 조사하지 않으면 무너져버리는 사건 현장. 그런 건 지금껏 듣도 보도 못했지만 어쨌든 서둘러 집 안에 들어갔습니다.

"응? 아침인데 왜 이리 어둡지?"

빨간 모자는 집 안을 둘러보다가 그 이유를 깨달았습니다. 이 집에는 창문이 하나밖에 없습니다. 어제 고프 씨가 돌로 깨뜨려 그레텔을 들여보낸 둥근 사탕 창입니다. 이런 작은 창 하나뿐이니 집 안이 어두운 게 당연합니다. 낮에도 사과 모양 랜턴에 불을 붙여서 내부를 밝혔을 겁니다.

"그러고 보면 인간들은 참 딱해. 불이 없으면 눈뜬장님이니."

늑대는 어두운 곳에서도 뭐든 잘 보이니 문제없겠지요.

빨간 모자는 얼른 사과 모양 랜턴에 불을 붙이고 싶었지만 성냥이 든 바구니를 집에 두고 왔습니다. 게오르그에게 부탁해도 소용없을 테니 어쩔 수 없이 문을 활짝 열고 집 안을 조사하기로 합니다.

"어제 찾은 지하실이 바로 저기일세."

게오르그가 턱짓한 곳은 문과 그리 멀지 않은 왼편 바닥입니다. 비스킷이 분리된 바닥에 구멍이 뚫려 있습니다.

"들어가 볼 텐가?"

"저 안에 밖으로 빠져나가는 길은 없었죠? 그럼 볼 필요도 없어요."

시간이 촉박한 만큼 밀실 과자 집에서 나갈 방법을 찾는 게 급선무입니다. 빨간 모자가 가장 먼저 주목한 건 문에 달린 빗장이었습니다. 문과 벽에 각각 하나씩 사탕으로 만들어진 고리 모양 도구가 붙어 있습니다. 그 안에 집어넣는 빗장 역시 사탕이고 만져보니 끈적거리지만 웬만하면 힘을 줘도 부러지지 않을 만큼 튼튼해 보입니다. 고리도 문에 단단히 달라붙어 있어서 좀처럼 떨어질 것 같지 않습니다.

"집 밖에 나간 후 이 빗장을 채우는 방법을 어젯밤에도 검토해 봤지만 도무지 답이 안 나오더군."

게오르그가 말했습니다.

"여기 처음 왔을 때 빗장이 단단하게 채워져 있었던 건 자네도 잘 알지 않나?"

빨간 모자는 잠시 고민하고 "아뇨" 하고 대답했습니다.

"전 손잡이를 잡아당겨도 문이 조금밖에 열리지 않는 걸 확인했을 뿐이에요. 그때 문이 열리지 않은 건 어쩌면 이 빗장 때문이 아닐 수도 있어요. 우선 그레텔이 집 안에 가장 먼저 들어가는 것 역시 그 남매의 계획에 있었다면 그레텔이 어떤 장치 같은 걸 숨겼을 수도 있죠."

"무슨 장치 말이지?"

빨간 모자는 문과 벽 사이를 확인하며 궁리했지만 도통 좋은 생각이 떠오르지 않았습니다.

"그레텔이 이 집에 들어오고 얼마 안 돼 바로 문을 열었지. 그런 걸 숨길 시간은 없지 않았을까?"

게오르그의 말이 맞습니다. 빨간 모자는 그 가능성을 머릿속에서 지우고 다시 집 안을 둘러봤습니다. 어젯밤 고프 씨가 깨뜨린 둥근 사탕 창문의 파편. 쓰러진 찬장 아래에는 소피아 씨의 시체가 그대로 방치돼 있습니다. 바닥에는 줄지어 가는 개미 떼가 보입니다. 그리고 그 안쪽에 있는 아궁이……

"굴뚝은요?"

빨간 모자는 문득 게오르그에게 물었습니다.

"몸집이 작은 그 남매라면 굴뚝을 타고 빠져나갔을 수도 있지 않을까요?"

"아까도 내가 말하지 않았나. 굴뚝 안에는 새가 들어오는 걸 막는 그물망이 두 개나 설치돼 있었다고. 그리고 아궁이 안쪽도 확인했지만 땔감은 모두 자연적으로 불탄 상태였어. 누가 기어오른 흔적 같은 건 없었고 굴뚝 안쪽 그을음에 손자국이나 발자국 같은 것도 찍히지 않았고."

"잠깐만요. 실은 그 얘기를 처음 들었을 때부터 궁금했는데, 게오르그 아저씨는 늑대면서 어떻게 거기까지 조사한 거예요?"

"내가 아니라 내 충실한 심복이 조사해 줬지. 이보게, 나와도 돼."

그러자 게오르그의 귀 언저리가 굼실거리더니 무당벌레 한 마리가 모습을 드러냈습니다.

"실력이 뛰어난 내 부하 에이미라고 하네. 성에 가서 보고하는 일도 나 대신 에이미가 해주고 있지."

암컷 무당벌레인가 봅니다. 귀여워. 빨간 모자가 빤히 쳐다보자 에이미는 부웅 날갯짓해서 빨간 모자의 귓가로 날아왔습니다.

"굴뚝 속 그물망에는 타다 남은 나뭇잎과 나뭇가지가 잔뜩 있었어. 꼭 누가 일부러 집어넣어 태운 것처럼."

귀를 찌르는 새된 목소리입니다. 이 신비한 숲에는 인간의 말을 할 줄 아는 동물과 곤충이 꽤 많은 것 같습니다.

그건 그렇고, 타다 남은 나뭇잎과 나뭇가지라니요. 남매 중 한 명이 마녀의 눈을 피해 지붕에 올라가 그것들을 던져 넣었다는 말일까요. 집 옆면 비스킷 벽에는 마카롱 장식이 달려 있으니 그것들을 붙잡고 지붕까지 기어오를 수는 있을 겁니다. 하지만 대체 왜……?

나뭇잎과 가지 때문에 굴뚝이 막히면 집 안에 연기가 들어찰 것입니다. 그런 상황에 어떤 의미가 있을까요. 캄캄한 집 안. 소피아 씨가 이런 어둠 속에서도 금화를 똑똑히 알아봤다는 게 대단할 따름입니다.

점차 피로가 몰려왔습니다. 빨간 모자는 어디든 앉아 차분히 생각을 정리하려고 주변을 둘러봤습니다.

"어라?"

"응? 왜 그러지?"

"어제 왔을 때도 집 안이 영 허전하고 뭔가 부족한 느낌이었는데, 그리고 보니 이 집에 탁자는 있는데 의자가 하나도 없네요."

"의자? 의자가 꼭 있어야 하나?"

늑대는 인간의 상식에 무지하니 상의해 봐야 소용없다는 것을 깨닫고 빨간 모자는 스스로 고민해 보기로 했습니다.

"왜일까요. 누가 먹어버리기라도 한 걸까요? 그리고 의자는 위에 사람이 앉을 용도이니 단단하고 튼튼한 과자여야 할 텐데."

빨간 모자는 바닥에서 줄지어 가는 개미 떼를 바라봤습니다.

"아저씨, 이 개미들은 지금 어디로 향하는 건가요? 전 어두워서 안 보여요."

"아궁이와 가까운 벽 옆 바닥에 몰려 있군. 어제 내가 젖어서 흐물흐물해졌다고 한 부분이야. 설탕이라도 굳어 있는 걸까."

"설탕……."

빨간 모자는 천장을 올려다보며 가만히 생각에 잠겼습니다.

그때 쿵 하는 소리가 들렸습니다. 누가 지붕 위에 올라가기라도 한 걸까요.

"위험해! 빨간 모자!"

귓가에서 에이미의 목소리가 들린 것과 동시에 쿠르르 룽 소리가 울리더니 천장이 무너져 내렸습니다.

"꺄아악!"

빨간 모자는 황급히 머리를 감싸고 몸을 웅크렸습니다. 지붕에 깔려 죽을지도…… 라고 걱정했지만 그만한 충격은 오지 않았습니다. 어렴풋한 빛에 의지해 집 밖으로 기어 나가자 문이 있는 웨이퍼 벽이 바깥쪽을 향해 무너져 있습니다. 마카롱이 달린 옆면 비스킷 벽도 좌우 바깥으로 쓰러졌고, 아궁이가 있는 안쪽 벽만 남은 채로 집 지붕이 기울었습니다.

"젠장!"

게오르그는 짜증을 부리며 집 밖에 나왔습니다. 그대로 비스킷 지붕 위로 올라가 우오오오 하고 포효합니다.

"결국 빗장 걸린 집에서 나갈 방법을 못 찾게 됐군. 성에는 마녀가 소피아를 죽이고 자살했다고 보고할 수밖에 없나."

분통을 터뜨리며 앞발로 지붕을 퍽퍽 내려치는 게오르그. 그때 빨간 모자는 속으로 '어라?' 했습니다.

"잠깐만요, 아저씨. 지붕의 그 비스킷, 생각보다 튼튼하네요? 아침 안개 때문에 물기를 머금었을 텐데……. 벽을 이루던 비스킷에 비해 상태가 훨씬 좋지 않나요?"

"응?"

게오르그는 지붕에 달린 비스킷과 옆면 벽 비스킷을 앞발로 치며 비교했습니다.

"정말로 무른 정도가 다르군. 어떻게 된 일이지? 마녀가 살해되기 직전에 지붕만 새것으로 바꿨나?"

빨간 모자는 대답하지 않고 지붕을 유심히 관찰했습니다. 좌우 네 장씩 달린 커다란 비스킷이 설탕 시럽으로 맞붙어 있습니다. 한 번 굳은 설탕 시럽을 녹이려면 열을 가해야 하는데 그럼 비스킷 안쪽에 그을음이 생기거나 설탕이 녹아 흐른 흔적이 남았을 것입니다. 그런 흔적은 보이지 않았습니다.

떼어낸 게 아니면 새로 지붕을 만들어 얹었다?

하지만 마녀가 죽은 다음에는 새 비스킷을 구하지 못했을 텐데.

"앗!"

빨간 모자는 고심을 거듭한 끝에 드디어 이 '달콤한 밀실'의 비밀을 깨달았습니다.

"게오르그 아저씨, 수수께끼가 풀렸어요."

빨간 모자의 추리를 전해 들은 게오르그는 "그렇군" 하고 납득했습니다.

"하지만 과자 집이 이렇게 된 이상 증명하기는 어렵겠어. 지금 이 순간에도 집은 계속 무너지고 있으니."

게오르그가 그렇게 말하는 동안에도 실제로 집 안쪽 벽이 무너지고 지붕도 떨어지며 굴뚝이 반대편으로 쓰러졌습니다.

"절망적이야."

"아뇨, 괜찮아요. 무너지면 또 무너진 대로 활용할 수 있어요."

무슨 말인지 이해 못 하는 게오르그를 보며 빨간 모자는 환하게 미소 지었습니다.

"지금 당장 에이미를 보내서 왕궁 집행관들을 부르는 게 좋을 것 같아요."

09

집행관이 고삐를 끄는 말 등에 올라탄 헨젤은 부아가 치밀어서 이를 벅벅 갈았습니다. 헨젤이 눈을 뜬 시간보다 먼저 성 집행관 두 명 곁으로 무당벌레 한 마리가 날아왔다고 합니다. 숲을 관리하는 늑대 게오르그의 심복인 그 에이미라는 무당벌레는 숲속에서 일어난 살인 사건 이야기를 집행관들에게 전했습니다. 사건의 개요를 설명하고 범인으로 피해자의 자녀인 헨젤과 그레텔 남매를 지목했다고 합니다.

집행관들은 무당벌레의 안내로 헨젤과 그레텔의 집에 찾아와 살해 현장인 과자 집으로 동행을 요구했습니다. 또 집 안에 있던 빨간 모자의 바구니도 회수했습니다.

헨젤 옆에 있는 말에는 그레텔이 타고 있습니다. 동생이 얼마나 불안할까 걱정했지만 의외로 침착한 표정입니다.

좋아. 그러고 있으면 돼. 그 애가 무슨 말을 하든 이 오빠가 상대할 테니 넌 그냥 잠자코 있어.

말 두 마리가 소리 없는 숲길을 나아갑니다.

잠시 후 과자 집이 눈에 들어오기 시작했습니다. 정확히 말하면 과자 집이었던 것이라고 해야겠지요.

지붕은 그나마 형태를 갖추고 있지만 다른 부분은 처참히 무너져 내렸습니다. 웨이퍼 벽이 모조리 떨어져 비스킷 바닥이 훤히 보입니다. 저기 보이는 비스킷이 지하실로 향하는 구멍을 덮고 있던 것이었을까요.

아침 안개 때문에 습기를 먹어 이렇게 무너져 내린 거겠지요. 헨젤은 속으로 음흉하게 미소 지었습니다. 과자 집이 이렇게 된 이상 문에 빗장이 걸린 밀실을 어떻게 빠져나갔는지는 앞으로도 영원히 수수께끼로 남을 것입니다.

무너진 과자 집 앞에는 게오르그와 빨간 모자가 나란히

서 있었습니다. 말이 멈춰 서자 헨젤은 말에서 폴짝 뛰어내렸습니다.

"우리가 어머니를 죽이고 그 죄를 마녀에게 덮어씌우려 했다고?"

헨젤은 빨간 모자를 향해 여유만만하게 입을 열었습니다.

"네가 떠올린 망상이지? 집에서 하룻밤 묵게 해줬더니 이렇게 보답하기야?"

"있지, 헨젤."

얄밉게도 빨간 모자 역시 여유가 느껴지는 태도로 말했습니다.

"넌 왜 그렇게 힘이 넘쳐?"

"숲을 헤매는 동안 굶지 않고 버섯과 나무 열매 같은 걸 따 먹었다고 했잖아."

"헨젤, 네 여동생은 왜 항상 불안해 보여?"

"늑대가 저렇게 험악한 눈빛으로 노려보면 누구든 불안할 거라고."

"그럼……."

빨간 모자는 헨젤에게 집게손가락을 척 내밀었습니다.

"애, 헨젤. 네 범죄 계획은 왜 그렇게 허술해?"

도발적인 말을 듣고 헨젤은 무심코 말문이 막혔습니다. 오싹할 정도로 고요한 정적 속에서 게오르그가 침묵을 깼습니다.

"집행관, 내가 보낸 에이미에게 사건 정황은 대략 전해 들었겠지?"

"아, 네." "드, 들었습니다."

조금 전까지 젠체하던 집행관들은 게오르그 앞에서 기가 바짝 눌린 것처럼 보입니다.

"그럼 빨간 모자, 사건의 자세한 전말을 들려주게나."

빨간 모자는 고개를 끄덕이고 헨젤의 얼굴을 똑바로 보며 설명을 시작했습니다.

"이번 사건은 2주 전 소피아 아주머니와 고프 아저씨가 너희 남매를 숲속에 버려두고 간 것을 계기로 시작됐어. 너희는 길을 잃고 숲을 헤매다 이 과자 집을 찾았고, 허그 족 마녀의 흔한 꾐에 넘어가 집에 달린 과자를 입에 댔을 거야. 그 후로 집 안에도 초대받았지만 마녀는 갑자기 돌변해 여자아이인 그레텔에게 집안일을 시키고 남자아이인 넌 붙잡아 가뒀겠지."

헨젤은 어두운 지하실 감옥에 갇혔을 때를 떠올렸습니다. 안 돼. 이런 기억은 지워야 해. 우리는 어제 이 과자 집을 처음 본 것으로 하기로 했으니까.

"마녀는 널 살찌워서 구워 먹으려 했어. 하지만 너희는 빈틈을 노려 마녀를 죽이고, 그것도 모자라 이 과자 집을 이용해 평소 싫어하던 계모를 없앨 계획까지 세운 거야. 우선 그레텔이 땔감을 주워 오는 척 집 밖에 나가 나뭇잎과 나뭇가지들을 잔뜩 가져왔겠지. 그리고 마카롱이 달린 벽을 기어올라 지붕에서 그것들을 굴뚝에 집어넣어 그물망을 막았어. 그럼 마녀가 널 구워 먹으려고 아궁이에 불을 땔 때 집 안에 연기가 가득 차겠지? 당황하는 마녀에게 그레텔은 이렇게 말했을 거야. '굴뚝을 못 쓰게 된 것 같으니 일단 연기가 빠지게 지붕을 잠시 없애 주세요'라고. 허그족 마녀는 과자를 자유자재로 만들거나 없앨 수 있으니까."

제기랄!

하마터면 감정이 얼굴에 드러날 뻔했습니다. 지하 감옥에서 고심해서 떠올린 계획을 줄줄 읊는 이 빨간 모자라는 소녀는 대체 정체가 뭘까요.

헨젤의 심정 따위 아랑곳하지 않고 빨간 모자는 설명을 이어갔습니다.

"그리고 그레텔은 뒤이어 이렇게 요구하지 않았을까? '나중에 제가 지붕을 다시 손볼 테니 그때를 위해 비스킷과 설탕 시럽도 만들어주세요'라고. 물론 마법을 쓰면 지붕 같은 건 순식간에 다시 만들 수 있겠지만 허그족 마녀들은 인간 여자를 부리는 걸 아주 좋아하니 마녀는 너희 계획대로 비스킷과 설탕 시럽을 만들어줬을 거야."

이제는 확실합니다. 이 빨간 모자라는 소녀는 정말 하나부터 열까지 진실을 꿰뚫어 본 것 같습니다. 하지만 도대체 어떻게? 단지 추리만으로 여기까지? 헨젤은 이제 그레텔의 표정을 확인하기도 두려울 지경이었습니다.

빨간 모자는 잠시 숨을 돌리고 "자, 그럼" 하고 손뼉을 쳤습니다.

"그 뒤로 그레텔은 마녀에게 아궁이 화력이 정말 괜찮은지 잘 모르겠다고 했지. 결국 마녀가 직접 나서서 아궁이 문을 열어 안을 들여다본 순간, 뒤에서 돌진해 마녀를 아궁이 안에 밀치고 문을 닫아 불태워 죽였어. 그리고 널 감옥에서 꺼낸 후, 둘이 함께 찬장 밑에 그 장치를 만들고 집으로 돌아간 거야. 그날 고프 아저씨는 마을에 일하러 나간 날이라 집에는 소피아 아주머니 혼자 있었고, 넌 '숲속에서 금화가 잔뜩 있는 집을 발견했다'라고 아주머니를 꾀어서 과자 집으로 데려갔겠지. 소피아 아주머니는 집을 처음 보고 얼마나 놀랐을까. 그 집은 과자로 만들어진 것으로도 모자라 *지붕이 없었으니까*."

헨젤은 과자 집에 처음 갔을 당시 소피아의 표정을 떠올렸습니다.

—이게 대체 뭐야. 세상에 뭐 이런 집이 다 있어?

그 멍청한 여자는 *하늘을 올려다보며* 그렇게 말했습니다.

—작은 창 하나밖에 없는 어두운 집이라 해가 지기 전까지는 떼어두고 있어요.

헨젤은 지붕이 없는 그 기이한 집에 대해 적당히 둘러대고 아궁이 쪽을 연신 힐끗거렸습니다.

"금화가 눈에 들어온 소피아 아주머니는 어느새 지붕이 없는 사실 따위는 까맣게 잊고 있다가 결국 찬장에 깔리고 만 거야."

그래. 정말 바보 같은 여자였지. 헨젤은 마음 같아서는 당장 그렇게 외치고 싶었습니다.

짜증스러운 계모의 얼굴과 눈앞에서 추리를 들려주는 소녀의 얼굴이 겹칩니다. 빨간 모자는 그런 헨젤의 심정은 알지도 못하고 "자, 지금부터가 핵심이야" 하고 즐겁게 말했습니다.

"마녀가 소피아 아주머니를 죽인 후, 스스로 목숨을 끊은 것처럼 위장하려고 너희는 집 문 안쪽에서 빗장을 채웠어. 이후에는 당연히 지붕 없는 천장을 지나 집을 빠져나가려 했겠지. 하지만 집 안쪽 벽은 겉면이 반질반질한 비스킷이고 너희 키를 고려하면 기어오르기 힘들었을 거야. 그래서 발판으로 삼은 게 바로 의자지."

빨간 모자는 "이쪽으로" 하고 헨젤과 그레텔을 과자 집 벽 앞으로 데려갔습니다. 설마 의자의 정체까지 알아낸 건 아니겠지……. 헨젤은 입을 굳게 다물고 빨간 모자를 따라갔습니다. 지붕과 벽이 무너져 바닥이 보입니다. 뭐야, 이 새카만 것들은. 눈을 크게 뜨고 바닥을 살피니 개미 떼가 우글거리고 있었습니다.

"컵과 접시 등을 올려두는 탁자와 달리 의자는 사람 무게를 지탱할 수준의 강도가 있어야 해. 그렇게 단단하면서도 달콤한 과자가 뭐가 있을지 고민하다가 난 한 가지를 떠올렸어."

빨간 모자는 헨젤의 코끝을 향해 집게손가락을 들이밀었습니다.

"바로 각설탕이야."

헨젤은 머리를 세게 한 대 얻어맞은 듯한 충격에 휩싸였습니다.

"너희는 쌓아 올린 각설탕 의자를 발판 삼아 지붕 없는 집 밖으로 나갔어. 그리고 밖에 있는 비스킷과 설탕 시럽을 이용해 과자 집에 다시 지붕을 얹을 계획이었겠지. 하지만 집 안에 각설탕이 그대로 쌓여 있거나, 쓰러져도 한 군데에 모여 있으면 너희의 속임수가 들통나고 말아. 그러니 차라리 녹여버리기로 한 거야. 지붕을 얹기 전 근처 냇가에서 물을 길어 와 밖에서 끼얹으면 각설탕 따위 금세 녹아버리니까. 바닥 비스킷이 흐물흐물해져 있던 것, 그리고 지금 이렇게 개미 떼가 그 각설탕이 녹은 곳에 모여 있는 것도 전부 그래서야."

마침내 다리가 후들거리기 시작했습니다. 이러다가 무릎이 꺾일 것 같습니다.

"……그럼 지붕을 씌울 때는 어떻게 한 겁니까?"

집행관 한 명이 물었습니다. 빨간 모자는 그 질문에도 막힘없이 대답합니다.

"집 안에 물을 끼얹을 때와 똑같아요. 집 옆면 벽에는 마카롱 장식이 잔뜩 붙어 있었어요. 몸무게가 가벼운 두 사람이면 그것들을 발판 삼아 위로 올라갈 수 있었겠죠."

집행관은 이해한 것처럼 고개를 끄덕입니다.

빨간 모자는 한숨을 휴 내쉬고 헨젤의 표정을 살폈습니다.

"혹시 뭐 할 말이라도 있니?"

꼭 바로 옆에서 범행 과정을 지켜보기라도 한 것처럼 전부 알고 있습니다. 그렇지만 이대로 물러설 수는 없습니다.

"어…… 어차피 그런 건 전부 네 망상이잖아."

헨젤은 발버둥 치듯 말했습니다.

빨간 모자의 추리는 얄미울 만큼 정확합니다. 그러나 증거가 없습니다. 지금 상황에서는 그저 억측에 그칠 것입니다.

"우리는 어젯밤 과자 집에 너와 처음 들어갔어."

"아직도 인정 못 하겠다는 말이네. 마녀를 만나 그 꾐에 넘어간 것도."

"그래."

"마녀에게 붙잡혀 있었던 것도."

"그래, 난 모르는 일이야."

"감옥에 들어간 것도."

"모른다고 했잖아. 지하실 감옥 따위!"

그 순간 빨간 모자가 눈을 크게 떴습니다. 빨간 모자는 게오르그를 향해 "들었어요?"라고 묻습니다.

"그래."

게오르그는 힘차게 고개를 끄덕이고 헨젤을 노려봤습니다.

"집행관 두 분도 들으셨죠? 방금 '지하실'이라고 한 거."

"아, 네."

"들었습니다."

도대체 무슨 소리를 하는 걸까요. 집행관은 화살촉처럼 날카롭게 헨젤을 노려보고 있습니다.

"난 그냥 '감옥'이라고만 했어. 그래, 과자 집에는 분명 '지하실'이 있었지. 하지만 어젯밤 우리는 그런 걸 못 봤잖아. 네가 정말 그때 처음 과자 집을 찾은 거라면 넌 어떻게 '지하실'이 있는 줄 알았어?"

아차, 큰일입니다……. 그러나 아직 변명은 할 수 있습니다.

"아까 보였어. 비스킷 바닥이 분리된 곳에 구멍이 뚫려 있는 게. 그 아래로는 계단이 있었는데 그런 건 누가 봐도 지하실로 내려가는 출입구잖아."

"어디?"

"여기!"

헨젤은 문 쪽으로 가서 흐물흐물하게 녹은 웨이퍼 벽을 치우고 비스킷 바닥을 떼어냈습니다.

그러나 그 아래에는…… 흙이 있을 뿐이었습니다.

"으앗! 뭐, 뭐야?"

옆에 있는 비스킷도 들춰봅니다. 흙. 그 옆 비스킷 아래, 그 옆 비스킷 아래에도 전부 흙, 흙, 흙.

"소용없어."

헨젤이 빨간 모자의 얼굴을 올려다보자, 빨간 모자는 웃으며 오른쪽을 가리켰습니다. 어제 만났던 곰 아저씨가 나무 그늘 뒤에서 쓱 나옵니다.

"실은 여긴 *어제 그 과자 집이 있던 곳이 아니야.* 이 숲은 워낙 넓어서 이렇게 탁 트인 빈터가 여러 곳 있다고 해. 그래서 아까 무너진 과자 집을 곰 아저씨에게 부탁해 이곳으로 옮겨달라고 했어."

헨젤의 입술이 파르르 떨렸습니다.

"다시 한번 물을게, 헨젤. 넌 과자 집에 지하실이 있는 걸 어떻게 알았어?"

온몸에서 핏기가 싹 가시는 느낌입니다. 헨젤은 바닥에 풀썩 주저앉아 두 손으로 머리카락을 쥐어뜯다가…… 그제야 깨달았습니다. *오싹할 정도로 고요한 정적.* 과자 집 근처를 흐르던 *시냇물 소리가 들리지 않는다는 사실*을요!

아아, 이런 말도 안 되는 일이 있을까요. 여기가 그 빈터가 아니라니. 말에서 내릴 때 깨달을 수도 있었을 텐데. 아니, 그 전부터 줄곧 말은 *소리 없는 숲길*을 나아가고 있었습니다.

헨젤을 비웃듯 무당벌레가 코끝을 부웅 스쳐 갑니다. 빨간 모자는 아직 할 말이 더 남았는지 입을 열었습니다.

"물론 이건 '어젯밤 시체를 발견하기 전 네가 이미 과자집에 간 적이 있다'라는 사실만 증명할 뿐이야. 하지만 그걸 왜 우리에게 비밀로 했는지, 그 일이 밝혀지자 왜 그렇게 충격을 받는지……."

"으아아아, 그레텔!"

헨젤은 두 손으로 땅을 퍽 내려쳤습니다. 이로써 모든 게 끝입니다. 그레텔을 지킬 수 있는 용감한 시간, 그레텔을 혼낼 수 있는 소중한 시간, 그리고 그레텔을 귀여워해 줄 달콤한 시간까지……!

"빨간 모자, 그 정도로 하게."

게오르그의 엄숙한 목소리가 헨젤의 귓가를 스쳐 갑니다.

"집행관, 여기서부터는 자네들에게 맡기겠네."

"네! 아, 참. 빨간 모자 아가씨, 이걸."

일그러진 헨젤의 시야 속에서 집행관이 빨간 모자에게 바구니를 건네는 모습이 비쳤습니다.

10

말 위에 탄 두 사람은 꼭 지푸라기 인형처럼 맥없는 행색이었습니다. 집행관들이 천천히 말을 끌고 갑니다. 그레텔은 말 위에 오를 때 저항하지도 않고 스스로 올라탔습니다.

말 두 마리가 시야에서 멀어지기 전.

"빨간 모자 언니."

그레텔이 갑자기 빨간 모자를 불렀습니다. 집행관이 말을 잠시 멈춰 세웁니다.

빨간 모자를 내려다보는 그레텔. 어디에나 있는 평범한 여덟 살 어린 여자아이입니다.

빨간 모자는 그레텔이 무슨 말을 할지 긴장하며 기다렸습니다.

"……고마워요."

그레텔은 빨간 모자에게 고개를 숙였습니다.

"응?"

"집행관님, 출발해 주세요."

그레텔은 곧 다시 앞을 돌아보고 집행관에게 말했습니다. 멀어져 가는 말 위에서 흔들리는 작은 뒷모습을 바라보며 빨간 모자는 그레텔이 왜 고마워하는지 곰곰이 생각해 봤습니다.

혹시 그레텔이 그날 과자 집에서 사과 모양 랜턴을 가리킨 것, 그리고 아버지가 자신들을 숲에 버리려 했다고 고백한 것도 어쩌면 전부 *얼떨결이 아닌, 계획된 행동* 아니었을까요. 어쩐지 그런 생각이 퍼뜩 머리를 스쳤습니다.

어젯밤 빨간 모자 옆에 찰싹 달라붙어 걷던 그레텔. 그건 단순히 친근감 때문이 아니라 오빠인 헨젤이 무서워서가 아니었을까요.

헨젤은 그레텔을 지나치게 아낀 나머지 뒤틀린 애정을 품고 있는 것처럼 보이기도 했습니다. 그러고 보니 그레텔이 어제 빨간 모자에게 함께 자자고 하는 것을 헨젤이 단호히 막기도 했습니다.

헨젤에게는 남매의 침실이야말로 달콤한 공간이었겠지만 그레텔에게는 고통스러운 밀실 아니었을까요. 항상 불안해 보이던 그레텔의 얼굴. 어쩌면 그 이유도…….

"빨간 모자."

게오르그의 목소리에 빨간 모자는 현실로 돌아왔습니다.

"난 이제 숲속 친구들과 식사하러 가려는데, 자네도 같이 가겠나?"

빨간 모자는 바구니를 손에 들고 "아뇨"라고 대답했습니다.

"슈펜하겐까지 쿠키와 와인을 배달해야 해서요."

"그렇군. 그럼 숲에서 빠져나가는 길목까지 안내해 주

지."

　드넓은 숲속을 게오르그와 함께 걷기 시작합니다. 빨간 모자는 상념에 잠겨 말없이 걸었습니다. 잠시 후 출구에 도착하자 게오르그는 "이제 작별이군"이라고 했습니다.

　"늘 그렇게 거침없이 나아가기를 바라네."

　그렇습니다. 앞으로도 갈 길이 머니 거침없이 나아가야겠지요. 멀어져 가는 게오르그의 뒷모습을 보며 빨간 모자는 다짐했습니다. 이번에도 범행을 폭로한 덕분에 그레텔도 뭔가로부터 해방된 게 틀림없어 보였습니다.

　설마 늑대에게 격려를 받게 될 줄이야.

　빨간 모자는 묘한 감정을 느끼며 또다시 새로운 여행을 위해 발걸음을 내디뎠습니다.

　슈펜하겐까지 이제 얼마 남지 않았습니다.

3장 잠자는 숲 속의 비밀들

이

그 할아버지는 신비로운 분위기의 은빛 의자에 앉아 있었습니다.

의자에는 옆에서 뒤까지 크고 작은 톱니바퀴가 맞물려 있고, 팔걸이에는 칼자루 모양의 레버가 여러 개 달려 있습니다. 그뿐만 아니라 의자 양옆에는 큼지막한 바퀴도 달렸습니다.

"이봐, 이리 와서 날 돕게."

할아버지는 빨간 모자를 향해 그렇게 지시했습니다. 의자 바퀴가 문어 다리처럼 복잡하게 뒤엉킨 떡갈나무 뿌리에 끼어 옴짝달싹 못 하는 듯 보였습니다.

"어이, 글리제. 얼른!"

아무래도 빨간 모자를 다른 사람으로 착각하는 것 같습니다. 정말 무례한 할아버지지만 그렇다고 이 깊은 숲속을 다른 사람이 지나갈 것 같지 않으니 도와줄 수밖에 없습니다.

빨간 모자는 유일한 짐인 바구니를 땅에 내려놓고 의자 뒤로 돌아갔습니다. 마침 그곳에 손에 쏙 들어오는 막대기가 부착돼 있어서, 그것을 쥐고 의자를 힘껏 밀자 덜컹하고 바퀴가 나무뿌리에서 빠져나왔습니다.

"휴우, 살았군. 좋아, 좋아."

할아버지는 빨간 모자의 얼굴에 눈길을 주더니 "응?" 하고 눈을 끔뻑였습니다.

"글리제가 아니잖아."

"네, 전 빨간 모자예요."

"글리제는 어딨지? 언제 바뀌었나?"

"처음부터 저였어요. 할아버지, 전 지금 여행 중이에요. 오늘 하룻밤 묵을 곳을 찾고 있는데 혹시 할아버지 집에서 신세를 지면 안 될까요?"

"뭐라고! 위대한 구텐슐라프 왕국의 재상인 이 킷셴 님에게 감히 '할아버지'라니!"

할아버지가 느닷없이 주먹을 들어 꿀밤을 때리려 해서 빨간 모자는 휙 피했습니다.

"죄송해요. 그렇게 대단한 분인 줄 몰랐어요."

재상이라면 왕을 제외하고 가장 높은 직위에 있는 사람입니다. 이 할아버지가 그런 사람이라니, 정말 사실일까요.

혹시 그저 기억력이 약간 흐려진 노인 아닐까요.

"뭐 됐다. 방 한 칸이야 못 내줄 것도 없지. 오늘 밤에는 마침 사람들을 불러 만찬회를 열기로 했으니 따라오너라."

킷셴 할아버지는 의자에 달린 레버를 붙들고 마치 노를 젓듯 움직였습니다. 드르륵, 덜컹, 드르륵, 덜컹 소리를 울리며 바퀴가 돌아갑니다. 빨간 모자는 의자 뒤를 쫓아갔습니다.

잠시 후 숲에서 나가자 마을이 눈에 들어왔습니다. 킷셴 할아버지를 태운 의자가 마을 가운데에 있는 구불구불한 언덕길을 덜컹덜컹 올라갑니다.

언덕 위에는 그야말로 번듯하고 거대한 2층 저택이 있었습니다. 정말로 이 할아버지는 제법 유명한 사람인가 봅니다. 생각해 보면 이 기묘한 의자도 재력이 받쳐주니 만들 수 있었겠지요.

"재상님!"

저택이 가까워질 무렵 여자아이 한 명이 할아버지에게 뛰어왔습니다.

"오오, 글리제. 여기 있었나."

"늦으셔서 걱정하고 있었어요."

머리카락 색은 다르지만 체격과 나이는 빨간 모자와 비슷해 보입니다.

"처음 뵙겠습니다. 전 여행 중인 빨간 모자라고 해요."

"오늘 하룻밤만 신세를 지게 해달라더구나. 가서 트로이에게 식사를 한 사람 몫 더 준비하라고 전해라. ……오, 스무스 녀석이 벌써 와 있나."

킷센 할아버지는 저택 현관 옆에 세워진 커다란 손수레를 보며 말했습니다. 주인의 짐 정리가 서툰지 꼭 배 한 척을 분해한 것처럼 그곳에는 금속 잡동사니가 잔뜩 실려 있습니다.

"네, 조금 전 오셨어요. 이제 곧 브룩시 님도 오시지 않을까 해요."

"그런가. 오늘 밤은 시끌벅적하겠군."

빨간 모자는 문득 올라온 언덕길을 다시 돌아봤습니다.

"와……."

무심코 탄성이 터졌습니다. 서쪽 하늘에 뜬 해가 내뿜는 주황빛 속으로 마을과 숲이 펼쳐져 있습니다. 그리고 올라올 때만 해도 눈치채지 못했는데 숲속에는 첨탑이 세 개나 있는 거대하고 장엄한 성이 있었습니다. 신데렐라와 함께 무도회에 참가한 그 클레어드룬성보다 훨씬 크고 멋진 성……. 그러나 다음 순간 빨간 모자는 어쩐지 위화감을 느꼈습니다.

뭐라고 해야 할까요. 성에서는 생기가 느껴지지 않았습니다. 바깥벽이 거무스름하고 첨탑 위까지 담쟁이덩굴이 엉겨 붙어 있습니다.

수십 년은 사람의 발길이 끊긴 듯한 그 성은 마치 잠들어 있는 것처럼 보였습니다.

02

그로부터 몇 시간 후.

빨간 모자는 저택 안 식당에서 킷센 할아버지를 비롯한 네 사람과 함께 타원형 식탁을 둘러싸고 있었습니다. 식탁 위 촛대에 꽂힌 환한 양초 덕분에 식당은 밤에도 꼭 대낮처럼 밝았습니다.

"오오, 네가 나무뿌리에 걸린 아버지의 의자 바퀴를 빼줬다는 그 소녀인가."

빨간 모자 맞은편에 앉은 수염이 덥수룩하고 덩치 큰 남자가 빨간 모자의 얼굴을 신기한 듯 빤히 들여다봤습니다.

"아무튼 고맙군. 아버지도 이제 나이가 나이라 슬슬 나한테 자리를 넘기고 조용히 지내시면 될 텐데."

그는 빨간 모자 옆에 앉은 킷센 할아버지를 힐끗 보며 말했습니다.

글리제에게 이것저것 물어서 알아낸 사실인데, 킷센 할아버지는 이 나라에서 벌써 60년이나 재상을 맡고 있고 올해로 나이가 여든둘이라고 했습니다.

"흥, 너한테 자리를 물려주는 즉시 민심이 우리를 떠날 거다, 게넨."

"그런 말씀 마십쇼. 그래도 제가 아들 아닙니까?"

"널 아들로 들이기는 했지만 능력을 인정한 적은 없다."

"잠깐만요. 두 분 지금 손님 앞에서 뭐 하시는 거예요?"

그렇게 두 사람의 대화에 끼어든 이는 게넨 옆에 앉은 서른 살 남짓의 여자입니다. 가슴골이 훤히 드러나는 보라색 드레스를 입었고 머리도 꼼꼼히 손질한 것처럼 보이지만, 입술과 손톱을 새카맣게 칠했고 눈가에는 검은 라인이 들어간 음산한 화장을 했습니다. 더 오싹한 것은 드레스 가슴 부분에 커다란 거미 모양 브로치를 매단 점입니다.

"미안해, 빨간 모자. 난 슈나펜. 재상님의 재종손이지."

무서운 겉모습과 달리 호감 가는 말투입니다.

"게넨은 킷셴 재상님의 양자야. 국왕에서 안 계신 지금 같은 특수한 상황에서는 할아버지께서 이 나라를 지켜야 하는데, 보다시피 할아버지 성격이 워낙 모난 탓에 지금껏 결혼을 못 해서 결국 이웃 나라 라펠 공국 재상 집안의 사람을 후계자로 들였단다."

"'들였다'고?"

킷셴 할아버지가 노기 어린 목소리로 되물었습니다.

"'떠맡았다'가 아니고? 네가 내 뒤를 잇겠다고 선언만 한다면 이런 놈은 지금 당장에라도 돌려보낼 거다."

"전 싫어요. 재상 일은 눈코 뜰 새 없이 바쁘잖아요. 늘 일에 쫓기다 보면 하늘소의 생태 같은 건 언제 관찰하겠어요?"

아무래도 이 약간 묘한 재상 집안은 나라의 어떤 사정과 관련된 것 같습니다. 그걸 떠나 왕이 없는데 나라가 성립할 수 있긴 할까요.

"꺅!"

그때 빨간 모자가 비명을 꽥 질렀습니다. 슈나펜의 가슴께에 있는 거미가 꿈틀꿈틀 움직였기 때문입니다. 브로치가 아닌 진짜 거미였습니다.

"어머, 이런. 늘 이렇게 예의 없이 군다니까, 오호호."

슈나펜이 손가락으로 거미를 집어 원위치로 돌립니다. 빨간 모자는 밥맛이 뚝 떨어졌습니다.

"스무스 형! 그만해!"

그때 왼쪽 옆에 앉아 있던 남자가 버럭 소리쳐서 빨간 모자는 또다시 간이 떨어질 뻔했습니다. 콧수염을 멋지게 기른 이 남자는 나이가 서른 정도 될까요. 그 맞은편에 있는 단발머리 남자의 이름은 스무스인 듯합니다. 그는 수프가 담긴 그릇 바로 옆에 웬 기묘한 장치를 두고 손잡이를 빙글빙글 돌리면서 접시 모양 원반을 위아래로 움직이고 있었습니다.

"브룩시, 어차피 넌 이해 못 하겠지만 이건 유사 이래 사람들의 수프 먹는 법을 바꿔버릴지 모를 획기적인 발명품이라고."

원반에는 같은 간격으로 여덟 개의 숟가락이 각각 다른 각도로 용접돼 있습니다. 원반이 움직이면 그 숟가락이 연이어 수프를 떠서 그의 입가로 가져가는 구조입니다. 다만 손잡이 돌리는 속도가 너무 빠른지 수프가 입에 들어가기는커녕 맞은편에 앉은 동생 브룩시의 옷에 다 튀고 있었습니다.

"스무스는 이 나라 제일가는 대장장이야. 내 이 휠체어도 스무스가 만들어줬지."

킷센 할아버지가 설명해 줬습니다.

"그렇구나⋯⋯. 대단하시네요."

빨간 모자가 추켜세우자 스무스는 의기양양하게 미소 지었습니다. 어쩐지 괴짜들만 모인 만찬회 같습니다.

그때 식당 문이 벌컥 열렸습니다.

글리제를 따라 나이가 마흔쯤 돼 보이는 말상의 하인 같은 남자가 들어왔습니다. 두 사람은 먹음직스러워 보이는 통닭이 담긴 접시를 들고 있습니다. 저택에는 그 밖에도 하인이 몇 명 더 있었지만 식사 준비는 주로 이 두 사람이 맡고 있는 것 같습니다.

"오, 아주 잘 구워졌군."

킷센 할아버지가 만족스럽게 말했습니다.

"원래라면 내가 여러분에게 음식을 직접 나눠줘야겠지만 하필 다리 상태가 이 모양이라. 충실한 내 심복인 트로이에게 대신 맡기겠네."

글리제와 함께 통닭을 들고 온 말상 남자가 깊숙이 고개를 숙이고 나서 긴 나이프로 닭고기를 잘랐습니다.

모두 입을 다물고 그 모습을 주시하는 중이었습니다.

"얘, 글리제."

슈나펜이 글리제를 돌아보며 입을 열었습니다.

"너 요새 넵이라는 남자랑 사귄다며?"

"아, 아뇨……."

"숨겨봤자 소용없어. 내 귀에는 모든 소문이 다 들어오니까."

손톱을 검게 칠한 손가락으로 털북숭이 거미를 쓰다듬으며 캐묻는 슈나펜. 목소리에는 가시가 돋쳐 있습니다.

"넌 이탈리아인 남자들이 얼마나 바람둥이인지 아직 몰라. 젊은 여자라면 일단 말부터 걸고 보는 게 그쪽 사람들이야."

"설마요……. 그분은 그런 사람이 아니에요. 절 위해 멋진 침대를 준비해 주겠다고 하셨어요."

변명하는 글리제를 보며 슈나펜은 딱하다는 듯이 미소지었습니다.

"목수가 여자에게 그런 걸 만들어 바치는 건 흔한 일이

긴 하지."

대장장이 스무스가 끼어들어 말하고는 주방 문을 가리 켰습니다.

"그래도 냅이 실력 하나만은 확실해. 그의 부탁으로 경 첩을 몇 개 만들어줬는데, 이쪽에서 밀든 반대쪽에서 밀든 다 열리는 문을 제작했거든. 게다가 힘을 세게 주지 않아 도 알아서 닫히는 아주 훌륭한 문이야."

"당신은 조용히 해!"

슈나펜이 쏘아보자 스무스는 어깨를 움츠렸습니다. 슈 나펜은 다시 글리제 쪽으로 고개를 돌립니다.

"아무튼 그런 남자랑은 헤어져. 아무리 한 침대를 쓴다 고 해도 그가 네게 진정으로 마음을 열 일은 앞으로도 없 을 거야."

"그 정도만 해라, 슈나펜. 너야말로 손님 앞에서 볼썽사 납구나."

킷센 할아버지가 타박하며 말했습니다.

"글리제, 나머지는 트로이에게 맡기고 넌 가서 쉬어라."

"네, 그럼 이만 실례하겠습니다……."

글리제는 풀죽은 모습으로 식당을 나갔습니다. 빨간 모 자의 눈에 그 뒷모습이 안타깝게 비쳤습니다.

"빨간 모자, 넌 지금 여행 중이라고 했지?"

수염이 덥수룩하고 덩치 큰 게넨이 접시에 있는 닭고기

를 우물거리며 물었습니다.

"아, 네. 맞아요."

"혹시 뭐 재밌는 얘기 없어? 오다가 들은 소문도 괜찮고. 물론 네 경험담도."

"응, 그거 재밌겠네!"

슈나펜이 손뼉을 짝 치자 가슴 위에 있는 거미가 움찔합니다.

"기대되는군. 꼭 듣고 싶구나."

킷센 할아버지까지 덩달아 귀를 기울이는 것 같습니다. 스무스와 브룩시 형제도 기대에 찬 눈빛으로 빨간 모자를 바라봅니다.

"네, 알겠어요."

빨간 모자는 포크와 나이프를 식탁에 내려놨습니다. 그러지 않아도 오늘 밤 만찬회에 초대해 준 것을 보답할 방법은 없는지 고민하던 참이었습니다. 재미있는 이야깃거리로 대신할 수 있다면 좋겠지요.

"제가 여행을 떠난 지 얼마 안 됐을 때 일이에요."

빨간 모자는 이야기를 시작했습니다.

"그때 전 클레어드룬이라는 성과 가까운 마을의 냇가 옆길을 걷다가 바바라라는 마법사 할머니를 만났는데……."

***

신데렐라 이야기와 헨젤과 그레텔 이야기까지 마치자 식당에 고요한 정적이 감돌았습니다. 이런 걸 원한 게 아니었나, 빨간 모자가 초조해하고 있을 때였습니다.

"브라보!"

게넨이 손뼉을 치며 환호했습니다. 뒤이어 슈나펜과 스무스, 브룩시, 킷센 할아버지까지 빨간 모자에게 박수갈채를 보냅니다.

"대단하다, 너. 보기보다 영리한 아이구나."

대장장이 스무스가 수프 떠먹는 기계를 빙글빙글 돌리며 웃음을 터뜨립니다. 그 앞에 깔린 식탁보만 노랗게 물들어 있습니다. 그는 와인을 마셔서인지 얼굴이 잔뜩 달아올라 있었습니다.

"'보기보다'는 실례잖아, 형."

옆에서 핀잔을 주는 브룩시.

"정말 감동했어, 빨간 모자. 네 조각상을 만들어주고 싶을 정도야."

"어머, 감사해요."

빨간 모자는 브룩시에게 감사 인사를 했습니다.

"안 돼, 안 돼."

슈나펜이 와인 잔을 기울이며 왼손을 휘휘 내저었습니다.

"이 변태 조각가는 언제나 알몸 여자 조각상만 만들거든."

"네?"

"그래도 이 주변에서는 그럭저럭 평판이 괜찮아서 라펠 공국 귀족들에게서까지 주문이 계속 들어오긴 해. 역시 관능적인 것들을 싫어하는 남자는 없다니까."

게넨이 하하 웃음을 터뜨렸습니다. 브룩시도 에헤헷 웃으며 와인을 마십니다. 술에 취해 상스러운 이야기를 일삼는 남자들만큼 볼썽사나운 것도 없습니다. 다행히 아직 끼어들 여지는 있어 보여서 빨간 모자는 재빨리 화제를 바꾸려고 입을 열었습니다.

"저, 혹시 이 나라의 얘기도 들을 수 있을까요?"

빨간 모자가 묻자 게넨의 얼굴에서 대번에 웃음기가 사라졌습니다. 킷센 할아버지가 빨간 모자를 바라봅니다.

"이 나라 얘기라니?"

"왜 이 나라에는 왕이 없는 건가요? 그리고 숲속에는 담쟁이덩굴이 잔뜩 들러붙어서 꼭 잠들어 있는 듯한 성이 있었어요. 그건 대체 뭐죠?"

그러자 킷센 할아버지는 고개를 연신 끄덕이며 말했습니다.

"트로이, 그 곡을 연주해 주게."

하인인 트로이가 "네" 하고 고개를 끄덕였습니다. 식당

한쪽에 나무로 만든 이상야릇한 기계가 있습니다. 빨간 모자는 처음 보는 물건이었는데 킷센 할아버지의 설명에 의하면 예로부터 내려오는 오르간이라는 악기로, 음악을 연주할 수 있다고 합니다.

"슈나펜."

"알아요."

슈나펜이 몸을 일으킵니다. 트로이는 이미 오르간 앞에 앉아 길쭉한 뚜껑을 열었습니다.

"원래라면 트로이와 메라이의 합주를 들려주고 싶었건 만."

"그 방탕한 자식은 지금쯤 이미 고주망태가 돼 있을걸요."

킷센 할아버지의 중얼거림에 브룩시가 대답했습니다.

오르간에서 부드러운 선율이 흐르기 시작합니다. 슈나펜은 "흠, 흠" 하고 가볍게 헛기침을 했습니다.

"옛날 옛적~."

느닷없이 가슴에 두 손을 얹고 노래 부르기 시작했습니다. 저 멀리 밤하늘까지 전해질 것 같은 낭랑한 미성입니다.

"구텐슐라프성에 공주님이 태어났습니다. 임금님과 왕비님, 백성들도 모두 기뻐했습니다. 그 아름다움은 마치 밤하늘에 빛나는 환상의 빛. 공주님에게는 오로라라는 이름이 붙었습니다~."

노래 가사는 대략 이런 내용이었습니다.

오로라 공주의 탄생을 축하하는 연회 자리에 이 나라의 숲에 사는 열두 마녀가 초대받았습니다. 마녀들은 연회가 끝날 때쯤 답례로 오로라 공주에게 행복의 주술을 걸어줬습니다.

첫 번째 마녀는 부富를.

두 번째 마녀는 많은 이들에게 사랑받을 수 있는 사교성을.

세 번째 마녀는 꽃도 부러워할 아름다운 얼굴과 머리카락을.

네 번째 마녀는 눈처럼 새하얀 피부를.

다섯 번째 마녀는 병마에 꺾이지 않을 튼튼한 몸을.

여섯 번째 마녀는 물로 인한 재난을 평생 피할 수 있는 몸을.

일곱 번째 마녀는 불로 인한 재난을 평생 피할 수 있는 몸을.

여덟 번째 마녀는 짐승들로 인한 재난을 평생 피할 수 있는 몸을.

아홉 번째 마녀는 독을 마셔도 죽지 않을 몸을.

열 번째 마녀는 노래와 춤 재능을.

열한 번째 마녀는 나이가 차면 운명의 반려자를 만나는 미래를.

그렇게 열한 번째 마녀의 주술이 끝났을 때 연회장에 돌연 비린내가 풍기는 돌풍이 불어 닥쳤습니다. 닫혀 있던 창문이 대번에 떨어져 나가고 새카만 연기가 연회장 안에 들어오더니 공주 앞에서 노파의 형태로 변했습니다.

숲에 사는 열세 번째 마녀였습니다. 그 마녀는 성격이 워낙 포악한 탓에 연회에 초대받지 못했지만, 어디선가 오로라 공주의 탄생을 축하하는 모임이 열린다는 소식을 듣고 자신만 초대받지 못한 사실에 화가 나서 들이닥친 것입니다.

"오오, 이거 미안하네. 자네는 바쁠 것 같아 일부러 안 불렀는데."

왕은 그렇게 변명했지만 열세 번째 마녀의 분노는 가라앉지 않았습니다.

"이 몸을 업신여기면 어떻게 되는지 똑똑히 보여주지!"

마녀는 말라비틀어진 장미 줄기 같은 손가락을 오로라 공주의 자그마한 코끝에 갖다 대더니 저주를 퍼붓기 시작했습니다.

"오로라 공주는 열여섯 살이 되는 해에 물레 바늘에 손끝을 찔려 죽게 될 게야!"

열세 번째 마녀는 깔깔 웃더니 또다시 검은 연기로 변해 창밖으로 나갔습니다. 너무도 급작스러운 상황에 왕은 아연실색했고 왕비님은 울음을 터뜨렸습니다. 이제 막 태어난 아이가 고작 열여섯 살에 죽을 운명이 되다니. 이 얼마나 안타까운 일입니까.

그러나 그때였습니다.

"제게 맡겨주십시오."

왕 앞으로 손을 들고 나서는 사람이 있었습니다. 연회장 제일 끝자리에 앉아 있던 열두 번째 마녀입니다. 그제야 모두는 그녀가 아직 오로라 공주에게 행복의 주술을 걸지 않았음을 깨달았습니다.

"안타깝지만 전 그 마녀보다 마력이 약한 탓에 공주님께 걸린 저주를 완전히 없애지는 못해도 약화시킬 수는 있습니다. 오로라 공주님은 열여섯 살 생일에 물레 바늘에 찔려도 죽지 않는 대신 깊은 잠에 빠져들 겁니다. 그 잠은 백 년 동안 이어질 것이고, 그동안에는 무슨 일이 생기건 공주님께서 해를 입을 일은 없습니다. 그리고 백 년 후, 조금 전 열한 번째 마녀의 주술에 등장한 운명의 반려자가 공주님을 잠에서 깨우기 위해 찾아올 것입니다."

주변 사람들이 "오오" 하고 탄성을 내질렀습니다. 기나긴 잠에 빠진다고 해도 어린 나이에 불행한 죽음을 맞는 것보다 훨씬 낫습니다.

그러나 왕은 포기하지 않고 열세 번째 마녀의 저주에 맞서는 길을 택했습니다. 다음 날부터 나라 안에 있는 모든 물레를 압수해 불태워 버린 것입니다. 오로라 공주는 마녀들이 건 주술 덕분에 별 탈 없이 무럭무럭 자랐습니다. 그리고 오로라 공주가 열다섯 살이 되는 해부터 왕은 공주를 방 안에 가두고 한 발짝도 나오지 못하게 했습니다.

정말로 가까운 사람 몇 명 외에 아무도 만나지 못한 채 열 달 며칠이 흐르고, 마침내 운명의 열여섯 살 생일이 찾아왔습니다. 그날 오로라 공주가 눈을 뜨자 머리맡에 아름다운 소년이 서 있었습니다. 그 소년은 심술궂은 열세 번째 마녀의 수하인 박쥐가 변신한 것이었지만 오로라 공주가 그걸 알 도리는 없었습니다.

"오로라 공주님, 폐하께서 공주님께 보낸 선물을 가져왔습니다. 부디 이 열쇠를 들고 성의 동쪽 탑 꼭대기 방으로 와주십시오."

오로라 공주는 기꺼이 열쇠를 받아 들었습니다. 오랜만에 방에서 나갈 수 있는 것으로 모자라 그 방은 오로라 공주가 어렸을 때부터 들어가서는 안 된다며 늘 주의를 받은 방이라 항상 궁금해하던 곳이었습니다.

아버지는 분명 내게 이 선물을 주려고 지금껏 방 밖에 나가지 못하게 한 거야. 오로라 공주는 그렇게 생각하며 동쪽 탑 꼭대기로 올라가 방문을 열었습니다. 휑한 방 한가운데에 황금빛으로 빛나는 신비로운 물건이 있었습니다. 언뜻 물레방아처럼 보이지만 물에 닿는 날개 부분이 없고 크기도 훨씬 작습니다.

사실 그것은 성에서 대대로 전해지는 황금 물레였습니다. 오래전 구텐슐라프성이 적의 공격을 받았을 때 왕비가 이 황금 물레를 돌리며 염원의 노래를 부르자 폭풍우가 적군을 모조리 쓸어갔다는 전설이 전해지고 있습니다. 그러니 왕도 이 물레만은 처분하지 못했고 그렇다고 공주의 손이 닿아서도 안 되니 이 동쪽 탑 꼭대기 방에 넣어놓고 아무도 들어가지 못하게 한 것입니다.

그런 사실을 알지 못했던 오로라 공주는 물레에 손을 뻗었다가 그만 바늘에 찔리고 말았습니다. 그렇게 애석하게도 오로라 공주는 백 년의 잠에 빠지게 된 것입니다.

왕비님은 차마 눈 뜨고 볼 수도 없을 만큼 슬퍼했습니다.

"백 년이면 저와 당신, 그리고 신하들도 모두 죽어 주변에는 온통 모르는 사람만 남겠죠."

"마음 추스르게. 운명의 반려자가 공주를 깨우러 올 거라고 열두 번째 마녀가 말했잖나."

왕의 위로도 왕비님의 귀에 들어가지 않았습니다.

"당신은 이게 얼마나 심각한 일인지 모르고 있어요. 우리에게는 오로라 공주 외에 다른 자식이 없다고요!"

왕비님은 난임 때문에 힘들게 오로라 공주를 얻었고 둘째를 낳지 못했습니다.

"이 나라의 왕은 남자로 정해져 있어요. 그럼 앞으로도 왕가를 이으려면 오로라가 왕자를 낳을 수밖에 없어요.

하지만 오로라 곁에 남편이 될 사람이 나타나 결혼할 수 있는 건 백 년 후. 그때 당신은 살아 있지도 않겠죠? 당신이 죽고 오로라가 왕자를 낳기 전까지 왕위는 그대로 비어 있을 테고 최악의 경우 다른 나라에 빼앗겨 버릴 수도 있어요."

"희망은 반드시 이뤄질 걸세."

"오로라에게는 저주가 걸려 있어요. 도대체 어떤 희망이 있다는 말인가요!"

왕비님이 비탄 섞어 외쳤을 때 그들 앞에 쏙 등장한 남자가 있었습니다. 재상이었습니다.

"황송하오나 폐하, 그리고 왕비 마마. 제가 이 나라를 지키겠습니다. 제 힘이 다하면 제 후계자, 그리고 또 그다음 후계자가 반드시 이 나라를 안정시키고 공주님의 반려자를 맞이할 준비를 해놓겠습니다."

"오오, 재상, 부디 잘 부탁하네."

왕은 재상의 손을 꼭 쥐고 말했습니다.

그 후 만약의 사태에 대비해 성에서 가장 들어가기 어려운 방에 오로라 공주를 눕혀두기로 했습니다. 그곳은 공교롭게도 동쪽 탑 꼭대기에 있는 방이었습니다. 그렇게 전설의 황금 물레 옆에는 호화로운 침대가 놓였습니다.

노래를 끝마친 슈나펜은 피곤한지 물을 한 모금 마시고

한숨을 내쉬더니 의자에 털썩 앉았습니다.

"빨간 모자, 들어보니 어떤가?"

킷센 할아버지가 빨간 모자의 얼굴을 보며 물었습니다.

"이제는 이 구텐슐라프 왕국이 처한 상황을 이해했나?"

"이해는 되는데, 노래에 나온 그 재상이라는 분이……."

"물론 나지. 오로라 공주님이 잠들고 4년이 지나 왕비님은 마음고생 때문인지 세상을 떴고 뒤이어 국왕께서도 승하하셨네. 그 이후 내가 이 나라를 책임지고 관리하는 중이네."

"오로라 공주님은 지금도 잠들어 있나요?"

"그렇지. 올해로 40년째로군."

40년! 그토록 오랜 잠이라니, 빨간 모자는 정신이 아득해졌습니다.

"성에는 지금 아무도 살지 않는 거예요?"

"그렇지. 그 무렵 성에서 일하던 신하들은 모두 죽었으니. 나 혼자만 넓은 성에 있어 봐야 뭐 하겠나."

"공주님 혼자 잠들어 있다니 불쌍해요."

"성에는 자물쇠가 단단히 걸려 있고 적어도 한 달에 한 번은 공주님의 상태를 보러 가니 걱정 안 해도 되네. 그러고 보니 마침 내일이 바로 오로라 공주님의 상태를 보러 가는 날이로군. 빨간 모자, 자네도 같이 가겠나?"

"네, 꼭 가보고 싶어요."

빨간 모자는 실제로 공주님을 만나는 건 처음이라 가슴이 설렜습니다.

"아 참!"

불현듯 스무스가 벌떡 일어섰습니다.

"재상님, 성 열쇠를 좀 빌려야 할 것 같습니다. 오늘 밤 성에서 갑주를 들고나와야 해서."

"알고 있네. 아직 대화 중이니 열쇠는 나중에 주지. 일단 앉게, 앉아."

킷센 할아버지는 귀찮은 것처럼 스무스를 다시 자리에 앉혔습니다.

그날 밤 만찬이 끝난 건 밤 11시가 넘은 시간이었습니다. 스무스와 브룩시는 저택을 떠났고 킷센 할아버지와 게넨, 슈나펜은 저택 안에 있는 자기 방으로 돌아갔습니다. 손님용 방으로 안내받은 빨간 모자는 포만감 때문에 침대에 들어가자마자 잠들어 버렸습니다. 잠자는 공주의 나라에서 보내는 하룻밤이라 그런지 꿀맛 같은 잠이었습니다.

03

"응? 앞머리에 뭐가 붙었어요."

우유를 가져온 글리제의 앞머리로 빨간 모자가 손을 뻗었습니다. 예쁜 금색 실밥입니다.

"어디서 이런 실밥이?"

"글쎄요……."

글리제는 고개를 흔들고 빨간 모자의 잔에 우유를 따랐습니다.

빨간 모자는 어제 만찬회가 열렸던 식당에서 킷센 할아버지, 슈나펜과 함께 아침 식사를 하고 있습니다. 시간은 오전 9시. 수염이 덥수룩하고 덩치 큰 게넨은 평소 이 시간에는 일어나지 않는다고 합니다.

"어르신!"

그때 하인으로 일하는 트로이가 폭풍 같은 기세로 식당에 뛰어 들어왔습니다.

"큰일 났습니다, 어르신. 이걸 어쩌면 좋죠?"

"무슨 일인가? 뭘 그리 다급하게."

"메라이가 살인죄로 집행관들에게 끌려갔습니다."

"뭐라고?"

킷센 할아버지는 휠체어 방향을 트로이 쪽으로 획 틀었습니다.

트로이의 아들 메라이에 대해서는 어젯밤 빨간 모자도 전해 들었습니다. 어릴 때부터 이 저택에서 아버지와 함께 하인으로 일하던 젊은이로, 올해 나이가 스무 살인데 '평생 이런 일이나 하며 살 수는 없다'라며 저택을 뛰쳐나갔습니다. 그 뒤로 마을에서 불량배들과 어울리며 매일 술에 절어 살고 있다고 합니다.

"오늘 새벽 무렵, 언덕 서쪽에 있는 덱 광장에서 진이라는 이름의 불량배가 칼에 찔린 시체로 발견됐다고 합니다."

트로이는 익지 않은 풋사과처럼 새파랗게 질린 얼굴로 설명을 이어갔습니다.

"흉기는 아직 나오지 않았고, 집행관들이 범인을 찾던 중 언덕 기슭 개암나무숲에 메라이가 술에 취한 채 쓰러져 있는 걸 발견했다고 합니다. 당시 메라이의 옷은 피투성이였고 옆에는 피 묻은 칼까지 떨어져 있어서 집행관들은 그 즉시 메라이를 때려서 깨우고 체포했다고 하네요."

"메라이는 뭐라고 했지?"

"자기는 범인이 아니라면서 도와달라고 하고 있습니다. 그래서 어제 집행관이 제게 연락한 겁니다. 메라이는 아무리 고주망태였다고 해도 살인 같은 걸 저지를 아이가 아닙니다. 어르신, 이걸 어쩌죠?"

"이런, 이런. 이거 곤란하게 됐군……."

킷센 할아버지는 숱이 적은 머리카락을 손가락으로 휘저었습니다.

"만약 억울하게 붙잡힌 거면 누명을 벗겨주면 되지 않을까요?"

지금 이 자리에서 유일하게 침착해 보이는 슈나펜이 그렇게 물었습니다.

"누가 그걸 벗길 수 있지?"

"벌써 잊으셨어요? 할아버지."

슈나펜이 빨간 모자를 힐끗 쳐다봅니다.

"이 아이가 지금껏 어려운 사건을 여럿 해결해 왔잖아요."

"네?"

우유를 마시던 빨간 모자는 모두의 얼굴을 둘러봤습니다. 기대감에 가득 찬 눈빛이 쏟아지고 있었습니다.

***

감옥은 언덕 아래 남쪽 지역에 있었습니다. 킷센 할아버지와 트로이, 슈나펜, 빨간 모자까지 넷이 함께 가자, 그 안에 갇힌 메라이와 철창 너머로 면회할 수 있었습니다. 눈썹이 두꺼운 집행관이 창을 손에 쥐고 일행을 날카롭게 노려보고 있습니다.

"아버지, 전 아니에요. 믿어주세요."

트로이에게 호소하는 메라이의 모습은 나이가 스물이라고 하는데도 마치 어린 소년처럼 보였습니다. 심지어 부자는 얼굴도 별로 닮지 않았고 오히려 메라이는 다른 누군가와 더 닮은 느낌이 들었습니다.

"괜찮다. 이 빨간 모자 아가씨가 네 억울한 누명을 벗겨 주실 거야."

"빨간 모자요?"

그 말을 듣고 집행관이 "흐으음, 흐으으음" 하고 짐짓 헛기침을 합니다.

"아무리 재상님의 관계자라 해도 살인범은 살인범입니다. 형이 확정되면 그 즉시 참수형에 처해질 겁니다."

"알고 있네. 하지만 누명을 썼는지 조사할 권리 정도는 있잖나."

"범행 자체를 뒤집긴 어렵겠죠. 셔츠에 피가 흠뻑 묻어 있었으니까요."

"피해자가 살해된 정확한 시간은 모르시나요?"

빨간 모자가 묻자 집행관은 얼굴을 찌푸리다가 잠시 후, 창을 옆구리에 끼고 가슴 주머니에서 종이 한 장을 꺼냈습니다.

"새벽 3시, 덱 광장에 있는 신발 가게 주인이 비명을 듣고 창밖을 보니 바닥에 쓰러진 진과 도망치는 남자의 그림자가 있었다더군. 그 밖에도 비슷한 시간에 비명을 들은 사람이 여러 명 있어."

"난 그때 동쪽 구역에 있었다고!"

메라이가 소리쳤습니다.

"난 새벽 3시까지 그 '개차반 술집'에서 술을 마시다가 쫓겨났어!"

"'개차반 술집' 주인에게서도 증언을 들었지. 네가 가게를 나간 시간은 정확히 2시 40분이라고 해."

집행관이 종이를 보며 말했습니다.

"그러나 동쪽 구역에 있는 가게에서 서쪽의 텍 광장까지는 술에 취해 걸었다고 해도 15분도 걸리지 않아. 넌 3시에 충분히 진을 죽일 수 있었어. 오히려 시간이 딱 맞아."

"아니야! 난 그때 물을 마시러 동쪽 구역 중앙 광장에 있는 우물에 갔어. 하지만 그곳에는 사람들이 줄을 서 있어서 결국 마실 수 없었다고. 근처에서 화재가 일어나는 바람에 모두 불을 끄기 위해 물을 푸고 있었으니까."

"그 말도 사실이지만 술집에서 서쪽 구역까지 가는 동안 그런 소동이 일어난 걸 알아챘을 수도 있었겠지. 범행을 부인할 증거는 못 돼."

"집행관님, 잠깐만 조용히 계세요. 메라이 씨, 얘기를 좀 더 들려주실래요?"

집행관은 못마땅하게 고개를 끄덕였습니다.

"결국 물 마시는 걸 포기하고 그냥 갈까 하다가 절망 벤치 옆에 있는 펌프가 생각났지 뭐야."

"절망 벤치? 그게 뭐예요?"

빨간 모자의 질문에 대답한 사람은 메라이가 아닌 그냥 재미있을 것 같아서 따라왔다는 슈나펜이었습니다.

"동쪽 구역 폐가에 있는 벤치야. 원래는 임대를 하던 집이었는데 살던 사람이 연이어 셋이나 자살한 탓에 아무도 가까이 가지 않는 곳이 돼버렸어."

두 손으로 거미를 만지작거리며 말하는 슈나펜을 집행관은 기분 나쁜 듯이 쳐다봤습니다. 빨간 모자는 다시 물었습니다.

"메라이 씨, 아무튼 물을 마시러 그곳에 가셨다고요?"

"그래. 거기만큼은 아무도 없을 줄 알았는데 웬 젊은 남녀가 앉아 있더라고. 남자는 검은 후드를 뒤집어쓰고 있어서 얼굴이 보이지 않았어. 여자는 아주 미인이었는데 꼭 목욕을 막 마치고 나온 사람처럼 머리카락이 젖어 있더군. '물 좀 마셔도 될까?'라고 물으니 남자가 '그러게'라고 해서 펌프로 물을 퍼 올려 마신 후에 곧장 그곳을 떠났어. 그때 벤치 옆에 있는 시계를 봤을 때 시곗바늘은 3시를 가리키고 있었고. 어제는 달빛도 밝았으니 틀림없어. 그 뒤로는 주변을 어슬렁거리다가…… 정신을 차리니 나무 밑에 잠들어 있었어."

"그 남녀를 찾으면 메라이 씨의 무죄를 증명할 수 있겠네요."

예상보다 일이 쉽게 풀릴 것 같습니다. 그러나 집행관은 코웃음을 치며 종이를 접어 다시 주머니에 넣었습니다.

"이미 한참 전에 그 두 사람을 찾아 나섰지만 끝내 찾지 못했지. 세상에 새벽 3시에 밀회를 즐기는 연인이 어딨겠나? 다 꾸며낸 소리지."

순간 철커덕 하고 킷센 할아버지가 분노를 실어 레버를 움직였습니다.

"지금 그 말을 똑똑히 기억해 두겠네. 이 아둔한 집행관 같으니라고. 메라이, 네 무죄를 반드시 증명해 주마."

재상이 집에서 일하는 하인의 방탕한 자식을 왜 이리 신경 써주는 걸까요……. 빨간 모자는 의아해하다가 문득 머릿속이 번뜩였습니다.

메라이의 얼굴은 아버지 트로이가 아닌 킷센 할아버지를 꼭 닮아 있었습니다.

04

"트로이 씨, 하나 궁금한 게 있는데요."

절망 벤치에 있었다는 남녀를 찾으러 동쪽 구역으로 향하던 중, 빨간 모자는 다른 사람에게 들리지 않게 목소리를 낮춰 트로이에게 말을 걸었습니다.

"메라이 씨는 정말 트로이 씨 아들이 맞나요? 킷센 재상님의 아들 아니에요?"

"그럴 리가요!"

트로이는 질겁하며 부인했습니다.

"메라이는 20년 전 저와 아내 사이에서 태어난 아들입니다. 아내는 그로부터 5년 뒤 폐병을 앓다가 세상을 떴죠. 그걸 떠나 재상님과 메라이는 나이 차도 너무 많이 나지 않습니까."

메라이가 태어난 게 20년 전이라면 킷센 할아버지는 62살. 자식을 아예 못 낳는 건 아니겠지만 그래도 역시 부자연스럽습니다.

"그런데 메라이 씨와 킷센 할아버지의 얼굴이 똑 닮았던데요."

"그냥 우연이겠죠. 근데 빨간 모자 씨, 그 일이 이번 사건과 무슨 관련이라도 있습니까?"

매사 진지한 사람에게 진지한 질문을 들으면 대답을 신중히 골라야 하니 입이 잘 떨어지지 않는 법입니다.

"아뇨, 죄송해요."

빨간 모자는 그 말을 끝으로 이야기를 매듭지었습니다.

15분 정도 걸어 동쪽 구역에 도착하자 그곳에는 작은 소동이 일어나고 있었습니다. 수많은 구경꾼이 화재로 불타 버린 집 앞에 모여 있었기 때문입니다.

"저건 스무스의 집 아닌가?"

덜컹덜컹 휠체어 속도를 높여 그 집으로 다가가는 킷센 할아버지. 그 앞으로 그을음을 뒤집어쓴 스무스 씨의 모습이 보였습니다. 단발머리가 잔뜩 헝클어진 채 담금질에 쓰는 도구와 만들다 만 금속판 같은 것을 화재 현장에서 꺼내는 중입니다.

"이보게, 스무스."

"앗! 죄, 죄송합니다, 재상님."

스무스는 다가오는 사람들을 알아보고 킷센 할아버지 앞으로 가서 무릎을 꿇더니 면목 없다는 듯이 자신의 뺨을 찰싹 때렸습니다.

"어제 성에서 갑주를 들고 집에 와서 작업을 좀 하려고 가마에 불을 붙였습니다."

요즘 이웃 나라에서 구텐슐라프 왕국을 노리고 있다는 소문이 돈다고 합니다. 킷센 할아버지는 유사시에 대비해 대장장이 스무스에게 똑같은 갑주를 여러 벌 더 만들어 두라고 지시했습니다. 그 갑주는 구텐슐라프성 1층에 있는 '알현장'에 있고 어제 만찬회 이후 스무스가 챙겨 갈 예정이었습니다. 빨간 모자는 스무스가 수레를 끌고 저택에 온 것과 만찬회 자리에서 성 열쇠 이야기를 꺼낸 이유를 그제야 이해했습니다.

"하지만 어젯밤 술을 한잔해서 그런지 꾸벅꾸벅 졸다가 뭔가 뜨겁다 싶어 눈을 떴을 때는…… 이미 주변이 불바다였습니다."

"아니, 자네가 그런 실수를."

"어이! 스무스!"

그때 구경꾼들 사이에서 머리가 벗겨진 남자가 소리쳤습니다.

"어젯밤 우리가 불을 꺼주려 했는데 자네가 거절했지?"

"그래, 맞아. 내가 집에 있는 모든 통과 냄비에 물까지 받아 왔는데."

살찐 여자도 옆에서 가세합니다. 여기저기서 스무스에게 비난이 쏟아졌고 상황은 점점 난장판이 돼갔습니다.

"시끄러워요!"

슈나펜의 날카로운 목소리가 공기를 갈랐습니다. 순식간에 구경꾼들이 조용해지자 슈나펜은 스무스를 째려봤습니다.

"대체 저게 무슨 소리야, 스무스? 사람들이 돕겠다고 나서는 걸 왜 거부한 건데?"

스무스는 차마 입이 떨어지지 않는지 우물거리다가 힘없이 중얼거렸습니다.

"……나 때문에 불이 났으니 직접 꺼야 한다고 생각했어. 내가 이래 봬도 책임감이 강해서……."

"말도 안 되는 소리! 우리 집에는 어린애가 다섯 명이나 있다고! 불이 옮겨붙었으면 어쩔 뻔했어!"

조금 전의 그 살찐 여자가 화를 내더니 스무스에게 신발을 집어 던졌습니다. 그러자 여기저기서 벽돌 조각과 나뭇가지 등이 날아옵니다. 구경꾼들이 또다시 흥분하기 시작했습니다.

"이런, 이런. 이 나라 사람들은 참 소란 피우시는 걸 좋아하는군요."

어디선가 귀에 거슬리는 목소리가 들렸습니다. 모두 일제히 그쪽을 향해 고개를 돌립니다.

"아쉽지만 전 사랑싸움을 제외한 다른 갈등에는 서툴러서."

얼굴이 곱상하게 생긴 갈색 머리 남자가 몸을 빙그르르 돌리면서 화려하게 등장했습니다.

흰색 셔츠의 가슴께 단추를 풀어 헤쳤고 왼쪽 가슴 주머니에는 붉은 장미를 꽂았으며 옆구리에는 뭔지 모를 둥근 금속 원반과 밧줄을 끼고 있습니다. 녹색 멜빵바지와 세상에서 가장 반짝거리지 않을까 생각될 만큼 새하얀 신발. 허리에 찬 벨트에는 소형 쇠망치와 톱 등이 담긴 주머니가 달려 있습니다.

"냅!"

스무스가 남자의 이름을 외치자 빨간 모자도 그가 누군지 깨달았습니다. 글리제와 사귄다는 그 이탈리아인 바람둥이 남자입니다.

"스무스 씨, 가져왔습니다. 잠깐만 기다리세요."

냅은 원반을 옆구리에 낀 채로 느닷없이 화재 현장 근

처에 있는 높은 가로수 위로 휙휙 올라갔습니다. 그러더니 불에 타지 않은 두꺼운 나뭇가지 하나에 짧은 쇠사슬을 써서 원반을 매달고 그 옆면에 밧줄을 걸치더니, 밧줄 양 끝을 땅 위로 늘어뜨립니다.

"도르래입니다. 한쪽 끝을 불타버린 기둥에 묶어주세요. 큐피드가 양치기 소년과 젖 짜는 소녀를 운명의 실로 맺어준 것처럼."

입에 담는 한마디 한마디가 느끼한 남자입니다. 빨간 모자는 속으로 '난 못 당하겠어' 하고 고개를 절레절레 흔들었습니다.

스무스는 땅에 늘어진 도르래의 밧줄 한쪽 끝을 잡고 화재 현장에 들어가 불타버린 굵직한 기둥에 꽁꽁 묶었습니다. 성에서 가져온 듯한 갑주가 그 밑에 깔려 있습니다.

"자, 모두 함께 다른 쪽 밧줄 끝을 잡아당깁시다. 그렇게 멍하니 있지들 마시고. 지금이 바로 여러분이 가진 사랑의 힘을 한데 모을 때예요. 모두 밧줄을 들어주세요."

바람둥이 남자는 나뭇가지 위에서 사람들을 설득했습니다. 휠체어에 탄 킷센 할아버지를 제외하고 빨간 모자와 슈나펜, 트로이, 그리고 구경꾼들까지 모두 어리둥절해하며 그가 시키는 대로 밧줄을 잡았습니다.

"제가 신호하면 밧줄을 당겨주십시오. 자! 아모레! 아모레!"

냅은 가슴 주머니에서 꺼낸 붉은 장미를 흔들면서 선창했습니다. 무슨 신호가 이래. 빨간 모자는 그렇게 생각하면서도 열심히 밧줄을 잡아당겼습니다.

"고정 도르래란 건 밧줄 양 끝이 수직으로 늘어져 있을 때는 힘의 균형을 간단히 맞출 수 있지만, 밧줄이 비스듬하게 기울어 있을 경우 더 큰 힘이 필요합니다. 그러니 다들 힘들겠지만 조금만 더 힘내주세요."

냅은 도르래에 대한 설명을 장황하게 늘어놓더니 또다시 "아모레! 아모레!" 하고 신호했습니다. 잠시 후 굵은 기둥이 허공에 떠오르자 스무스가 그 밑에서 갑주를 끌어냈습니다.

"이제 됐어!"

스무스의 외침을 듣고 사람들이 밧줄에서 손을 뗐습니다. 그러자 그 기둥은 또다시 쿵 하고 불탄 곳 위로 떨어졌습니다.

"재상님, 보시다시피 갑주는 무사합니다."

"흐음, 그건 다행이네만."

킷센 할아버지는 스무스의 얼굴을 보며 물었습니다.

"어젯밤 화재가 몇 시쯤 일어났지?"

"2시 반이 조금 넘었던 것 같습니다."

"절망 벤치가 이 근처에 있는 게 맞나?"

"네, 거기까지는 걸어서 3분 거리입니다."

불타버린 집 때문에 까맣게 잊고 있었지만 애초에 여기 온 이유는 메라이의 무죄를 증명할 증인을 찾기 위해서입니다. 스무스의 집과 절망 벤치가 있는 폐가는 거리가 불과 30미터밖에 떨어져 있지 않다고 했습니다.

"혹시 여러분 중 어젯밤 폐가에 가신 분 없나요? 절망 벤치에 남녀 한 쌍이 앉아 있었다고 하던데요."

빨간 모자는 구경꾼들을 향해 물었습니다.

"그런 데를 누가 제 발로 가겠어. 귀신이 나온다는 소문이 도는 곳인데."

"맞아, 맞아. 그리고 화재 현장 바로 옆에서 밀회라니. 아무리 그래도 너무하지 않아?"

"그렇긴 하죠······."

트로이가 걱정스러운 눈빛으로 빨간 모자를 쳐다봅니다. 빨간 모자는 구경꾼들에게 다시 물었습니다.

"화재가 났을 때 이 일대에 사는 분들이 모두 이곳으로 모이신 건가요?"

"응? 그야 모두는 아니겠지. 눈치 못 채고 잔 사람도 있을 테니."

"우리 남편이 그랬어. 코까지 드르렁드르렁 골면서 세상 모르게 자더라고."

"그리고 보니 그 녀석도 안 왔지. 지금 이곳에도 없고."

구경꾼 중 얼굴이 불그스름한 남자가 주변을 두리번거

렸습니다.

"그 녀석이 누군가요?"

그는 훗 하고 웃더니 대답했습니다.

"스무스의 동생이자 괴짜 조각가인 브룩시 말이야."

***

브룩시가 사는 곳은 스무스의 집 바로 뒤에 있었습니다. 현관문을 두드리자 브룩시는 하품을 쩍 하며 나왔습니다. 어젯밤과는 다르게 구겨진 세로줄 무늬 옷을 입었고 트레이드마크인 콧수염도 손질하지 않은 상태입니다.

"후아아암. 재상님, 그리고 다른 분들까지. 모두 무슨 일인가요?"

"메라이가 살인 혐의로 체포됐다."

킷센 할아버지가 상황을 설명했습니다.

"……그래서 그 증인이 될 남녀를 지금 찾는 중인데, 브룩시, 혹시 짚이는 사람 없나?"

브룩시는 눈을 비비며 이야기를 다 듣고 "아뇨, 없습니다"라고 했습니다. 킷센 할아버지는 의심 어린 눈길로 그를 바라보다가 "잠깐 안에 들어가도 되겠나?"라고 물었습니다.

"아, 네. 뭐 괜찮습니다."

재상님의 부탁이니 차마 거절하지 못하는 것 같습니다.

넓은 집입니다. 벽을 철거했는지 방 하나로 된 원룸 구조입니다. 들어가서 오른쪽 벽 앞에 식탁을 겸한 조리대가 있고 얇은 담요와 베개가 깔린 초라한 침대가 있습니다. 그 밖에는 모두 조각할 때 필요한 공간으로 보입니다. 만들다 만 알몸 조각상이 네 개 있고 벽 쪽에는 검은 액체가 채워진 커다란 욕조도 있습니다. 설마 목욕할 때 쓰는 욕조는 아닐 텐데, 저 검은 액체의 정체는 뭘까요.

"브룩시 씨, 어젯밤 집에 돌아와서 바로 주무셨어요?"

"흐음…… 응."

빨간 모자가 묻자 브룩시는 기지개를 켜며 대답했습니다.

"침대에 쓰러져서 그대로 지금까지 잤어."

"스무스 씨 집에 화재가 일어난 것도 몰랐다는 말씀이시죠?"

"어엉? 뭐라고?"

브룩시는 얼빠진 목소리로 대답하고는 안쪽에 있는 뒷문으로 달려가 문을 활짝 열었습니다.

"이런! 정말이네. 우리 집과 이어지는 나무 문까지 타버렸잖아!"

빨간 모자도 뒷문을 통해 밖을 확인했습니다.

작은 뒤뜰에 총 열 개 정도 되는 알몸 여자 조각상이 있고, 돌길을 지나면 나오는 낮은 울타리 쪽에 그을린 나무

문이 보입니다. 스무스의 집은 화마가 휩쓸고 가 무참한 몰골입니다.

"바로 뒤에서, 그것도 친형의 집이 불타고 있는데도 잠이 솔솔 왔나 보네."

슈나펜이 비꼬면서 조리대 위에 있는 갈색 덩어리에 손을 갖다 댔습니다.

"요즘 술에 좀 약해져서. 이봐, 손대지 말아줘."

"이건 뭐야?"

"점토. 석고 틀을 만들 때 써."

빨간 모자는 문득 발밑으로 시선을 떨궜습니다. 뭔지 모를 검은 덩어리 같은 게 떨어져 있습니다. 허리를 숙여서 집어 드니 목탄 조각입니다. 손가락에 검댕이 묻는 걸 보니 탄 지 얼마 안 된 것으로 보입니다.

바닥을 자세히 보니 재와 그을음 자국도 보였습니다.

뭔가 이상해…….

"뭐지, 이건? 침대인 줄 알았더니 관이잖나!"

킷센 할아버지가 침대 시트를 걷으며 외쳤습니다. 그 아래로 검은 관이 보입니다.

"이런 딱딱한 곳에서 잠이 오나?"

"알고 지내는 장의사에게 받았습니다. 잡동사니를 넣어 두기에도 아주 좋죠. 그런데 재상님, 마음대로 들추지 말아주셨으면 좋겠습니다."

"저기, 이 욕조 안에 있는 시커먼 액체는 뭐야?"

이번에는 슈나펜이 물었습니다.

"설마 이것도 네 예술 작품?"

"석재를 연마하는 특수 액체야. 이런, 다들 내 물건에 손 좀 그만 대."

"잠깐 확인하는 건 괜찮잖…… 앗!"

그때 뭔가가 물에 퐁당 빠지는 소리가 들렸습니다.

"어머! 큰일 났어! 도와줘! 도와줘!"

"뭐 하는 거야!"

"내 사랑하는 거미가 물에 빠져버렸어. 으아앙, 어떡해. 어떡해."

이성을 잃고 검은 액체를 손으로 철벅 철벅 휘젓는 슈나펜. 그런 그녀 옆에서 누군가가 국자 같은 것을 쓱 뻗어 욕조 안에서 덜컥덜컥 소리를 울리더니 거미를 건져 올렸습니다.

"조심하십시오."

하인인 트로이였습니다.

"고마워. 그리고 미안해, 거미야."

"아, 정말. 적당히 해!"

브룩시가 화내는 소리가 집 안에 울려 퍼졌습니다.

"제발 멋대로 집 안을 휘젓고 다니지 좀 마. ……아무튼 난 아무것도 몰라. 스무스 형이 가마에 불을 붙인 채로 잠든 적은 지금껏 한 번도 없었으니까."

지금이야! 빨간 모자는 브룩시를 몰아붙이기로 했습니다.

"저기요, 브룩시 씨는 어떻게 스무스 씨가 *가마에 불을 붙인 채로* 잠들었다는 걸 아세요?"

"어?"

브룩시는 순간 겁먹은 듯한 모습을 보였습니다. 그러나 얼마 되지 않아 후훗 웃음을 터뜨립니다.

"형은 대장장이잖아. 대장장이 집이 불탔다면 누구든 가마 불을 제대로 관리 못 해서 화재가 일어났다고 생각 하지 않겠어?"

"지금 여기 목탄 조각이 떨어져 있어요. 아니, 그뿐만 아 니라 바닥이 온통 재투성이예요. 얼추 둘러보니 이 부엌에 서는 그 정도로 불을 쓴 흔적이 없으니 어젯밤 화재 때문 에 생긴 재가 틀림없어 보여요."

"빨간 모자야, 그게 무슨 말이지?"

킷센 할아버지가 물었습니다.

"스무스 씨 집이 불타는 동안 저 뒷문은 열려 있었던 게 아닐까요?"

"그럴 리 있나."

브룩시는 즉시 부인했습니다.

"조금 전에도 말했지만 난 집에 오자마자 침대에 쓰러 져 잠들었다고."

"하지만 어젯밤과는 복장이 다르시네요."

"응? 그건, 그러니까……."

"꼭 그을음이 묻은 옷을 갈아입으신 것 같아요."

"……."

"브룩시!"

킷센 할아버지의 노성에 브룩시는 몸을 움찔했습니다. 네 명의 시선이 일제히 브룩시에게 쏠립니다. 브룩시는 꼭 여러 마리의 뱀에게 둘러싸인 생쥐처럼 겁먹은 눈빛으로 네 사람의 얼굴을 연신 둘러봤습니다. 이마에서는 비지땀이 흐르고 있습니다.

잠시 후 브룩시는 결국 힘없는 목소리로 "네, 솔직히 털어놓겠습니다……"라고 했습니다.

"어젯밤 제가 재상님 저택에서 돌아와 바로 잠든 건 맞아요. 그런데 밤에 갑자기 형이 '도와줘!' 하고 외치는 소리를 듣고 눈을 떴죠."

브룩시는 그때를 돌이키듯 뒷문 쪽을 바라봤습니다.

"문을 열자 형이 서 있었고 등 뒤에서는 집이 불타고 있더군요. '가마에 불을 붙인 채로 잠들어 버렸어'. ……형은 그렇게 설명하고 이렇게 덧붙였습니다. '불이 난 걸 알아챈 사람들이 집 앞에 잔뜩 모여 있어. 하지만 지금 불을 끄려고 저들을 집 안에 들이면 들키고 말 거야'."

"들키다니, 뭘?"

"······왕가의 금갑金甲."

"뭐라고!"

킷센 할아버지는 놀란 나머지 하마터면 휠체어에서 굴러떨어질 뻔했습니다.

왕가의 금갑. 그것은 선대왕이 남기고 간, 수많은 보석으로 치장된 갑옷이라고 합니다. 나라의 국보로 지정돼 구텐슐라프성 밖으로 반출이 엄격히 금지돼 있습니다.

"형은 어제 갑주를 가지러 알현장에 들어갔을 때 왕좌에 있는 그 금갑에 홀려 자기도 모르게 수레에 싣고 와버렸다고 합니다. '내가 밖에서 사람들을 상대할 테니 넌 그동안 너희 집으로 금갑을 갖다 놔'. 형은 그렇게 지시하더니 제 대답도 듣지 않고 뛰어갔습니다. 전 결국 활활 불타오르는 형의 집 안으로 뛰어 들어갈 수밖에 없었죠. 왕가의 금갑은 곧장 눈에 띄더군요. 무게가 상당한 탓에 구성품을 전부 가져오려고 집을 세 번이나 왔다 갔다 해서 간신히······."

"지금 그 금갑은 어딨지?"

"여기 있습니다."

대답한 사람은 브룩시가 아닌 욕조 옆에 선 트로이였습니다.

"조금 전 거미를 건질 때 국자에 뭔가가 계속 닿아서 덜컥거리더군요."

트로이는 소매를 걷어붙이고 두 팔을 검은 물에 집어넣었습니다. 잠시 후 휘황찬란한 보석이 달린, 그야말로 눈부시게 아름다운 금갑의 몸통 부분이 물 밖으로 모습을 드러냅니다. 브룩시는 그 광경을 보고 당장에라도 울음을 터뜨릴 것처럼 풀이 죽고 말았습니다.

05

구텐슐라프성으로 향하는 숲속 길. 작은 새들이 지저귀는 소리가 청명하고 나뭇가지 사이로 기분 좋은 햇살도 비치지만, 숲길을 걷는 사람들 사이에는 마치 고대하던 케이크를 오븐에서 태워버린 듯한 어색한 분위기가 감돌고 있습니다.

"참으로 한심한 형제로구나!"

덜컹덜컹 휠체어를 움직이며 앞장서 가는 킷센 할아버지는 여전히 화가 가라앉지 않은 듯 보였습니다. 그 뒤를 따라가는 스무스와 브룩시의 손에는 왕가의 금갑이 들려 있습니다. 투구와 상반신 부분은 스무스가 들었고 하반신 부분은 브룩시가 들고 있습니다.

"지금 이럴 때가 아닌 것 같은데. 그때 그 남녀도 얼른 찾아야 하잖아."

슈나펜이 트로이에게 말했습니다.

"하지만 왕가의 금갑은 국보입니다. 한시라도 빨리 성에 되돌려 놔야 합니다."

"참 성실한 사람이라니까. 그렇다고 이렇게 여러 명이 우르르 몰려갈 필요는 없지 않을까? 빨간 모자, 너라도 그 남녀를 찾아 나서는 게 낫지 않겠어?"

슈나펜은 빨간 모자를 돌아보며 물었습니다.

"하지만 의외로 이러다가 단서가 나올 수도 있고, 그 사람들은 마을 분들이 찾아줄 거예요."

동쪽 구역을 벗어날 때 킷센 할아버지는 재상의 지위를 활용해, 마을 사람들에게 새벽 3시 무렵 메라이가 만났다는 남녀를 찾으라고 지시했습니다. 그리고 빨간 모자는 성 안을 꼭 직접 확인해 보고 싶었습니다.

눈앞으로 구텐슐라프성의 웅장한 철문이 보이기 시작합니다. 킷센 할아버지는 성문 앞에 휠체어를 세우고 조금 전 스무스에게 받은 성 열쇠를 꺼냈습니다.

"재상님, 열쇠는 제가."

브룩시는 잽싸게 금갑을 발밑에 내려놓고 손을 내밀었습니다. 소중한 갑옷을 이렇게 함부로 땅에 내팽개쳐도 되는 걸까요. 의아해하는 빨간 모자 앞에서 브룩시는 할아버지에게서 받은 성문 열쇠를 열쇠 구멍에 집어넣고 돌렸습니다. 철컥하고 자물쇠가 풀리는 소리가 들립니다.

브룩시는 열쇠를 다시 주머니에 집어넣고 금갑을 품에 안더니 제일 먼저 성문을 열고 안에 들어갔습니다.

응……? 그런 브룩시를 보며 빨간 모자는 한 가지 마음이 뒤숭숭해지는 가설이 떠올랐습니다.

어두운 성 내부에서 트로이가 성냥을 꺼내 벽 여기저기 달린 촛대 속 양초에 불을 붙입니다. 복도는 돌로 지어졌고 정면에 커다란 문, 그리고 좌우에 작은 문이 하나씩 있습니다. 트로이는 정면 문을 열었습니다.

그곳은 알현장이었습니다. 옥좌가 있는 곳까지 붉은 카펫이 깔렸고 그 양옆에 스무스의 집에 있던 것과 비슷한 모양의 갑주들이 나란히 진열돼 있습니다.

"자, 얼른 되돌려 놓게."

킷센 할아버지의 재촉에 스무스와 브룩시는 종종걸음으로 왕좌로 향합니다. 두 사람은 보석이 잔뜩 달린 선대 왕의 갑옷을 왕좌 위에 가지런히 내려놓았습니다.

"좋아. 이번에는 용서하겠지만 두 번 다시 저 금갑에 손대면 안 된다. 명심하거라."

"네, 죄송합니다. 명심하겠습니다."

스무스가 이마가 땅에 닿을 정도로 깊숙이 머리를 조아렸습니다.

"자, 그럼 이제 다시 증인을 찾으러 가볼까."

"잠깐만요."

빨간 모자가 곧장 입을 열었습니다.

"그 전에 모처럼 성에 왔으니 오로라 공주님이 계신다는 침실을 한번 구경해 보고 싶어요."

급작스러운 요청에 모두 당황하는 기색이 역력합니다. 그러나 오직 한 명, 빨간 모자의 의견에 찬성하는 사람도 있었습니다.

"그거 좋은 생각이네요."

브룩시였습니다.

"그러고 보니 오늘이 마침 공주님의 상태를 확인하는 날 아닌가요?"

"그렇군⋯⋯. 그래, 온 김에 가보는 것도 나쁘지 않겠군. 자, 여기 동쪽 탑 열쇠가 있으니 다 함께 다녀오너라."

킷센 할아버지는 목 뒤로 팔을 돌려 목걸이를 벗었습니다. 작은 열쇠가 달린 목걸이입니다. 브룩시가 열쇠를 받아 들고 알현장을 나갑니다. 왼쪽 문을 통해 동쪽 탑으로 갈 수 있다고 합니다.

브룩시가 자물쇠를 풀자 빨간 모자, 트로이, 슈나펜이 그를 따라 문 안으로 들어갑니다. 모든 의욕을 잃은 듯한 스무스와 휠체어에 탄 킷센 할아버지는 아래에서 기다리겠다고 했습니다.

나선형 계단을 올라 꼭대기 층에 있는 방 앞에 도착하자 브룩시는 조금 전 그 열쇠를 다시 주머니에서 꺼내 자물쇠를 풀었습니다. 탑에 들어가는 열쇠와 방 열쇠가 똑같은 모양입니다.

열린 문 너머에서 가장 먼저 눈에 들어온 것은 가운데에 있는 황금 물레였습니다.

어제 슈나펜이 부른 노래 가사에도 나왔지만 실제로 보니 빨간 모자가 상상했던 것보다 훨씬 호화롭고 만듦새도 견고해 보입니다.

그 밖에 방 안 벽 근처에는 나무로 만든 하얀 팔걸이의자가 두 개, 그 옆에 아담한 침대가 있습니다. 레이스 커튼 너머에는 부드러워 보이는 비단 이불이 깔렸고……

"앗!"

별안간 트로이가 놀라서 펄쩍 뛰었습니다.

"이, 이럴 수가. 어떻게 이런 일이!"

침대 위는 텅 비어 있었습니다. 트로이가 이불을 걷어봤지만 침대 시트에는 주름 하나 없고 누가 침대에서 잔 흔적조차 없습니다. 아니, 오히려 조금 전 시트를 새것으로 간 듯 말끔했습니다.

"오로라 공주님! 오로라 공주님!"

"아, 정말. 오늘은 계속 이상한 일들만 일어나네!"

브룩시와 슈나펜은 흥분해서 어쩔 줄 몰랐지만 빨간 모자는 이성을 잃지 않았습니다. 우선 오로라 공주의 침대를 직접 확인하러 갑니다.

베개에 금사로 새겨진 자수. 끝부분에 실밥이 풀려 있는데 그 모습이 왠지 눈에 익습니다.

다음으로 처음 이 방에 들어올 때 쓴 문을 제외하고 유일한 출입구인 창문으로 다가갑니다.

그곳에는 허리 정도 높이에, 사람 한 명이 빠져나갈 크기의 나무 덧문이 달려 있습니다. 오래된 성인데도 유독 이 창문만 나무가 새것 같고 경첩도 녹슬지 않았습니다. 자물쇠는 달려 있지 않은지 밀어보니 쉽게 열립니다. 빨간 모자는 창밖으로 떨어지지 않게 주의하며 얼굴을 내밀고 아래를 확인했습니다.

땅까지 높이는 대략 40미터쯤 되는 것 같습니다. 평범한 사람은 오르내리지 못하겠지만, 외벽 석재 사이에 손과 발이 들어갈 틈이 있어서 운동 신경이 뛰어난 사람이라면 꼭 못 오르지는 않겠지요.

뒤이어 빨간 모자는 위를 올려다봤습니다. 조명 기구 같은 걸 매달아 두는 용도인지, 창문 바로 위의 벽에 기다란 철봉 하나가 튀어나와 있습니다.

다시 고개를 돌려 방 안을 봅니다. 빨간 모자는 자신을 주시하는 브룩시와 슈나펜, 트로이 앞을 지나쳐 황금 물레 쪽으로 다가갔습니다. 바늘에 주의하며 여기저기를 만져 확인하니 물레에서 손으로 돌리는, 원반같이 생긴 부분이 쉽게 따로 분리된다는 것을 알 수 있습니다. 또한 그

부분 가장자리에는 움푹 파인 홈이 있어서, 화재 현장에서 봤던 그 원반과 꼭 같아 보였습니다.

"완벽한 무대예요. 모든 게 갖춰져 있네요."

덩달아 물레를 들여다보던 슈나펜이 빨간 모자의 말을 이해하지 못하고 어리둥절한 표정으로 물었습니다.

"설마 오로라 공주님이 어디 계시는지 알아낸 거야?"

"네."

한 치의 망설임도 없이 대답하는 빨간 모자. 나머지 세 사람이 놀란 표정을 지어 보입니다. 그걸로 모자라 세 사람은 빨간 모자의 다음 한마디를 듣고 경악했습니다.

"공주님뿐만 아니라 밤에 메라이 씨가 만난 남녀가 있는 곳도 알아냈어요."

빨간 모자는 총총걸음으로 방에서 나가 계단을 내려갑니다.

"잠깐만! 어디 가는 거야?"

세 사람이 부랴부랴 따라갔습니다.

빨간 모자는 말없이 일단 아래로 내려가 스무스 앞에 섰습니다.

"스무스 씨, 어제 만찬회가 끝난 다음 킷센 할아버지의 저택에서 이 성까지 짐수레를 끌고 오셨죠?"

"아, 응. 그랬지."

스무스는 미심쩍어하는 얼굴로 대답했습니다.

"그 수레는 어디 세워두셨어요? 성 안은 아니죠?"

"당연하지. 바퀴에 진흙이 잔뜩 묻어 있었어. 우리 집도 아니고 성에 어떻게 그런 걸 들이겠어. 저기야."

스무스가 성에서 나가 빨간 모자를 데려간 곳은 동쪽 탑 아래였습니다. 흙에 아직 바퀴 자국이 남아 있습니다. 그곳에 서서 고개를 드니 저 높은 곳에 공주의 방 창문과 툭 튀어나온 철봉이 보였습니다. 빨간 모자는 "역시" 하고 무심코 웃음을 터뜨렸습니다.

덜컹덜컹, 덜컹덜컹 휠체어 소리가 들립니다.

"빨간 모자, 나한테도 설명해 주게."

그렇게 요구하는 킷센 할아버지 등 뒤에는 슈나펜과 트로이, 브룩시도 있습니다. 빨간 모자는 모든 이들의 얼굴을 쭉 한 번 둘러보고 입을 뗐습니다.

"아무래도 이 나라에는 비밀이 있는 분들이 꽤 많은 것 같아요. 그리고 그 비밀이 얽히고설켜서 아주 희한한 수수께끼가 만들어졌어요. 하지만 걱정 마세요. 잠자는 숲 속의 비밀은 모두 풀렸으니까요."

그렇게 선언하고 나서 요구합니다.

"그 전에 부탁이 있어요. 브룩시 씨, 트로이 씨. 가서 글리제 씨와 목수 냅 씨를 이곳에 데려와 주실 수 있나요?"

"응? 나랑 트로이가?"

"네, 그러겠습니다."

"그리고 스무스 씨는 저와 동쪽 탑 꼭대기 방으로 함께 가요."

06

그로부터 20분 후, 브룩시와 트로이가 성문 앞에서 기다리는 사람들 곁으로 글리제와 냅을 데려왔습니다. 그들을 맞이한 사람은 빨간 모자와 킷센 할아버지, 슈나펜입니다. 스무스는 보이지 않습니다.

"이야, 여러분. 그동안 잘 지냈나요? 오로라 공주님이 사라지셨다고요?"

냅이 손을 위로 치켜들었고 그 옆에서 글리제는 고개를 숙이고 있습니다.

두 사람을 확인하고 빨간 모자는 모두를 돌아보며 활기차게 외쳤습니다.

"자, 여러분께 소개할게요. 이분들이 바로 비밀을 품고 있는 첫 번째 주인공들이에요."

그러자 냅은 "그게 무슨 소리지?" 하고 어깨를 으쓱합니다.

"냅 씨, 글리제 씨. 혹시 오로라 공주님의 실종에 대해 아시는 게 있나요?"

"글쎄, 아무리 잠들어 있다고 해도 워낙 아름다운 분이니 여기저기서 노리지 않았을까."

역시 이 연기력이 뛰어난 바람둥이 이탈리아인은 안색 하나 바뀌지 않고 너스레를 떨었지만 글리제는 왠지 불안해 보입니다.

"조금 전 동쪽 탑 꼭대기 방에서 이걸 발견했어요."

빨간 모자가 앞으로 내민 것은 붉은 장미의 꽃잎이었습니다. 동쪽 탑 꼭대기 방에서 발견했다는 건 거짓말이고 실은 숲에서 꺾어 온 다른 장미지만, 그 말을 듣자마자 냅의 안색이 약간 달라지는 것을 빨간 모자는 놓치지 않았습니다.

"냅 씨, 당신은 글리제 씨를 위해서 멋진 침대를 준비하겠다고 하셨다죠? 글리제 씨는 그 말을 듣고 당신이 직접 침대를 만들었다고 믿은 듯하지만 실상은 달랐어요. 그건 동쪽 탑 꼭대기 방에 있는 오로라 공주님의 침대를 말한 거였어요."

그러자 냅이 하하 하고 메마른 웃음으로 반응했습니다.

"우리가 잠자는 공주님을 침대 밑으로 내리고 그 침대를 독차지해 오붓한 시간이라도 보내려 했다는 말인가? 발상 자체는 꽤 멋진 것 같은데 성 출입구에는 자물쇠가 걸려 있지 않아?"

"성문과 성 안에 있는 동쪽 탑 문에는 자물쇠가 채워져 있었어요. 하지만 목수로 일하며 잔뼈가 굵은 냅 씨에게 그런 건 문제 되지 않았겠죠. 평소 작업하듯이 벽을 타고 올라가면 되니까요."

빨간 모자가 그렇게 설명하고 동쪽 탑 바로 밑으로 사람들을 데려가 40미터쯤 위에 있는 오로라 공주의 방 창문을 가리켰습니다.

"바깥 외벽에는 발판으로 삼을 수 있는 홈도 있어서 냅 씨라면 충분히 올라갈 수 있었을 거예요. 냅 씨는 이 나라에 오고 얼마 되지 않아 오로라 공주님의 전설에 흥미를 느꼈고, 결국 사람들이 없는 시간을 노려서 여기를 기어올라 방에 들어가지 않았나요? 저 방에 달린 창문은 수십 년이나 여닫히지 않았다면서도 꼭 새것 같았어요. 아마 방에 처음 들어갈 때 창을 부쉈고 그 뒤에 다시 새것으로 바꿔 다셨겠죠."

"뭐 증거라도 있나?"

"조금 전 저 방 창문을 스무스 씨에게 보여드렸어요. 스무스 씨는 거기 달린 경첩을 보더니 자기가 만들어서 냅 씨에게 건넨 경첩이 틀림없다고 증언해 주셨어요."

조금 전 빨간 모자가 스무스를 동쪽 탑 꼭대기 방에 데려간 건 그것을 확인하기 위해서였습니다.

냅은 여전히 표정이 여유롭지만 그렇다고 반박하고 나서지도 않습니다. 빨간 모자는 설명을 이어갔습니다.

"오로라 공주님이 잠들어 있는 아름다운 침대를 보고 냅씨는 여자를 꾀어 이곳에 데려와야겠다고 생각했겠죠. 그 뒤로 얼마 후에 냅 씨는 글리제 씨와 사랑에 빠졌어요. 그리고 두 분은 마침내 어젯밤 저 방에서 오붓한 시간을 즐기셨을 거예요. 오늘 아침 글리제 씨의 머리카락에 오로라 공주님 베개에 쓰인 금사 실밥이 붙어 있었거든요."

글리제는 소스라치게 놀라 머리카락을 매만졌지만 냅은 키득키득 웃기만 했습니다.

"그래. 내가 글리제와 사랑에 빠졌다는 건 인정할게. 그리고 저 창문에 달린 경첩도 뭐, 네 설명이 맞다고 쳐. 하지만 말이야. 나 혼자라면 저 위까지 벽을 타고 올라갈 수 있겠지만, 그럼 글리제는? 설마 여자 혼자 힘으로 저 벽을 기어올라 갔다고 하지는 않을 테고, 내가 글리제를 등에 업고 올라가는 것도 무리야."

"냅 씨는 글리제 씨를 탑 꼭대기 방에 데려가기 위해 묘안을 짜냈어요. 목수라는 직업에 실로 어울리는 묘안을요."

빨간 모자는 창문을 올려다보며 "스무스 씨, 이제 됐어요!" 하고 소리쳤습니다. 그러자 창문이 열리더니 스무스가 고개를 내밉니다. 그의 손에는 황금빛으로 빛나는 둥근 뭔가가 들려 있었습니다.

"저건, 전설의 황금 물레……?"

킷센 할아버지가 가장 먼저 알아봤습니다. 스무스는 물

레에서 손으로 돌리는 원반을 떼어내, 원반 가운데의 구멍을 벽에 튀어나온 철봉에 맞춰 끼워 넣었습니다. 그리고 다시 창문 안으로 들어가더니 이번에는 밧줄을 가져와 원반 가장자리에 파인 홈에 걸칩니다. 스무스는 밧줄 양 끝을 공주의 방에 있는 하얀 팔걸이의자 두 개에 각각 묶은 후, 두 의자를 모두 창밖으로 내렸습니다.

의자 한쪽에는 돌이 얹혀 있습니다.

"물레의 회전부를 활용한 도르래예요. 먼저 방에 들어간 냅 씨는 이런 장치를 만들고 한쪽 의자에 저렇게 무게 추를 올렸어요. 매일 허리에 차고 다니는 그 쇠망치와 톱만 있으면 충분하죠."

빨간 모자가 설명하는 동안에도 돌을 실은 의자가 천천히 내려옵니다. 당연히 다른 쪽 의자는 위로 올라가 창문 근처에서 멈췄습니다.

"탑 아래에서 기다리던 글리제 씨는 의자에 실린 무게 추를 내리고 대신 자신이 의자에 앉았어요. 그리고 위에서 그걸 확인한 냅 씨는 다른 쪽 의자에 글리제 씨와 비슷한 무게의 뭔가를 얹었겠죠. 그렇게 글리제 씨가 앉은 의자를 들어 올린 거예요. 다른 쪽 의자에 올린 것의 무게 덕분에 손쉽게 끌어 올릴 수 있었을 거고요."

"잠깐만."

슈나펜이 빨간 모자의 설명을 자르고 끼어들었습니다.

"저 방에 글리제와 무게가 비슷한 물건 같은 건 없어. 물레의 나머지 부분이라고 해봐야 무게가 뻔하고 그 밖에는 침대 정도잖아. 하지만 침대를 내리면 원래 목적을 달성할 수 없게 돼."

"아뇨, 하나 더 있어요."

빨간 모자는 집게손가락을 척 세웠습니다.

"열여섯 살 글리제 씨와 비슷한 무게를 가진 것. 그건 바로…… *비슷한 또래의 소녀예요.*"

"……설마!"

그 말을 듣고 슈나펜뿐만 아니라 킷센 할아버지의 얼굴까지 새파래졌습니다. 빨간 모자는 고개를 연신 끄덕입니다.

"네. *넵 씨는 글리제 씨를 끌어 올릴 무게 추로 오로라 공주님을 다른 쪽 의자에 앉힌 거예요.*"

머리 위에서 스무스가 이번에는 빈 의자에 조금 전보다 큰 돌을 올렸습니다. 땅 위에 있는 의자가 슬금슬금 위로 올라가더니 탑 창문 앞에서 멈춥니다.

그것을 확인한 빨간 모자는 "스무스 씨, 이제 됐어요. 내려오셔도 돼요!"라고 외쳤습니다.

"*오로라 공주님은 적어도 백 년 동안은 무슨 일이 있어도 눈을 뜨지 못해요.* 그건 이 나라 사람들이 모두 아는 상식이죠. 또 공주님은 여덟 번째 마녀에게 '*짐승들로 인한 재난*

을 *평생 피할 수 있는 몸*'을 선사받았어요. 따라서 밤새 숲 속에 방치해 둬도 위험해질 일은 없을 거라 판단했겠죠."

"죄송해요!"

마침내 글리제가 울음을 터뜨렸습니다.

"이게 다 넵 씨가 시키는 대로 한 제 잘못이에요. 이렇게 자상하게 절 대해주는 분은 태어나서 처음 만났고, 거기에 절 위해 멋진 침대까지 준비했다고 해서 충동적으로 그만……."

빨간 모자는 '그 심정을 이해 못 하는 건 아니야' 하고 속으로 중얼거렸습니다.

"됐다."

킷센 할아버지가 나서서 글리제를 달랬습니다.

"그건 그렇고 오로라 공주님은 지금 어디 계시지?"

"저도 모르겠어요."

"모른다고?"

"네, 아침이 돼 창밖을 보니 공주님이 사라지고 안 계셨어요. 저희는 공주님을 찾으려고 황급히 탑에서 내려왔고요."

우선 넵이 먼저 탑 벽을 타고 내려가 숲에서 글리제의 몸무게와 비슷한 돌을 가져와, 오로라 공주가 앉았던 의자에 얹었습니다. 그리고 넵은 다시 탑을 올라가 방 안에 있는 의자에 글리제를 앉혔습니다. 밤중에 글리제를 끌어올린 것처럼 이번에는 글리제의 무게를 빌려 돌을 실은 의자를 끌어 올리면 대신 글리제는 천천히 아래로 내려가게 됩니다. 글리제가 땅 위에 착지하면 냅은 추로 쓴 돌을 탑 아래로 떨어뜨리고 의자와 밧줄, 물레의 부속을 전부 회수하며 내려옵니다. 이렇게 두 사람은 증거를 남기지 않고 탑에서 내려올 수 있었던 것입니다.

"공주님은 어떤 계기로 눈을 떠 지금 숲속을 방황하고 계시는 걸까…… 라고 추측하기도 했지만 결국 찾지 못했고, 어느덧 날이 밝아 저택의 아침 식사 시간이 다가왔어요. 결국 저희는 모든 것을 입 다물기로 맹세하고 헤어졌어요."

글리제는 발끝을 내려다보며 눈물을 흘렸습니다. 킷센 할아버지는 얼굴을 잔뜩 찌푸린 채 글리제를 응시하다가 "그건 그렇고 공주님은 대체 어디로 가셨지?" 하고 조금 전과 같은 질문을 입에 담았습니다.

그때 탑에서 내려온 스무스가 성문 쪽에서 다가왔습니다.

"자, 여러분. 이분이 바로 두 번째 비밀을 품은 주인공이에요."

빨간 모자가 그렇게 선언하자 모두의 시선이 글리제에서 대번에 스무스에게로 쏠립니다.

"스무스 씨, 어젯밤 짐수레를 이곳에 세워두셨죠?"

"아, 응. 벽 쪽에 짐칸 부분이 닿게 세워뒀어."

"그때가 몇 시쯤이었나요?"

"저택에서 나간 시간이 아마 11시 10분쯤이었을걸. 그럼 대략 11시 30분 정도 아니었을까?"

"글리제 씨, 넵 씨와 만나기로 약속한 시각은 몇 시였죠?"

"11시 20분이야. 그 시간에 여기서 만났어. 넵 씨가 먼저 탑에 올라갔고 창문을 통해 의자가 내려온 건 아마 11시 30분쯤이었을 거야. ……어라?"

말하면서 글리제도 퍼뜩 깨달은 듯했습니다.

"네, 맞아요. 스무스 씨가 여기 수레를 세워둔 건 넵 씨가 글리제 씨를 열심히 끌어 올린 그 시간과 정확히 겹쳐요."

스무스와 두 사람은 서로 얼굴을 마주 보며 놀랐습니다. 글리제는 어젯밤 스무스가 갑주 이야기를 꺼내기 전에 방에 돌아갔으니 스무스가 밤중에 성에 올 줄은 몰랐을 겁니다. 또 아무리 달빛이 밝다고 해도 여기는 성의 뒤쪽이어서 캄캄합니다. 그래서 넵과 글리제, 그리고 스무스는 서로가 있다는 걸 눈치채지 못했던 겁니다.

"오로라 공주님이 앉은 의자는 스무스 씨가 알아차리지 못하는 동안 슬금슬금 수레 위로 내려왔고, 그러다가 어떤 계기로 공주님은 의자에서 그만 수레 짐칸 안으로 떨어져버린 게 아닐까요."

사람들은 빨간 모자의 설명을 들으며 머릿속에서 그 광경을 떠올리는 듯했습니다.

"스무스 씨는 그 뒤로 자물쇠를 열고 성에 들어가 알현 장에서 갑주와 왕가의 금갑을 들고나오셨어요. 그 두 개를 수레의 어느 부분에 실었나요?"

"짐칸의 손잡이랑 가까운 곳에."

"짐칸 뒷부분도 확인하셨나요?"

"아니, 그때 난 금갑을 훔친 걸 들킬까 노심초사하느라 곧장 짐칸 손잡이 쪽부터 뒷부분까지 가림막을 씌워버렸어."

결국 밧줄에 묶인 의자만 남기고 가림막 아래에 오로라 공주님을 태운 채, 스무스는 수레를 끌고 집에 돌아간 것입니다.

"집에 돌아가신 뒤에는 수레를 확인하지 않으셨습니까?"

트로이의 질문에 스무스는 멍하니 어젯밤 일을 떠올리는 듯했습니다.

"일단 가림막 앞부분만 들춰서 갑주를 꺼냈어. ……하지만 가림막 뒷부분은 그대로 씌워져 있었고……. 말도 안 돼. 그 가림막 아래에 오로라 공주님이 계셨다니!"

빨간 모자가 처음 봤을 때도 잡동사니가 잔뜩 실려 있던 짐수레였습니다. 스무스는 평소에도 짐을 정돈하는 습관이 없었던 거겠지요.

"스무스 씨, 당신은 그 뒤로 가마에 불을 붙인 채로 꾸벅꾸벅 졸았다고 하셨어요."

"그래, 새벽 2시 30분이 넘어 마을 사람들이 불이 났다며 문을 두드리는 소리를 듣고 깨기 전까지……."

"주변이 불바다가 됐을 텐데, 그럼 수레에도 불이 붙었나요?"

"활활 타올랐지. 저대로 두다가는 금갑도 위험하겠다고 생각했어."

"하지만 집 앞에 모인 사람들에게 함께 불을 꺼달라고 부탁하면 금갑을 훔친 걸 들킬 수 있으니 곤란했겠죠. 스무스 씨는 집 뒷문으로 나가 동생을 깨워서 금갑을 다른 곳에 옮겨두라고 한 다음, 밖에서 마을 사람들과 실랑이를 벌이며 최대한 시간을 벌었어요."

"아아……."

스무스는 무릎을 꿇고 손으로 머리를 감쌌습니다.

"오로라 공주님이 화마로 목숨을 잃으시다니. 나 때문에……."

"아뇨."

빨간 모자는 딱 잘라 말했습니다.

"오로라 공주님은 *일곱 번째 마녀*에게 '*불로 인한 재난을 평생 피할 수 있는 몸*'을 선사받았잖아요."

"오오, 참. 그렇지."

킷센 할아버지가 손뼉을 짝 쳤습니다.

"옷은 타버렸을지 몰라도 무섭게 타오르는 불길 속에서

도 공주님의 몸에는 작은 화상 하나 생기지 않았겠군."

"하지만 불탄 잔해 속에서도 오로라 공주님은 발견되지 않았어……. 그렇지? 냅."

"그렇죠."

냅이 거드름을 피우며 대답하자 스무스는 또다시 좌절에 빠졌습니다. 빨간 모자가 모두를 둘러보며 입을 엽니다.

"자, 드디어 세 번째 비밀을 품은 주인공이 나타날 시간이에요."

그렇게 선언하고 그 사람을 돌아봅니다.

"브룩시 씨."

순식간에 모두의 시선이 지금껏 인형처럼 침묵하고 있던 브룩시에게 쏟아집니다.

"스무스 씨가 마을 주민들을 달래려고 뛰어가자 브룩시 씨는 활활 타오르는 스무스 씨 집 안에 들어갔어요. 그리고 그 안에서 보시지 않았나요? 불타는 수레 안에 누워 있는 오로라 공주님을."

"그게 무슨……."

브룩시가 시치미를 떼듯 눈을 깜빡입니다.

"공주님은 옷이 절반 이상 불타서 마법의 수호를 받는 신비로운 맨살이 드러났을 거예요. 지금껏 여성의 알몸 조각상을 계속 만들어온 브룩시 씨에게 그보다 훌륭한 모델은 없었겠죠. 브룩시 씨는 망설임 없이 오로라 공주님을 불 속에서 꺼내 자기 집으로 데려갔어요."

"꼭 동화 같은 얘기군. 증거라곤 없는."

"브룩시 씨는 형의 집에서 금갑을 가져오려고 '집을 세 번이나 왔다 갔다 했다'라고 하셨어요. 맞죠?"

"그래. 그건 맞아."

"하지만 이곳으로 금갑을 옮겨 올 때 스무스 씨는 투구와 상반신 부분을 들었고, 브룩시 씨는 하반신 부분을 들고 왔어요. 다시 말해 금갑을 옮기려면 두 번 왕복으로도 충분했던 거예요. ……오로라 공주님을 데려가신 게 아니라면 마지막 왕복 때는 뭘 옮겨 오신 건가요?"

"음…… 그건…….."

브룩시는 입을 다문 채 손가락으로 콧수염을 문질렀습니다.

"얼른 대답해라, 브룩시!"

킷센 할아버지가 버럭 화를 냈지만 브룩시는 입을 걸어 잠그기로 작정했는지 옆에 있는 나무를 보며 끝까지 모르쇠로 일관했습니다.

"괜찮아요. 제가 그다음 일들도 전부 설명해 드릴게요. 브룩시 씨는 곧장 오로라 공주님의 모습을 조각상으로 만들려고 일단 공주님의 몸에 묻은 검댕을 씻어내려 했어요. 하지만 스무스 씨 집과 가장 가까운 우물은 사람들이 불을 끄기 위해 잔뜩 모여 있었으니 쓸 수 없었죠. 그래서 물이 있는 곳 중 인적이 드문 장소로 브룩시 씨가 떠올린 곳이……."

"절망 벤치 옆 펌프인가!"

킷센 할아버지가 휠체어의 레버를 탁 내려쳤습니다.

"그럼 메라이가 어젯밤 만났다는 남녀가 바로……."

"네, 브룩시 씨와 오로라 공주님이었던 거예요."

모두가 술렁거리는 곳에서 브룩시는 마침내 견디지 못하고 빨간 모자에게 등을 돌렸습니다.

"브룩시 씨는 오로라 공주님을 모델 삼아 조각상을 완성한 후, 남몰래 동쪽 탑 꼭대기 방에 돌려놔야겠다고 계획했을 거예요. 그러려면 성문 열쇠와 동쪽 탑 열쇠가 필요하죠. 그것들을 어떻게 구할지 고민하던 차에 브룩시 씨에게 절호의 찬스가 찾아왔어요."

형이 몰래 들고나온 왕가의 금갑을 다시 성에 돌려놓으러 가는 기회가.

그러고 보니 성문을 여는 열쇠를 킷센 할아버지가 꺼냈을 때, 브룩시가 가장 먼저 열쇠를 받아 들었습니다.

"그리고 제가 오로라 공주님을 보고 싶다고 했을 때 제일 먼저 찬성한 사람도 브룩시 씨였죠. 그로써 브룩시 씨는 동쪽 탑에 들어갈 수 있는 열쇠까지 손에 넣었어요. 조금 전 킷센 할아버지에게 받은 열쇠 두 개를 브룩시 씨는 곧장 주머니에 집어넣었죠?"

"열쇠는 전부 재상님께 돌려드렸어."

브룩시가 등을 돌린 채 말했습니다.

"그래. 그건 맞다."

킷센 할아버지가 열쇠를 꺼내 보여줬지만 빨간 모자는 신경 쓰지 않았습니다.

"만약 브룩시 씨의 주머니에 열쇠를 본뜨는 점토가 있다면 어떨까요? 열쇠 두 개의 모양을 점토에 새겨서 똑같은 열쇠를 만들 수 있지 않을까요?"

트로이가 재빨리 브룩시에게 달려가 주머니를 뒤집니다. 잠시 후 열쇠 모양이 새겨진 두 개의 갈색 점토가 나왔습니다. 브룩시의 집에 있던 석고를 본뜰 때 쓴다는 점토가 틀림없었습니다.

"브룩시, 이제 변명은 안 통한다. 오로라 공주님은 지금 어디 계시느냐!"

킷센 할아버지가 소리쳐도 브룩시는 입을 열지 않았습니다.

빨간 모자는 속으로 '이런, 브룩시 씨. 당신 범죄 계획은 왜 그렇게 허술해?'라고 생각하며 말을 이었습니다.

"브룩시 씨가 왕가의 금갑을 형의 집에서 꺼내 왔다고 처음 고백했을 때를 떠올려주세요. 형의 비밀을 너무 가감 없이 솔직하게 털어놓지 않았나요? 그리고 그 직전 재상님은 브룩시 씨가 침대 대신 쓴다는 관에 주목하셨어요. 브룩시 씨는 왕가의 금갑과 오로라 공주님, 그러니까 형의 비밀과 자신의 비밀을 천칭 위에 올려보고 결국 자신의 비밀을 지키는 길을 선택한 후, 우리의 시선을 검은 관에서 다른 곳에 돌리기 위해 불쑥 그런 고백을 한 거예요."

"그렇다면 그 관 속에 오로라 공주님이?"

모든 이들이 마른침을 삼키고 있을 때 브룩시가 서서히 입을 열었습니다.

"……빨간 모자, 너 정말 대단한 아이구나."

* * *

그 후 모두 함께 브룩시의 집에 갔습니다. 빨간 모자가 추리한 대로 침대 시트 아래 관 속에서는 오로라 공주가 쌔근쌔근 숨소리를 내며 잠들어 있었습니다.

킷센 할아버지의 지시로 하인들이 오로라 공주님을 부축해 성에 데려가기로 했고, 공주님은 또다시 구텐슐라프 성 동쪽 탑 꼭대기 방에서 남은 60년의 잠에 빠져들 것입니다. 어젯밤 자신이 어떤 모험을 했는지 알지도 못하고 세상모르게 잠들어 있습니다.

빨간 모자는 미소 띤 얼굴로 공주님을 바라봤습니다. 공주님은 지금 어떤 꿈을 꾸고 있을까요. 잠에 빠진 그녀의 살짝 갸름한 얼굴이 무척 아름답습니다.

"어라?"

그러고 보니 누군가를 닮았습니다.

"누구였더라……."

갸름한 얼굴. 그 얼굴이 누구를 닮았는지 깨달은 순간.

"설마……?"

빨간 모자의 머릿속에 또다시 새 가설이 떠올랐습니다. 믿기 어려웠지만 기억의 수면 속에서 여러 사실이 거품처럼 떠올라 오직 이 가설만이 진실이라고 속삭이는 듯합니다.

아무래도 이 나라에는 또 하나의 *몹시 중대한 비밀*이 숨겨져 있는 것 같습니다.

07

돼지고기를 넣어 만든 스튜와 빵, 무 샐러드, 서양배. 빨간 모자의 늦은 점심 메뉴입니다.

빨간 모자와 함께 타원형 식탁 앞에 앉아 있는 사람은 킷센 할아버지와 슈나펜뿐입니다. 스무스는 화재 현장 뒤처리, 트로이는 무죄인 아들을 감옥에서 꺼내기 위해 증인인 브룩시와 함께 법원에 갔습니다. 글리제는 점심 식사 준비를 마친 후 주방에 틀어박혔고, 냅은 어디 갔는지도 알 수 없습니다.

"빨간 모자, 왜 그러지? 혹시 맛이 없나?"

킷셴 할아버지가 물었습니다.

"아뇨, 그런 건 아니에요."

빨간 모자는 그렇게 대답했지만 실은 딴생각을 하느라 음식 맛을 거의 느끼지 못하고 있었습니다.

그때였습니다. 식당 문이 열리더니 남자 한 명이 고개를 불쑥 들이밀었습니다. 킷셴 할아버지의 양자인 수염이 덥수룩한 거한, 게넨입니다. 머리카락이 잔뜩 헝클어졌고 눈은 반쯤 감겨 있습니다.

"지금 일어난 게냐? 이 늦잠꾸러기, 네가 자는 동안 어떤 일들이 있었는지 알기나 하느냐?"

킷셴 할아버지가 핀잔 섞어 말하고 먹다 만 빵을 게넨을 향해 집어 던졌습니다. 게넨은 날아오는 빵을 탁 붙잡더니 입에 넣고 우물우물 씹어 먹었습니다.

"메라이가 의심을 사서 하마터면 범인이 될 뻔했다."

"예? 메라이가 죽인 게 아니었던 건가요?"

게넨이 되물었습니다. ……역시. 빨간 모자의 머릿속에서 여러 추측이 하나로 합쳐집니다. 그러나 아직 입을 열 때는 아닙니다.

"메라이가 사람을 죽일 수 있는 아이냐? 여기 있는 이 빨간 모자가 누명을 벗겨줬다. 진짜 범인은 그 멍청한 집행관 녀석들이 아직 찾고 있고."

"오오."

"게넨, 너도 먹을래?"

슈나펜이 묻습니다.

"너한테는 아침밥이려나."

"아니, 됐어. 잠도 깰 겸 잠깐 바람 쐬고 올게."

문이 쿵 닫힙니다. 빨간 모자는 그 모습을 끝까지 지켜보고 입을 열었습니다.

"킷센 재상님."

"응?"

"지금 당장 사람들을 불러서 게넨 씨를 뒤쫓으라고 하시는 게 좋을 거예요. 이웃 나라인 라펠 공국으로 도망칠 수도 있으니까요."

"또 무슨 소리를."

킷센 할아버지는 너털웃음을 지으며 포크로 찍은 무를 입에 집어넣었습니다.

"잠자는 숲속의 나라에서 가장 큰 비밀을 품고 있는 사람, 그 사람은 바로 킷센 재상님이었어요."

빨간 모자는 멈추지 않고 설명을 이어갔습니다.

"자자, 이 스튜도 좀 먹어보려무나. 맛이 아주 좋아."

"감옥에 갇힌 메라이 씨를 처음 만났을 때, 전 메라이 씨가 트로이 씨보다 다른 사람을 더 닮았다고 느꼈어요."

"이상한 소리 그만하고."

"바로 재상님이죠."

킷센 할아버지가 손을 멈칫했습니다.

"전 트로이 씨에게 메라이의 진짜 아버지가 킷센 재상님이 아니냐고 물은 적이 있어요. 하지만 그러기엔 나이 차가 너무 많이 난다고 해서 지금껏 그 생각을 묻어두고 있었죠. 하지만 조금 전 브룩시 씨 집에서 오로라 공주님의 얼굴을 본 순간, 전 또다시 비슷한 느낌에 휩싸였어요. 오로라 공주님은 분명 아름다운 분이지만 콧대와 입가가 *트로이 씨를 꼭 닮았다는 것을요.*"

킷센 할아버지는 포크로 찍은 무에서 눈을 떼지 않습니다. 슈나펜은 안절부절못하며 할아버지와 빨간 모자를 번갈아 봅니다.

"제 머릿속에 한 가지 가설이 떠올랐어요. 혹시 트로이 씨는 어머니를 닮았고 메라이 씨는 할아버지를 닮은 게 아닐까. 다시 말해, 트로이 씨는 오로라 공주님의 아들이고 메라이 씨는 킷센 재상님의 손자 아닐까. 만약 트로이 씨와 메라이 씨가 부자지간이라는 게 사실이라면 이런 결론이 나와요. *트로이 씨는 오로라 공주님과 킷센 재상님 사이에서 나온 자식이다.*"

"아앗!"

슈나펜이 경악하며 소리치자 가슴 위에 있는 거미가 꿈틀거립니다.

"전설 속 노래 가사에서 오로라 공주님은 물레 바늘에 찔려 잠들기 전 열 달 조금 넘는 *기간 동안 정말 가까운 사람 외에는 그 누구도 만나지 못한 시기가 있었죠?* 그게 만약 임신 사실을 감추기 위한 기간이었다면 어떨까요?"

"마, 말도 안 돼. 그건 그냥 옛날얘기일 뿐이야."

"슈나펜 씨의 노래를 처음 들었을 때부터 뭔가 이상했어요. 왕비님이 '오로라 공주가 왕자를 낳기 전에 나라를 빼앗길 수도 있다'라고 걱정했을 때 왕께서는 '희망은 이뤄진다'라고 하며 달래셨다고 하는데, 그건 과연 무슨 뜻이었을까요?"

"왕좌가 비어 있는 기간 동안 유능한 사람이 나라를 지켜줄 거라는 희망. 단지 그것 아닌가?"

킷센 할아버지가 대답했지만 빨간 모자는 물론 납득하지 않았습니다.

"정말 그럴까요? 그때 만약 오로라 공주님이 왕자를 낳은 사실을 오직 왕께서만 알고 계셨다면? '희망은 이뤄진다'라는 말은 '후계자는 이미 있다'라는 뜻이 되지 않을까요?"

"거짓말! 거짓말! 거짓말! 저기요, 할아버지. 뭐라고 말 좀 해보세요."

슈나펜은 애원하듯 킷센 할아버지를 바라봤지만 그는 못마땅한 얼굴로 생각에 잠겨 있을 뿐입니다.

"……빨간 모자, 넌 정말 뭐든 다 아는 아이구나."

킷센 할아버지는 잠시 후 체념한 것처럼 포크를 내려놓았습니다.

"폐하께서 직접 떠올리신 대책이었지. '만에 하나의 경우에 대비해 오로라가 열여섯 생일을 맞이하기 전에 아들을 낳을 수 있도록 방법을 찾아봐라. 다만 열다섯 공주가 자식을 낳으면 백성들에게도 좋지 않은 인상을 줄 수 있겠지. 무엇보다 왕비가 절대 동의해 주지 않을 터. 임신 사실은 나와 자네, 그리고 오로라 셋만의 비밀로 죽을 때까지 갖고 가야 해'라고 말씀하시면서……."

킷센 할아버지는 가슴속에 묻어둔 오랜 응어리를 토해 내듯 말했습니다. 슈나펜은 까만 립스틱을 칠한 입을 떡 벌리고 있습니다.

"그리고 때가 되자 난 폐하의 뜻을 실천하기 위해 스스로 아버지가 되기로 했네. 오로라 공주님도 자신에게 주어진 사명을 알고 있었으니 임신 사실을 끝까지 숨겼고, 결국 비밀리에 자식을 낳았어. 폐하의 절실한 염원이 아마 하늘에 전해진 거겠지. 아주 듬직한 남자아이였어."

"그 사람이 바로 트로이 씨죠?"

"그래."

"그리고 세월이 흘러 트로이 씨도 결혼해 메라이 씨를 낳았죠. 메라이 씨는 킷센 재상님의 손자인 동시에 구텐슐라프 왕국의 왕위 계승자예요."

"그런 셈이지……. 오로라 공주님이 눈을 뜨는 건 60년 후. 그 전까지 만약 공주님의 신변에 이상이 생기고 트로이도 세상을 뜬다면 왕가의 혈통이 어떻게 되겠나? 메라이는 앞으로 반드시 훌륭히 자라서 아내를 얻고 자식을 만들어야 해."

왕이 세상을 뜨자 한 나라를 책임지게 된 킷센 재상에게 메라이는 단순한 손자 이상의 중요한 존재였습니다. 그런 그에게 살인 혐의가 씌워졌으니 그토록 바쁘게 뛰어다닌 것도 이해가 됩니다.

"하지만 만약 게넨 씨가 어떤 계기로 그 사실을 눈치챘다면 어떨까요? 그분은 양자로 이 나라에 왔지만 실제로는 라펠 공국의 첩자로 이곳에 보내졌을지 몰라요. 그럼 게넨 씨의 오른팔로 움직이는 사람도 함께 오지 않았을까요? 그리고 그런 게넨 씨가 이 나라에 왕위 계승자가 있다는 사실을 알게 됐다면, 그에게 살인죄를 덮어씌우고 국가 권력으로 그를 죽인다는 잔인한 계획을 떠올렸어도 이상하지 않아요. 동네 불량배인 진을 죽이고 메라이 씨의 옷을 피투성이로 만든 다음, 그 옆에 피 묻은 칼을 두고 간 것도 게넨 씨 부하의 소행이겠죠."

"그렇게 매사에 칠칠치 못한 얼간이가 그런 거창한 계획을 떠올렸다고?"

슈나펜은 킷센 할아버지의 비밀을 듣고 놀라기는 해도 빨간 모자의 추리를 다 믿지는 못하는 듯 보입니다.

"슈나펜 씨, 아까 게넨 씨가 저기서 얼굴을 내밀었을 때 킷센 재상님은 '메라이가 의심을 사서 하마터면 범인이 될 뻔했다'라고 하셨어요."

"그게 왜?"

"'범인'이라고 하셨지만 구체적으로 어떤 범죄인지는 말씀하시지 않았죠. 하지만 게넨 씨는 이렇게 되물었어요. '메라이가 죽인 게 아니었던 건가요?'라고. 게넨 씨는 어떻게 알고 있었을까요. 그게 살인이라는 걸."

슈나펜은 대꾸도 못 하고 눈을 보름달처럼 부릅뜰 뿐입니다.

"게 누구 없느냐!"

킷센 할아버지는 곧 달려온 하인에게 게넨을 뒤쫓으라고 명령했습니다.

"붙잡힐까?"

"네, 다 잘 풀릴 거예요, 분명."

빨간 모자는 식탁 위에 있는 빵에 손을 뻗으며 대답했습니다.

"넌 정말로 대단한 아이구나."

킷센 할아버지가 한숨을 푹 내쉬고 말했습니다.

"빨간 모자, 네가 메라이의 아내가 되지 않겠나? 그럼 이 나라의 미래도 조금은 안심할 수 있을 것 같은데."

"사양할게요."

빨간 모자가 빵을 뜯자 부스러기가 식탁보 위에 떨어졌습니다.

"슈펜하겐까지 쿠키와 와인을 배달해야 하거든요."

"슈펜하겐이라니."

슈나펜이 웃으며 말했습니다.

"그 겨울 나라처럼 추운 항구 도시에 무슨 볼일이 있어서?"

빨간 모자는 슈나펜을 쳐다봤습니다. 문득 이 사람에게는 여행의 목적을 솔직히 털어놔도 괜찮겠다는 생각이 들었습니다.

"죽이고 싶은 상대가 있거든요."

말문이 막힌 슈나펜. 빨간 모자는 빵을 입에 집어넣습니다.

마지막 목적지 슈펜하겐이 이제 바로 코앞입니다.

최종장 소녀여, 야망의
성냥불을 붙여라

이

슈펜하겐은 겨울이 되면 두꺼운 구름이 하늘을 뒤덮는 곳입니다.

모양이 꼭 구불구불한 도깨비 창자를 연상케 하는 잿빛 구름 아래로 눈발이 조금씩 흩날리고 있습니다. 눈은 곧 마을 집 지붕과 길을 뒤덮고 모든 것을 꽁꽁 얼려버릴 것 같습니다.

그런 마을 한 곳에 성냥 공장이 있었습니다. 공장장인 갈헨이라는 남자는 뒤룩뒤룩 살이 쪘고 머리가 벗겨진 데다 늘 술에 취한 것처럼 얼굴이 벌겠습니다. 갈헨이 만드는 성냥은 만듦새가 조잡하고 화약도 눈곱만큼 묻어 있어서 세 개비에 불을 붙이면 두 개비에만 불이 붙는 수준이었습니다.

슈펜하겐에는 갈헨의 공장 외에도 '세인트 엘모의 불'이라는 이름의 질 좋은 성냥을 제조, 판매하는 회사가 있었지만 그곳 성냥은 값이 비싼 탓에 시민들은 어쩔 수 없이 갈헨이 파는 싸구려 성냥을 살 수밖에 없었습니다. 갈헨의 금고에는 돈이 차곡차곡 쌓여, 어느덧 그는 마을에서 제일가는 부자가 됐습니다.

그런 갈헨의 성냥 공장 한구석에 엘렌이라는 이름의 아홉 살 여자아이가 살았습니다. 어렸을 때 부모님을 여읜 엘렌은 먼 친척인 갈헨의 손에 길러졌습니다. 독신인 갈헨은 어린아이라면 진저리를 내는 탓에 엘렌을 모질게 대했습니다.

그해 크리스마스이브에 일어난 일입니다.

"이 도움이라곤 하나도 안 되는 식충이 같으니라고!"

갈헨은 살진 얼굴을 시뻘겋게 물들이며 엘렌에게 화를 냈습니다.

"그런 데서 하루 종일 웅크리고 있으면서 밥만 축내지 말고 가서 이거라도 팔고 와!"

그가 엘렌 앞에 툭 집어 던진 것은 성냥갑이 가득 든 커다란 바구니였습니다.

"어제 잡화점을 하는 요크나가 죽었다더군. 그 여편네 가게가 우리 공장 단골이어서 팔지 못한 성냥이 이렇게 남았어. 처분 못 하면 손해가 막심해."

"팔라고 하셔도 대체 어디에…… 어디에 가서 팔면 되나요?"

"그런 건 네가 알아서 찾아!"

갈헨은 털이 북슬북슬한 손으로 엘렌의 멱살을 붙잡더니 성냥 바구니와 함께 공장 밖으로 내동댕이쳤습니다. 엘렌은 땅에 쌓인 눈에 얼굴이 반쯤 파묻혀 버렸습니다.

"그걸 다 못 팔면 들어올 생각은 하지도 마!"

갈헨은 차갑게 말을 내뱉고 공장 문을 쾅 닫아버렸습니다. 이미 늦은 저녁이고 눈이 펑펑 내리고 있습니다. 슈펜하겐은 항구 마을이라 바다에서 휘몰아치는 바람이 아주 매섭습니다. 엘렌은 장갑도 끼지 않은 손으로 몸에 묻은 눈을 털어내고 몸을 덜덜 떨면서 성냥이 든 바구니를 품은 채 힘없이 걷기 시작했습니다.

"성냥 사세요."

엘렌은 인파가 많은 거리로 나가서 사람들을 향해 말했습니다.

"누가 성냥 좀 사주세요."

따뜻해 보이는 코트를 입은 남자. 선물을 품에 안은 여자. 행복해 보이는 가족⋯⋯. 그들 중에 엘렌의 목소리에 귀 기울이는 사람은 없었습니다.

"저어, 실례합니다."

엘렌은 마음을 굳게 먹고 옆을 지나가는 남자의 잿빛 코트를 붙잡았습니다. 남자가 발걸음을 멈춥니다.

"뭐야?"

"성냥 좀 사주세요……."

그러자 남자는 길거리에 떨어진 개똥이라도 보는 듯한 눈빛으로 엘렌을 흘겨봤습니다.

"이 꾀죄죄한 꼬맹이는 뭐야! 코트가 더러워지잖아. 썩 꺼져!"

그렇게 외치며 엘렌의 몸을 확 밀쳤습니다. 바구니 안에 있던 성냥이 눈 위에 와르르 쏟아집니다.

"이봐, 꼬맹이. 이 세상이 그렇게 만만한 줄 알아? 성냥을 사달라고? 벌써부터 그렇게 남의 돈을 쉽게 벌어먹고 살려 하다니. 돈 없는 인간은 평생 비참한 꿈이나 꾸면서 사는 거야!"

남자는 "꿈꾸는 데는 돈이 들지 않으니까" 하고 비웃더니 엘렌의 얼굴에 침을 퉤 뱉고 사라져버렸습니다.

엘렌은 얼굴에 묻은 침을 닦으며 눈물을 뚝뚝 흘렸습니다. 눈물마저 그대로 얼어붙을 만큼 혹독한 추위가 몰아치는 슈펜하겐. 거리에는 엘렌을 위해 멈춰 서주는 사람은 단 한 명도 없었습니다.

그러다 어느덧 해가 졌습니다. 엘렌은 이제 사람들에게 말을 걸 기운도 없이 집들 사이를 터덜터덜 걷고 있습니다.

그때 문득 환한 창문이 눈에 들어왔습니다. 그 앞에 가서 집 안을 들여다봅니다. 난롯불이 활활 타오르고 반짝거리는 크리스마스트리가 있는 집 안에서 가족이 오붓하게 식탁을 둘러싸고 있습니다. 아름다운 어머니와 자상해 보이는 아버지, 스웨터를 입은 두 아이. 참 행복해 보이는 가족입니다. 식탁에는 먹음직스러운 칠면조 구이와 케이크가 있습니다.

나도 엄마 아빠가 있었다면 지금쯤……. 아니, 이런 한탄은 지금껏 지겹게 했습니다. 그때마다 이제는 그만하자며 수없이 속으로 다짐했습니다.

그때였습니다.

"네게 선물을 줄게."

불현듯 머리 위에서 누군가의 목소리가 들렸습니다. 고개를 든 엘렌은 눈을 의심했습니다.

허공에서 두 살 정도 돼 보이는 남자아이가 엘렌을 향해 천천히 내려오고 있었습니다. 엘렌의 눈높이까지 내려온 알몸의 그 아이는 등 뒤에 날개가 달렸고, 머리 위에 휘황찬란한 금빛 고리가 떠 있는 모습이었습니다.

"넌, 혹시…… 천사……?"

"응, 오늘 밤은 크리스마스이브인데 네 모습이 너무 안타까워서 신이 내게 임무를 줬어. 자, 오른손을 이쪽으로."

엘렌은 천사가 시키는 대로 오른손을 앞으로 내밀었습니다. 탁, 탁, 탁. 천사가 손가락을 세 번 튕기자 엘렌의 손에 뭉근한 온기가 전해집니다.

"그 손을 성냥에 갖다 대봐. 네가 만진 성냥에 불을 붙이며 소원을 빌면 원하는 꿈을 바로 눈앞에서 볼 수 있을 거야."

"원하는 꿈?"

"응. 앞으로 네가 만진 성냥은 모두 같은 힘을 지니게 돼."

천사는 거기까지만 말하고 꽃처럼 활짝 미소 짓더니 다시 하늘로 올라갔습니다.

"잠깐만!"

천사를 불러 세웠지만 이미 눈앞에서 사라졌고 축축한 눈발만 흩날릴 뿐입니다.

엘렌은 몸을 부르르 떨었습니다. 그야말로 신기한 일을 겪느라 깜빡하고 있었지만 오늘 밤은 온몸이 얼어붙을 정도로 추운 밤입니다. 거기에 배고픔도 견디기 힘듭니다. 저 행복한 모습의 가족이 둘러싸고 있는 칠면조 구이를 한 조각이라도 먹을 수 있다면 얼마나 좋을까요.

엘렌은 그런 망상을 떠올리며 바구니에 있는 성냥갑을 열어 성냥 하나에 불을 붙였습니다.

치익!

그러자 이게 어찌 된 일일까요.

어느새 엘렌은 따뜻한 집 안에 있고 눈앞에는 커다란 식탁과 칠면조 구이가 있었습니다. 칠면조는 집 안에 있는 가족이 먹으려는 것보다 두 배는 커서 혼자서는 도저히

다 먹지 못할 크기였습니다.

눈앞에 펼쳐진 광경을 잠시 의심했지만 허기를 이길 수는 없습니다. 엘렌은 쏜살같이 칠면조 구이에 달려들었습니다.

그러나 칠면조는 순식간에 사라지고 또다시 눈앞에 눈밭이 펼쳐졌습니다.

소스라치게 놀라 주변을 둘러보자 벽돌담 사이의 싸늘한 골목길이었습니다. 밝은 창문 너머로 케이크를 자르는 행복한 가족의 모습이 보입니다.

손에 쥔 타버린 성냥을 보며 엘렌은 천사의 말을 떠올렸습니다. 이 손에 정말로 그런 신비로운 힘이 깃든 걸까요. 엘렌은 새 성냥을 꺼내서 이번에는 속으로 이렇게 빌었습니다.

한 번이라도 좋으니 따뜻한 침대에서 잠들고 싶어.

치익!

순식간에 엘렌의 눈앞에 호화로운 침대가 나타났습니다. 튼튼한 나무다리, 보들보들한 면 시트, 폭신한 이불. 항상 공장의 차갑고 딱딱한 바닥에 누워 잠드는 엘렌에게는 꿈결 같은 것들이었습니다. 신이 나서 이불에 손을 갖다 댄 순간.

엘렌은 또다시 눈 내리는 마을 골목에 서 있었습니다. 손에는 타버린 성냥개비.

지금 이 바구니 속 성냥은 모두 불을 붙이면 바로 원하는 꿈을 볼 수 있는 성냥으로 변한 듯합니다. 그러나 그 꿈은 성냥불이 켜진 아주 짧은 시간에만 볼 수 있습니다. 갈헨의 성냥은 질이 좋지 않아 불이 잠깐 붙었다 꺼졌고 세 개비 중 한 개비에는 아예 불이 붙지도 않았습니다.

　그래도 이만큼 있으면 밤새도록 원하는 꿈을 볼 수 있을 것입니다. 따뜻한 난로와 호화로운 크리스마스트리, 그리고 어렸을 때 세상을 뜬 아빠와 엄마까지도. 엘렌은 성냥갑 안에 있는 성냥을 모조리 꺼내려고 손을 뻗었습니다.

　그때였습니다.

　엘렌의 머릿속에 어떤 목소리가 울렸습니다.

　—이 세상이 그렇게 만만한 줄 알아?

　조금 전 엘렌을 밀친 남자의 목소리였습니다.

　—성냥을 사달라고? 벌써부터 그렇게 남의 돈을 쉽게 벌어먹고 살려 하다니. 돈 없는 인간은 평생 비참한 꿈이나 꾸면서 사는 거야!

　평생 비참한 꿈이나 꾸면서 산다.

　평생…… 비참한…… 꿈을…….

　평생…… 이라고?

　"말도 안 되는 소리 하지 마."

　엘렌은 낮은 목소리로 중얼거렸습니다.

　원하는 꿈을 눈앞에서 볼 수 있는 성냥의 능력은 분명

대단합니다. 그러나 꿈에서 깨면 눈앞에는 늘 어둡고 잔인하고 희망 없는 현실이 기다리고 있을 뿐입니다. 원하는 꿈을 볼 수 있는 성냥? 괜찮네. 그런데 넌 성냥 없는 현실 속에서는 여전히 비참한 꿈을 꿀 수밖에 없어. 귓가에서 남자가 비웃는 소리가 들리는 것 같아 엘렌은 참을 수 없었습니다.

　─꿈꾸는 데는 돈이 들지 않으니까.

　그 남자가 뱉은 침을 맞은 볼의 감촉이 되살아납니다.

　"그럼 난 돈 꿈을 꾸겠어."

　엘렌은 발끝으로 떨어지는 눈을 바라보며 굳게 다짐했습니다.

　"아니, 꿈만으로는 부족해. 눈을 뜨면 끝나는 꿈은 의미 없어. 난 현실 속 돈을 손에 넣고 말 거야! 날 도와주지 않은 사람 모두가 평생 벌어도 못 벌 정도로 많은 돈을!"

　돈. 그것은 무엇이든 살 수 있는 풍요의 상징.

　돈. 그것은 사람들을 지배할 수 있는 매혹의 힘.

　돈. 그것이야말로 삶을 행복하게 하는 궁극의 희망.

　돈.

　돈, 돈, 돈.

　돈, 돈, 돈, 돈, 돈, 돈, 돈, 돈.

　돈만 있으면 이제 두 번 다시 비참한 꿈을 꾸지 않아도 됩니다. 아니, 그걸 넘어 모든 꿈을 이룰 수 있습니다.

엘렌, 넌 약하지 않아. 엘렌은 스스로 그렇게 되뇌었습니다.

성냥에 신비한 능력을 부여하는 이 힘은 나에게 부와 권력을 안기기 위해 신이 선사한 선물이야!

그날 밤늦은 시간, 성냥 공장 옆에 있는 갈헨의 집이 불길에 휩싸였습니다. 화르르 소리를 울리며 불타는 그 집 앞에 아홉 살 소녀가 서 있었던 건 하염없이 떨어지는 눈을 제외하고 그 누구도 알지 못했습니다.

02

열한 살 여자아이가 홀로 숲속을 총총 걷고 있습니다.

여자아이는 항상 빨간 모자가 달린 빨간 망토를 뒤집어 쓰고 다녀서 모두가 '빨간 모자'라고 불렀습니다. 오른손에 든 바구니에는 쿠키와 와인, 그리고 작은 꽃다발이 들어 있습니다.

어머니의 부탁으로 병들어 아프신 할머니의 병문안을 가는 길이었습니다.

원래라면 다른 곳에 들르지 않고 곧장 할머니의 집으로 갔겠지만 길목에서 예쁜 나비 한 마리가 빨간 모자의 눈 앞을 스쳐 갔습니다. 그렇게 나비를 쫓다가 문득 꽃밭을 발견했습니다. 빨강, 하양, 보라, 노랑······. 흐드러지게 핀 색색의 꽃. 꽃다발을 만들어 가면 할머니도 기뻐하시지 않을까. 그렇게 생각한 빨간 모자는 정신없이 꽃을 꺾다가 그만 시간을 허비하고 말았습니다.

그래서 지금 서둘러 할머니의 집으로 향하는 중입니다.

잠시 후 빨간 모자의 눈앞에 붉은 지붕이 달린 작은 집이 나타났습니다.

"할머니, 저예요. 빨간 모자예요."

문을 두드리며 외치자 집 안에서 "오, 우리 빨간 모자 왔구나" 하는 힘없는 목소리가 들렸습니다.

"열려 있으니 들어오렴."

시키는 대로 문을 열자 할머니는 침대 위에 누워 있는 듯했습니다.

"오, 우리 빨간 모자. 할미 옆에 와서 얼굴 좀 보여주겠니?"

"네."

빨간 모자는 탁자에 바구니를 내려놓고 할머니의 머리맡으로 다가갔습니다. 그러다가 이불 밖으로 삐져나온 할머니의 손이 너무 커서 화들짝 놀라고 말았습니다.

"할머니, 손이 왜 그렇게 커요?"

"우리 빨간 모자를 꼭 안아주기 위해서지."

목소리가 왠지 쉬어 있었습니다. 아무리 아프다고 해도

이상합니다. 취침용 나이트캡과 이불 사이로 언뜻 보이는 눈도 평소보다 부리부리한 느낌입니다.

"할머니, 눈이 왜 그렇게 커요?"

"우리 빨간 모자를 더 또렷이 보기 위해서지."

그때 이불 속에 감춰져 있던 할머니의 얼굴 절반이 보였습니다. 코 밑에는 털이 수북하고 입은 커다랗고 새빨갛습니다.

"할머니, 입이 왜 그렇게 커요?"

"그건 말이지……. 널 잡아먹기 위해서다!"

할머니는 순식간에 이불을 걷어차고 빨간 모자에게 달려들었습니다. 늑대다! 그러나 정신을 차렸을 때 이미 빨간 모자는 머리부터 통째로 늑대에게 잡아먹히고 말았습니다.

캄캄한 늑대의 배 속.

빨간 모자는 두려움과 슬픔에 떨며 어쩔 줄 몰랐습니다. 그때였습니다.

"빨간 모자니……?"

가까운 곳에서 목소리가 들렸습니다. 그리운 할머니의 목소리였습니다.

자초지종을 들어보니 감기에 걸려 누워 있던 할머니는 누가 문을 두드리는 소리를 듣고 빨간 모자가 온 줄 알고 문을 열었다가 쏜살같이 달려든 늑대에게 잡아먹히고 말았다고 합니다. 그 뒤로 늑대는 할머니로 변장해 빨간 모자가 집에 오기만을 기다리고 있었던 것입니다.

"할머니, 이제 어쩌죠?"

"괜찮다. 마음만 굳세게 먹으면 길은 언제든 열리게 돼 있단다."

할머니는 어둠 속에서 불안해하는 빨간 모자의 손을 꼭 잡으며 용기를 북돋워 줬습니다.

잠시 후 늑대가 드르렁드르렁 요란하게 코 고는 소리가 들렸습니다.

그 뒤로 시간이 얼마나 흘렀을까요.

문이 벌컥 열리는 소리가 들렸습니다.

"뭐야, 늑대잖아. 이 불룩한 배는 뭐지?"

남자의 목소리였습니다.

"살려주세요! 늑대에게 잡아먹혔어요!"

빨간 모자는 그렇게 소리쳤습니다.

"좋아! 조금만 기다려라!"

사냥꾼 아저씨는 순식간에 가위로 늑대의 배를 북북 갈라서 빨간 모자와 할머니를 꺼내줬습니다.

"고마워요, 사냥꾼 아저씨.""정말 고맙네."

빨간 모자와 할머니가 사냥꾼에게 감사를 표했습니다. 사냥꾼 아저씨는 밉살스럽다는 듯 늑대를 내려다봤습니다.

"위험한 녀석이야. 잠들어 있는 동안 죽이는 게 낫겠어."

아저씨는 그렇게 말하고 늑대 머리에 엽총을 겨눴습니다.

"잠깐만요."

빨간 모자는 황급히 총신을 붙잡았습니다.

"저희가 이 늑대에게 끔찍한 일을 당할 뻔한 건 맞지만 그렇다고 죽이는 건 너무해요."

사냥꾼 아저씨는 빨간 모자의 얼굴을 빤히 쳐다봤습니다.

"그래, 그럼 죽이는 건 취소하지. 하지만 이대로 용서하면 또 못된 짓을 저지를 테니 그래도 벌은 줘야지."

"그럼 배에 돌을 채워 넣는 건 어떻겠나?"

할머니의 제안으로 세 사람은 집 주변에 있는 돌을 주워 와 늑대의 배에 채워 넣고 다시 꿰맸습니다. 그리고 셋이 힘을 합쳐 숲 한가운데에 늑대를 버려두고 왔습니다.

"우리 빨간 모자는 정말 심성이 곱구나."

할머니는 빨간 모자의 머리를 쓰다듬어줬습니다.

"늑대의 목숨까지 구해주다니. 넌 이 할미의 자랑거리란다."

좋아하는 할머니에게 칭찬받자 빨간 모자는 행복했습니다. 정말로, 정말로 행복했습니다.

03

크리스마스 날 아침, 불타버린 갈헨의 집 앞에 많은 이

들이 모여 수군거리고 있습니다. 화마는 집 안에서 잠들어 있던 갈헨과 모든 것을 불태워 버렸습니다.

엘렌은 모르고 있었지만, 갈헨은 평소 성냥 공장을 운영하며 사채업에도 손을 뻗고 있었고 이자를 법으로 정한 것보다 훨씬 높게 받았다고 합니다. 돈을 갚지 못하게 된 사람들을 괴롭히면서 많은 이들의 원한을 샀던 모양입니다. 사람들은 그들 중 누군가가 홧김에 집에 불을 질렀을 거라고 입을 모아 말했습니다.

엘렌을 의심하는 사람은 단 한 명도 없었고, 아이러니하게도 엘렌은 갈헨의 탐욕 덕에 도움을 받게 됐습니다.

"이 자리에 모여 계신 여러분!"

그때 검은 담비 모피를 두르고 외알 안경을 낀 신사가 두 팔을 펼치며 소리쳤습니다.

"전 갈헨 씨의 고문 변호사입니다. 불행히도 이번 화재로 이곳 주인인 갈헨 씨가 목숨을 잃었습니다. 그의 재산과 성냥 공장, 그리고 막대한 채권은 상속될 사람에게 마땅히 상속되겠지만, 갈헨 씨에게는 자녀가 없습니다. 혹시 갈헨 씨의 가족이나 친척을 아시는 분 있습니까?"

사람들이 얼굴을 마주 봤지만 아무도 모르는 듯합니다. 엘렌은 조마조마해하면서도 천천히 손을 들었습니다.

"제가 갈헨 씨의 친척이에요. 부모님이 돌아가시고 이 성냥 공장에서 지내고 있었어요."

"네가?"

변호사가 눈을 크게 떴습니다.

"혹시 증명해 줄 사람 있니?"

"아뇨. 안타깝지만……."

주변이 크게 술렁거렸습니다. "저 여자애, 지금 유산을 노리고 거짓말하는 것 아니야?" 하는 목소리도 들립니다. 변호사는 당혹스러운 듯이 엘렌을 봤지만 "그럼" 하고 고개를 끄덕였습니다.

"제가 관청에 가서 직접 문서들을 확인해 보겠습니다."

그로부터 이틀 후 엘렌이 갈헨의 친척이 확실하다는 사실이 밝혀졌습니다. 엘렌은 정식으로 갈헨의 유산 상속자가 돼 성냥 공장과 은행 예금, 거액의 채권을 손에 넣었습니다.

"저렇게 운 좋은 아이가 다 있다니!"

성냥 공장이 재개되던 날, 그 전까지만 해도 엘렌을 하찮은 쓰레기 취급하던 공장 직원들은 하룻밤 사이에 고용주가 된 엘렌을 보며 놀라움을 감추지 못했습니다.

그러나 엘렌을 그런 것으로 만족하지 않았습니다.

"혹시 성냥 만드는 법을 자세히 가르쳐줄 사람 없어?"

고개를 두리번거리는 직원 중 나이가 지긋한 제조 책임자가 나와 엘렌에게 설명을 시작했습니다. 시종일관 이렇게 어린 여자아이가 뭘 알겠느냐는 말투였습니다.

"그런 방식으로는 성냥개비에 화약이 제대로 안 묻지 않겠어?"

엘렌이 설명을 듣다가 지적했을 때 그는 놀란 것처럼 입을 떡 벌렸습니다. 그 또한 평소부터 그렇게 생각하고 있기 때문입니다.

"어쩐지 불이 아예 안 붙는 성냥들이 섞여 있더라."

"하, 하지만 갈헨 씨가 원자재를 최대한 절약해 많이 만드는 게 수익에 좋다고……."

"그런 건 성냥을 사는 고객들을 전혀 배려하지 않는 경영 방식이야. 앞으로는 양보다 질을 앞세워서 조금 더 제대로 된 성냥을 만들어야 해."

엘렌은 성냥 만드는 법 같은 건 알지도 못했습니다. 다만 세 개비 중 하나는 불이 붙지 않는 성냥은 누가 봐도 불량품이니 조금 더 제대로 만들 수 있는 방법이 있지 않을까 줄곧 생각했습니다.

엘렌의 불만은 또 하나, 성냥에 불이 붙어도 금세 꺼진다는 점이었습니다. 이런 상태로는 모처럼 신비로운 능력 덕에 원하는 꿈을 보게 돼도 금세 사라져버리고 맙니다.

엘렌은 화약에 정통한 사람을 수소문해서 만났습니다.

"절 찾으시다니, 눈이 높으시군요."

엘렌 앞에 나타난 사람은 욜문이라는 이름의 남자였습니다. 해골처럼 빼빼 마른 50대 남자인데 오른쪽 다리가 의족이라 목발을 짚었고 오른눈에 안대를 하고 있습니다. 오래전 군대에서 포병으로 근무했는데 화약 연구 중 일어난 폭발 사고로 몸의 오른쪽 부분을 크게 다쳐 결국 전역했다고 합니다.

"흠. 염소산칼륨과 유황, 인."

욜문이 갈헨의 성냥 끝부분을 혀로 쓱 핥더니 말했습니다.

"원료에 화학적 문제는 없습니다. 아마 점성이 부족해서겠죠."

"점성이라는 건 끈끈한 정도를 뜻하지? 어떡하면 좋아질까?"

"송진을 쓰면 되죠. 송진은 끈끈한 데다 기름도 머금고 있습니다. 화력이 더 세고 오래 타는 성냥이 만들어질 겁니다."

운 좋게도 갈헨에게 빚을 진 사람 중에 드넓은 솔밭을 가진 사람이 있었습니다. 엘렌은 그에게 돈을 갚는 대신 솔밭을 바치라고 했습니다.

"집안 대대로 이어져 온 솔밭입니다. 모쪼록 그것만은!"

그는 엘렌에게 간곡히 매달렸습니다.

"지금 당신은 이자도 못 내잖아. 이런 솔밭을 무더기로 가져와도 당신 빚은 못 갚을 것 같은데."

"하, 하지만……."

엘렌은 그 무렵 이미 버드레이라는 이름의 비서 겸 경호원을 옆에 두고 있었습니다. 우람한 체격의 그는 어디서 구했는지 평소 바이킹 갑옷과 무기를 갖추고 다녔고, 채무자들을 거칠게 내동댕이쳐서 종종 팔다리뼈를 부러뜨리곤 했습니다. 엘렌은 그렇게 채무자에게서 억지로 솔밭을 빼앗아 송진을 싼값에 제공받을 수 있게 됐고 성냥의 질도 단숨에 향상됐습니다.

다음 과제는 판로 확대였습니다. 엘렌이 눈여겨본 곳은 담배 가게였습니다. 성냥이 세 개비만 든 판촉용 성냥갑을 잔뜩 만들어 담배 가게에 두고 담배를 사러 오는 이들에게 무상으로 제공하게 했습니다. 불이 잘 붙고 화력이 센 데다 연소 시간까지 긴 엘렌의 성냥은 금발에 파란 눈의 소녀가 활짝 웃는 로고 마크와 함께 눈 깜짝할 사이에 슈펜하겐에 널리 알려지게 됐습니다.

그러자 경쟁사들이 당연히 반발하고 나섰습니다. '세인트 엘모의 불'에서 일하는 직원이 슈펜하겐 지역 신문에 '엘렌의 성냥은 화력이 너무 세서 위험하다'라는 내용의 기사를 투고한 것입니다. 그는 갈헨의 화재 사고도 그것이 원인이라고 했습니다. 엘렌은 기사가 퍼지는 것을 필사적으로 막았지만, 언론의 영향력은 막대해서 안정적인 궤도에 올라선 '엘렌의 성냥' 매출이 급격히 떨어지기 시작했습니다.

"사장님, 이걸 어쩌죠?"

직원들은 걱정 섞인 얼굴로 엘렌에게 물었습니다. 그들에게 어느덧 이 소녀는 본받아야 마땅한 베테랑 사업가였습니다.

"걱정 없어. 비장의 무기를 쓰면 돼."

엘렌은 그렇게 말하고 미소 지었습니다.

"비장의 무기요?"

"포스터를 인쇄해서 마을에 붙이는 거야. 지금부터 내가 하는 말을 토씨 하나 빠트리지 말고 잘 적도록 해."

엘렌의 성냥을 그으며
마음속으로 소원을 빌어보세요.
당신에게 꿈의 시간이
찾아올 것입니다.

포스터는 대번에 효과를 발휘했습니다. '엘렌의 성냥'의 진정한 위력을 깨달은 마을 사람들이 모두 그 신비한 힘에 매료돼 성냥을 마구잡이로 사들였습니다. 공장은 매일매일 밤샘 작업을 이어갔지만 공급이 수요를 따라잡지 못했습니다.

경쟁업체인 '세인트 엘모의 불'은 '엘렌의 성냥'의 평판이 다시 좋아지자 점차 경영 상태가 악화되기 시작했습니다. 그때 엘렌은 미리 손을 써서 그곳을 매수하고자 나섰습니다.

"너 같은 어린 여자애에게 전통 깊은 우리 회사를 팔 것 같아?"

고지식한 사장이 반발했지만 거듭된 감봉에 지친 직원들의 마음은 이미 엘렌 쪽으로 기울었고 심지어 사내에서는 폭동까지 일어났습니다. 그렇게 엘렌은 '세인트 엘모의 불'까지 인수해 슈펜하겐의 성냥 공급을 독점하게 됐고, 그 혹독했던 크리스마스이브로부터 4년이 지나 고작 열세 살의 나이에 엘렌은 슈펜하겐에서 가장 유명한 '성냥팔이 소녀'가 됐습니다.

엘렌은 늘 의기양양했습니다. 자신을 쓰레기 취급하던 마을 사람들의 선망 어린 눈빛을 보면서 내가 이겼다고 생각했습니다.

그러나 아직 만족한 것은 아닙니다.

좀 더 많은 돈을.

세상 그 누구도 손에 넣지 못한 막대한 부를.

모두가 내가 만든 성냥을 쓰고, 모두가 내 앞에 고개를 조아리는 세상을.

그것은 목표라기보다 야망이었습니다. 엘렌의 시선은 세상을 지배할 거대한 부와 권력에 쏠려 있었던 것입니다.

그러려면 내 이름을 조금 더 세상에 알려야 해. 그렇게 결론 내린 엘렌은 누구에게 상의하면 좋을지 고민하다가 지금의 성공을 뒷받침해 준 그 남자를 불렀습니다.

"흐음."

엘렌의 고민을 들은 욜문은 오른쪽 팔꿈치를 목발에 얹고 턱을 괸 채 골똘히 생각에 잠겼습니다. 솔직히 그는 화약 말고는 아는 게 없었습니다. 그러나 그는 잠시 고민하다가 불현듯 손뼉을 짝 쳤습니다.

"엘렌 씨의 성공담을 출판해 보는 건 어떻습니까?"

"책을 내라는 말이지?"

엘렌은 뛸 듯이 기뻐했습니다.

"하지만 난 책 같은 건 못 써. 욜문, 당신이 대신 써줘."

"에이, 말도 안 됩니다. 전 이미 수십 년간 화학 사전 말고 다른 책은 읽어본 적도 없습니다. 엘렌 씨는 이미 돈이 넘치다 못해 썩어가는 수준 아닙니까? ……아, 이거 실례. 아무리 그래도 동전은 썩지 않겠죠. 산화해서 부식될 수는 있겠지만."

"욜문, 무슨 말을 하고 싶은 건데?"

"전문가에게 맡기라는 겁니다. 슈펜하겐 북쪽에 있는 오덴세라는 마을에 동화로 유명한 작가가 있다고 들었습니다."

오덴세라는 곳은 신비한 능력을 가진 이들이 모여 사는 환상의 마을입니다. 그곳에는 멋진 이야기를 써서 사람들을 매료시키는 작가도 물론 있겠지요.

"그 작가 이름은?"

"안데르센이라고 했던 것 같네요."

엘렌이 그 남자의 이름을 처음 알게 된 순간이었습니다.

04

숲에서 멀찌감치 떨어진 낮은 언덕길에 작은 교회 한 채가 외로이 세워져 있습니다.

교회 문이 열리고 관을 든 남자 여섯 명이 천천히 나옵니다. 그 뒤로 한 여자와 그녀의 딸도 따라 나왔습니다.

딸은 눈이 빨갛게 충혈돼 관을 든 남자들을 따라갑니다. 평소에는 늘 빨간 모자가 달린 빨간 망토를 뒤집어쓰고 있어서 '빨간 모자'라고 불리는 그 여자아이는 오늘은 검은 모자가 달린 검은 망토를 뒤집어쓰고 있습니다.

그 아이는 올해로 열다섯 살이 됐습니다.

"죄송해요."

빨간 모자는 남자들이 든 관을 보며 중얼거렸습니다.

"제가 조금만 더 일찍 눈치챘더라면……."

빨간 모자가 할머니에게 생긴 이변을 알아차린 건 한 달쯤 전이었습니다.

그날 빨간 모자는 평소처럼 쿠키와 와인을 할머니에게 전해주러 갔습니다.

예전처럼 길가에서 꽃을 따 꽃다발을 만들지는 않았습니다. 늑대가 있는지 주의하며 조심조심 숲길을 걸어가 곧장 할머니의 집에 도착했습니다. 그러나 아무리 문을 두드려도 안에서는 대답이 없었습니다.

귀를 문에 갖다 대자 할머니의 목소리가 들렸습니다.

"……어요, 응, 여보. ……맞아요. 당연히 벌 수 있죠. 다들 하루 종일 흙투성이가 돼서 일하는데도 늘 사장에게 혼나는 것 같으니까요."

환희에 가득 찬 목소리입니다.

할아버지는 이미 돌아가셨는데……. 빨간 모자는 손잡이를 잡고 문을 살짝 열어 안에 있는 할머니에게 말을 걸었습니다.

"할머니, 빨간 모자예요. 쿠키와 와인을……."

거기까지 말했을 때 눈에 들어온 광경을 보며 빨간 모자는 질겁하고 말았습니다.

창문의 나무 덧문까지 닫힌 집 안은 따스한 주황빛으로 가득했고 할머니는 흔들의자에 허리를 깊숙이 파묻고 앉아 있었습니다. 그리고 할머니 앞에는 웬 할아버지 한 명이 보였습니다.

순간 '귀신……?' 하고 생각했지만 그런 것치고는 혈색이 좋습니다. 오히려 할아버지에게 말을 붙이는 할머니가 주름투성이에 핼쑥한 귀신 같은 얼굴을 하고 있습니다.

"맞아요. 술에 취하면 도수 따위 눈에도 안 들어오죠. 그러니 두 배나 더 팔 수 있지 않나요? 돈을 많이 벌면 이 숲속 집 따위는 철거하고 바다 옆으로 이사 가서……."

도대체 무슨 이야기를 하는 걸까요. 어쨌든 분위기가 뭔가 심상치 않습니다.

"할머니!"

빨간 모자는 바구니를 바닥에 내려놓고 뛰어가 할머니의 몸을 흔들었습니다. 할머니의 손에서 작은 막대기 같은 게 바닥에 툭 떨어지자 빛이 사라졌습니다.

"응……? 뭐야. 또 집 안이 어두워졌잖아. 모처럼 잘 즐기고 있었는데."

할머니는 눈앞에 있는 빨간 모자도 알아보지 못하고 버스럭 소리를 냅니다. 주머니를 뒤지는 것 같습니다. 잠시 후 "여기 있네" 하고 만족스럽게 말했습니다.

치익!

또다시 방 안이 주황빛에 휩싸였고 또 할아버지가 나타났습니다.

"네, 해변으로 이사 가서. ……아니, 여관을 할 거예요. 거기서도 일부러 도수를 낮춘 술을."

아무래도 이 기이한 현상은 성냥불과 관련돼 있는 것

같습니다. 그렇다면…….

빨간 모자는 잽싸게 창문 앞으로 가서 꼭 닫힌 창 덧문을 활짝 열었습니다. 남향과 서향 창문도 모두 엽니다. 해가 기울고 있지만 햇빛이 방 안에 들어왔습니다.

밝아진 집 안을 보고 빨간 모자는 또다시 경악했습니다. 할머니는 빨간 모자가 마지막으로 만났을 때보다 훨씬 초췌해져 있었기 때문입니다. 두 볼이 홀쭉하고 눈가가 움푹 파인 데다가 새 성냥을 꺼내는 손가락은 연필처럼 가늡니다. 또 흔들의자 아래에는 다 타버린 성냥개비가 잔뜩 쌓여 있었습니다.

"할머니!"

빨간 모자가 어깨를 붙들자 할머니의 손에서 성냥이 떨어졌습니다. 순간 할머니는 짐승처럼 날카롭게 빨간 모자를 노려봤습니다. 빨간 모자는 "히익" 하고 비명을 지르며 뒷걸음질 쳤습니다.

"넌, 누구……?"

이렇게 슬프고 무서운 일이 있을까요. 빨간 모자는 곧장 할머니가 든 성냥을 빼앗으려 했습니다.

"안 돼!"

할머니는 손톱으로 빨간 모자의 손을 확 긁었습니다.

"아야!"

성냥이 할머니의 무릎 위로 떨어졌습니다. 할머니는 성

냥을 다시 주우려고 손을 뻗습니다. 빨간 모자가 통증을 견디며 성냥을 낚아채자 할머니는 흔들의자에서 내려와 바닥을 기어 빨간 모자의 다리에 들러붙었습니다.

"이리 내!"

"싫어요!"

"내놔! 내놔! 내놔! 그 성냥을 나한테, 돌, 려, 줘어어어엇!"

흰머리가 산발이 됐고 붉게 핏발 선 눈을 까뒤집은 채 몸속 깊숙한 곳에서 목소리를 쥐어짜는 그 모습은 이미 빨간 모자가 아는 할머니가 아니었습니다.

빨간 모자는 그곳을 뛰쳐나가 집까지 뛰어갔습니다. 그리고 울면서 어머니에게 할머니에게 일어난 일을 전했습니다. 놀란 어머니는 곧장 빨간 모자를 데리고 할머니의 집으로 향했습니다.

가는 길에 빨간 모자는 어머니에게 성냥 이야기를 자세히 전해 들었습니다.

'엘렌의 성냥'은 저 먼 북쪽 덴마크라는 나라의 슈펜하겐에 사는 소녀, 엘렌이 만들었는데 성능이 아주 뛰어나다고 합니다. 반년 전부터는 빨간 모자가 사는 숲 주변에서도 엘렌의 성냥을 심심찮게 볼 수 있게 됐는데, 그 전까지 쓰이던 부싯돌에 비해 손쉽게 불을 붙일 수 있고 불이 한 번 붙으면 1분 이상 타오르는 뛰어난 성능 덕에 금세 널리 알려졌습니다. 또 이 성냥은 신기하게도 마음속으로 소원을 빌면서 불을 붙이면 그 소원을 마치 눈앞에서 이뤄진 것처럼 볼 수 있다고 합니다. 그리고 어둠 속에서는 다른 사람에게도 그 '꿈의 광경'을 공유할 수 있습니다.

처음에는 숲 주민들 모두 신기해하며 성냥불을 붙였지만 이내 그 꿈에는 중독성이 있다는 것이 밝혀졌습니다. 예를 들어, 세상을 뜬 아내를 만나고 싶다고 소원을 빈 어느 나무꾼은 하루 종일 집 안에만 틀어박혀 끼니도 거르고 성냥불만 붙이며 히죽히죽 웃다가 결국 굶어 죽기도 했습니다.

소문으로는 슈펜하겐과 그 주변 마을에도 비슷한 사람들이 속출해 이 성냥이 문제시되고 있다고 합니다. 그러나 이 편리한 성냥을 규제하려는 움직임은 없었고 꿈에 의존하는 사람들이 성냥을 계속 사들이기 때문에 제조사인 '엘렌의 성냥'만 돈을 쓸어 담고 있다고 했습니다.

빨간 모자는 어린 시절부터 꿈 많은 소녀였습니다. 어머니는 그런 아이가 성냥의 존재를 알게 되면 꿈의 세계에 마냥 빠져 살 수 있다고 걱정해, 지금껏 빨간 모자 앞에서 일부러 성냥 이야기를 꺼내지 않은 것입니다.

할머니의 집에 다시 도착했을 때 할머니는 집 바닥에 드러누워 있었습니다.

"여보, 여보……."

이유도 없이 팔다리를 버둥거리는 그 모습은 마치 죽기 직전 바퀴벌레 같아서 빨간 모자는 그날 두 번째로 큰 충격을 받았습니다.

"설마 어머니까지 성냥 의존증에 빠질 줄이야."

빨간 모자의 어머니는 원통해했지만 어쩔 도리가 없었습니다.

결국 이웃집 남자들의 힘을 빌려 할머니를 집에 데려가서 간호했습니다. 그러나 할머니는 닷새 동안 아무것도 입에 대지 않고 "성냥, 성냥"이라는 말만 중얼거리다가 결국 이틀 전 세상을 등지고 말았습니다.

장례 행렬이 숲에서 멀찌감치 떨어진 묘지에 도착했습니다. 미리 구멍을 파둔 곳에 남자들이 천천히 할머니의 관을 집어넣었습니다.

"할머니께 마지막 작별 인사하렴."

어머니가 울음 섞인 목소리로 말했습니다. 빨간 모자는 들고 있던 꽃다발을 관 위에 떨어뜨렸습니다.

할머니, 부디 편히 쉬세요…….

눈을 감자 온화하던 할머니의 얼굴이 떠올랐습니다. 빨간 모자에게 춤과 노래를 가르쳐준 할머니. 꽃다발을 만들어드리면 예쁘다고 칭찬해 준 할머니. 잠이 오지 않는 밤에는 옆에서 줄곧 손을 꼭 잡아주던 할머니.

─괜찮다. 마음만 굳세게 먹으면 길은 언제든 열리게 돼 있단다.

언젠가 늑대 배 속에서 들은 할머니의 말이 떠오르자 빨간 모자의 두 뺨을 타고 눈물이 주르르 흘렀습니다.

마음만 굳세게 먹으면…… 빨간 모자에게 그 말을 해 준 할머니가 정작 자신은 성냥의 사악한 매력 앞에 무릎을 꿇고 목숨까지 잃고 말았습니다. 빨간 모자는 원통한 마음을 금할 길이 없었습니다.

그런 성냥이 세상에 존재해서…….

성냥을 만든 엘렌은 대체 어떤 아이일까요.

그런 생각을 하고 있을 때, 옆에서 누가 빨간 모자의 허리를 쿡쿡 찔렀습니다.

"엄마, 하지 마."

빨간 모자는 눈을 감은 채 말했지만 또다시 허리를 쿡쿡 찌릅니다.

"하지 말라니까!"

옆에서 어머니가 깜짝 놀라 숨을 삼키는 소리가 들렸습니다. ……어머니가 아니라면 대체 누가 찌른 걸까요?

눈을 뜬 빨간 모자는 고개를 돌렸다가 몸이 얼어붙었습니다.

파란 눈의 늑대가 빨간 모자를 지그시 응시하고 있었습니다.

"넌!"

빨간 모자는 즉시 경계했습니다. 틀림없습니다. 몇 년 전 빨간 모자와 할머니를 잡아먹은 그 늑대입니다.

"이 자식!"

그때 누군가가 빨간 모자 앞을 가로막고 섰습니다. 그날 늑대의 배를 갈라 구해준 사냥꾼 아저씨입니다. 장례식 자리이니 엽총이나 가위는 없지만 평소와 위압감은 똑같습니다.

"빨간 모자의 손끝 하나라도 건드리면 용서하지 않겠다!"

그 말을 듣고 늑대는 한 걸음 뒤로 물러섰습니다.

"당신들에게 해코지하러 온 게 아니야. 난 그저 명복을 빌러 왔어."

"거짓말!"

"진짜야! ……빨간 모자, 실은 말이지. 너희가 내 배에 돌을 채워 넣은 그날 배가 아파서 할머니 집에 도움을 청하러 갔었어. 그러자 친절한 할머니는 내 배를 갈라 돌을 꺼내고 다시 꿰매주셨지. 그때 들었어. 잠들어 있는 날 사냥꾼이 죽이려 할 때 빨간 모자 네가 목숨만은 살려달라고 부탁했다고."

"그래, 맞아."

"그날 이후 난 개과천선했어. 할머니가 계시는 집에 종종 강에서 잡은 물고기나 버섯 따위를 가져다드렸지. ……
이러는 게 알려지면 늑대의 권위가 땅에 떨어지니 다른 인
간들에게는 비밀로 해달라 부탁하고."

늑대와 할머니가 남몰래 교류했다니 놀라운 일입니다.

"이제 이해하지? 그러니 나도 할머니께 작별 인사를 하
게 해줘."

늑대는 이미 흙이 덮인 무덤 앞에 가서 무릎을 꿇고 눈
을 감았습니다. 할머니를 애도하는 마음이 거짓이 아님을
깨닫고 빨간 모자는 또다시 눈물을 흘릴 뻔했습니다. 어
머니와 사냥꾼 아저씨, 그리고 다른 장례식 참석자도 모
두 늑대의 모습을 말없이 지켜봤습니다.

잠시 후 늑대는 몸을 일으켜 빨간 모자를 돌아봤습니다.

"할머니가 돌아가신 게 그 이상한 성냥 때문이지?"

"뭔지 알아?"

"그래. 원하는 꿈을 볼 수 있는 마법 같은 성냥이라더군.
너희 인간들은 겉은 강해 보이지만 속은 약하디약한 생물
들이야. 그런 성냥을 한번 손에 넣으면 죽을 때까지 계속
불을 붙일 게 뻔하지. 끼니를 거르고 주변도 눈에 안 들어
올 테고."

"응……."

"인간은 정말 어리석으면서도 무시무시한 존재들이라니
까. 그렇게 폐인들이 늘어나는 와중에도 한편에서는 그 성

냥으로 돈을 버는 사람이 있다는 말이잖아?"

그렇습니다. 또다시 빨간 모자의 가슴속에서 엘렌을 향한 증오가 불붙었습니다.

"빨간 모자, 할머니의 복수를 하고 싶지 않아?"

"마음 같아서는 그러고 싶어. 하지만 어떻게……."

"그 성냥 회사 사장이라는 엘렌이라는 녀석을 직접 만나러 가면 되지."

"하지만 만나서 뭘 어떡하라고?"

그러자 늑대는 히죽 미소 지었습니다.

"난 이 숲만큼은 누구보다 잘 알아. 인간이 입에 살짝 넣기만 해도 몸부림을 치다가 게거품을 물고 죽어버리는 독버섯이 어디 있는지도 안다는 소리야. 그걸 반죽에 잘게 부숴 넣어 구운 네 특제 쿠키를 엘렌에게 선물하는 건 어때?"

그러면 할머니의 복수를 달성할 수 있을 것입니다.

"그런데 일이 그렇게 잘 풀릴까? 엘렌이 독 쿠키에 입을 대지 않으면 어떡해?"

"그때는 마지막 수단을 써야지. 숲 깊숙한 곳에서 오랫동안 다른 사람들과 교류하지 않고 지내는 바르크라는 영감이 있어. 그 영감은 초석과 유황을 써서 화약을 제조한다고 해. 전에 듣기로는 와인병 하나로 저택 하나쯤은 통째로 날려버릴 화약을 만들 수 있다던데."

그리하여 독이 든 쿠키와 화약이 든 와인병을 손에 넣

은 빨간 모자는 슈펜하겐으로 여행을 떠났습니다. 앞으로 갖가지 기이한 사건들을 맞닥뜨리리라고는 꿈에도 모르는 채로요.

05

엘렌은 바이킹 복장 차림의 비서 겸 경호원 버드레이와 함께 율문에게 들은 오덴세라는 마을로 향했습니다.

엘렌은 가는 길에 마차 안에서 부하가 사 온 안데르센의 그림책을 읽었습니다. 미운 오리 새끼, 벌거벗은 임금님, 장난감 병정, 엄지 공주, 인어 공주, 빨간 구두……. 하나같이 재미있고 슬프고 무서운 이야기들. 책을 읽고 감정이 마구 요동치는 경험은 태어나서 처음이었습니다.

이 사람이라면 맡겨도 되겠어. 엘렌은 확신했습니다.

아홉 살까지의 비참한 삶을 디딤돌 삼아 고작 열셋의 나이에 거부가 된 소녀. 그 전설 같은 이야기를 세상에 널리 알리면 앞으로 몇 년 후 성냥으로 이 세상을 정복할 수도 있을 것입니다.

엘렌은 오덴세에 도착하자마자 안데르센의 집으로 향했습니다. 그러나 안데르센은 집에 없었습니다. 옆집 사람에게 물으니 중병에 걸려 조금 떨어진 병원에 입원했다고 합니다. 엘렌은 곧장 마차를 타고 병원으로 달려갔습니다.

"……당신이 엘렌 씨인가요?"

병상에 누운 안데르센은 미소로 엘렌을 맞이했습니다. '엘렌의 성냥'의 명성은 오덴세에도 전해진 모양입니다. 그건 그렇고 침대에 누운 안데르센의 몰골이 참으로 눈물겹습니다. 볼이 움푹 파였고 마른 나뭇가지 같은 손은 양초처럼 창백합니다.

"안데르센 씨, 오늘 당신에게 부탁이 있어서 저 먼 슈펜하겐에서 여기까지 달려왔어. 내 생애를 당신이 글로 써줬으면 해. 세상 사람들이 내가 정말 멋지게 성공했다고 느낄 만한 얘기를 써줘."

"전 그런 건……."

"당신이라면 할 수 있어. 아니, 당신뿐이야."

엘렌은 버드레이를 불러 탐탁지 않아 하는 안데르센 앞에 돈다발을 차곡차곡 쌓았습니다. 그리고 몇 시간에 걸친 끈질긴 설득 끝에 간신히 허락을 받아냈습니다.

콜록콜록 기침하는 안데르센 앞에서 엘렌은 자신이 어떻게 성냥의 완성도를 높였고 지금과 같은 거대 회사를 만들었는지를 자세히 설명했습니다. 물론 갈헨의 집에 불을 지른 이야기나 송진을 억지로 빼앗은 것처럼 듣기 거북한 일화는 전부 생략했습니다.

"어때? 작가인 당신이 듣기에도 참 멋진 인생 같지 않아?"

"아, 네. 소중한 경험담을 들려주셔서 감사합니다."

안데르센은 콜록콜록 기침을 했습니다.

"하지만 전……."

"회사 일 때문에 얼른 슈펜하겐에 돌아가야 해."

"휴우……."

"그러니 사흘 안에 다 써줘."

엘렌은 일방적으로 말하고 버드레이와 함께 병실을 나 갔습니다.

사흘 후 호텔에 있는 엘렌에게 안데르센이 보낸 서류 봉 투가 도착했습니다. 안에 그림이 그려진 원고가 든 걸 보 니 그림책으로 출간해야 할 것 같습니다. 엘렌은 두근거리 는 마음으로 그 원고를 읽고…… 경악하고 말았습니다.

엘렌을 모델로 한 성냥팔이 소녀는 크리스마스이브 날 밤 행복한 가족의 모습이 비치는 집 창밖에서 성냥불 을 붙여 엄마 아빠와 예쁜 트리, 케이크를 봤습니다. 거기 까지는 똑같지만 그때 엘렌이 배고픔과 공허함, 원통함 을 느끼며 그 누구도 만져 보지 못한 거금을 손에 넣고 말 겠다고 다짐한 것, 이후 회사를 훌륭하게 경영했다는 것 에 대해서는 단 한 줄도 적혀 있지 않았습니다. 게다가 성 냥팔이 소녀는 무려 다음날인 크리스마스 날 아침에 얼어 죽은 채로 발견된다는 비극적인 결말로 끝나는 게 아니겠습니까!

엘렌의 가슴속에서 실망감과 분노가 이글이글 타올랐습니다. 즉시 마차를 타고 병원으로 향했습니다.

그러나 안데르센의 병실은 텅 비어 있었습니다. 그 대신 엘렌을 기다린 사람은 담당 의사였습니다.

"안데르센 씨는 병원을 옮기셨습니다. 엘렌 씨에게는 이 걸 전해달라고 하더군요."

의사는 한 통의 편지를 건넸습니다.

제가 쓸 수 있는 건 여기까지입니다. 당신처럼 오로지 돈벌이만을 삶의 가치로 추구하는 사람의 이야기를 아이들에게 읽힐 수 없습니다. 모쪼록 청렴하게 사시기를 바라며.

안데르센

"……구역질 나."

엘렌은 나직이 중얼거렸습니다.

"내 성공담이야말로 아이들에게 읽혀야 할 필독서 아니야?"

아무리 수백만의 독자에게 지지받는다고 해도 그 동화 작가는 결국 심약한 낭만주의자에 불과합니다.

"어느 병원으로 갔나?"

버드레이가 의사에게 으름장을 놨습니다.

"그, 그건 대답해 드릴 수 없습니다."

"이봐 당신, 이 병원을 깡그리 불태워 버려도 괜찮겠어?"

"무, 무슨 말씀을."

"됐어, 버드레이."

엘렌은 조용히 부하를 제지했습니다. 그리고 공포에 떠는 의사 앞에서 안데르센에게 받은 편지를 북북 찢어버렸습니다.

"이런 작가에게 부탁한 것부터가 잘못이야. 아아, 괜히 시간만 낭비했네. 지금 당장 슈펜하겐에 돌아가서 경영 전략 회의를 열어야겠어. 이 세상 모든 돈이 내 손아귀에 들어오기를 간절히 바라고 있으니까."

그러나 슈펜하겐에서는 또 다른 뜻밖의 상황이 엘렌을 기다리고 있었습니다. 이백 명 남짓 되는 시민 단체 사람들이 회사 앞으로 우르르 몰려든 것입니다.

'엘렌의 성냥'의 불가사의한 힘이 알려지자 세상에는 성냥에 빠져 일과 공부를 내팽개치는 사람이 끊이지 않았습니다. 개중에는 식사를 거르고 심지어 배설물도 제대로 처리하지 않은 채 온종일 집 안에만 틀어박혀 성냥개비를 긋는 사람도 있다고 합니다.

엘렌의 공장 앞에 몰려온 이들은 그런 '성냥 폐인'의 가족과 친구들이었습니다. 사람들에게 망상을 보여주는 이 사악한 성냥을 더 이상 팔지 마라. 그들의 호소는 한마디로 그런 내용이었습니다.

엘렌은 그들 앞에 직접 나가 설명하기로 하고 날짜와 장소를 정했습니다.

설명회 날, 강당에는 금발에 파란 눈의 소녀가 환하게 웃는 그림이 그려진 거대 장막이 내걸렸고 군중이 발 디딜 틈도 없이 가득 들어찼습니다. 그러나 시작하고 15분이 지나도 엘렌은 모습을 드러내지 않았습니다. 사람들이 웅성거리기 시작했고 잠시 후, 누군가가 화내는 소리가 들릴 무렵에야 엘렌이 등장했습니다.

무대에 오른 엘렌은 조용해진 군중들을 한 번 둘러보고 이렇게 운을 뗐습니다.

"여러분의 가족과 친구들이 어떻게 됐는지는 내 알 바 아니에요."

순식간에 강당 안이 얼어붙었습니다. 엘렌은 거침없이 말을 이어갑니다.

"예컨대 세상에 어떤 병이든 고칠 수 있는 훌륭한 병원이 만들어졌다고 쳐요. 그 병원을 짓기 위해 원래 그곳에 있던 개미굴이 파괴돼 사라졌다고 해도 뭐라고 할 사람이 있을까요?"

빈틈없는 엘렌의 예시에 누구도 반박하지 못했습니다.

"수많은 사람들이 도움을 받는다면 그 과정에서 생기는

작은 희생 따위는 감수해야 한다는 뜻이에요. 인간은 지금껏 그런 식으로 진보해 왔어요. 당신들의 그 운 나쁜 가족과 친구들이 바로 개미예요!"

"헛소리하지 마!"

"헛소리를 하는 게 과연 누굴까요? 불이 잘 붙는 것으로 모자라 멋진 꿈까지 볼 수 있는 성냥과, 자제심을 잃고 제 발로 추락하는 한심한 사람들. 이 세상을 더 행복하게 하는 게 과연 어느 쪽이겠어요?"

"닥쳐!"

"이 악마!"

군중들 속에 섞여 있던 혈기 넘치는 젊은이 몇 명이 고함치며 엘렌을 향해 덤벼들었습니다. 그러나 엘렌은 안색하나 바꾸지 않고 손가락을 딱 튕겼습니다.

그러자 무대 뒤에서 삼지창을 든 바이킹 차림 남자들이 우르르 몰려와 그들을 남김없이 제압했습니다. 엘렌은 자기가 이미 유명 인사가 됐다고 생각해, 사설 용병단까지 고용한 것입니다. 버드레이를 책임자로 임명했으니 당연히 모두 바이킹 차림입니다.

"감옥을 지어야겠어."

성냥 공장 사장실로 돌아간 엘렌은 묘안을 떠올렸습니다.

"버드레이, 일류 건축가를 수배해 줘."

"하지만 사장님. 지금은 제품 광고, 판로 확대, 신상품

개발 등 해야 할 일들이 산적해 있습니다. 감옥을 짓는 데 신경 쓸 때가······."

"그래? 그럼 감옥은 토비아스에게 맡겨야겠네."

토비아스는 오래전부터 성냥 공장에서 일해 온 직원인데 최근 체력이 많이 쇠약해졌고 수전증도 생겨서 제작 현장에는 도움이 되지 않았습니다. 그러나 직원들 사이에서 인망이 높은 탓에 해고하면 다른 직원들이 들고일어날 가능성을 고려해 내버려 두고 있던 참입니다.

"절 부르셨다고요······."

비칠비칠 사장실 안에 들어온 토비아스는 느닷없이 큰 임무를 맡게 되자 잇몸뿐인 입을 오물거리며 감격했습니다.

"그러지 않아도 항구에 주인 없는 창고가 하나 있습니다. 그 땅을 사서 창고를 해체한 다음, 감옥을 짓는 게 좋을 것 같습니다."

"역시 토비아스. 훌륭한 아이디어야. 난 다른 할 일이 많아서 당신과 버드레이가 지목한 건축가에게 모든 걸 맡길게."

사흘 후 엘렌과 토비아스 앞에 그 건축가가 나타났습니다. 콧수염을 포마드를 써서 시곗바늘처럼 날카롭게 세웠고 파란 양복을 입은 그는 자신의 이름을 앨빈이라고 소개했습니다.

"앨빈, 날 위해 아주 튼튼한 감옥을 지어줄 수 있겠어?"

"감옥 말인가요. 흥미롭군요."

앨빈은 콧수염 끝을 만지작거리며 점잖게 말했습니다.

"어떤 감옥을 원하시는지요?"

"탈출이 절대 불가능한 감옥. 거기에 '엘렌의 성냥'다운 뭔가가 추가되면 좋을 것 같아."

엘렌은 앨빈에게 성냥갑을 내밀며 말했습니다.

"사람들에게 언뜻 희망을 선사할 것처럼 하다가 어느 순간 절망의 나락으로 훅 떨어뜨리는 그런 이미지 말이야."

앨빈은 성냥갑을 빤히 들여다봤습니다. 잠시 후 성냥갑에서 성냥 한 개비를 꺼내더니 "맡겨주십시오" 하고 한쪽 눈썹을 세웠습니다.

그로부터 얼마 후에 감옥 건설의 첫 삽을 떴지만 엘렌은 일 때문에 바빠 그 과정을 지켜볼 여유가 없었습니다.

감옥과 관련한 일은 모두 나이 든 토비아스에게 맡겼습니다. 어느 날 엘렌을 암살하려고 계획한 남자가 건축 작업원들 속에 몰래 숨어 있다가 붙잡히는 사건이 일어났지만, 그 뒤로 남자가 북쪽 숲에 있는 벌목장으로 보내졌다는 보고만 전해 들었습니다.

그로부터 석 달 보름이 지나 감옥이 완성됐습니다. 완공 직전 토비아스가 지병으로 세상을 떴지만 엘렌은 신경 쓸 겨를이 없었습니다. 감옥이 다 지어진 날에는 심지어 감옥을 만들어달라고 한 것조차 잊고 있었을 정도입니다.

가만히 있어도 눈코 뜰 새 없이 바쁜 엘렌에게 그 무렵 더 큰 일이 들이닥쳤기 때문입니다.

"사장님, 폐하께서 보낸 사신이 면회를 요구하고 있습니다."

어느 날 버드레이가 그렇게 보고했습니다.

"뭐? 누가 보낸 사신이라고?"

"덴마크 왕국 프레데릭 폐하의 사신입니다."

엘렌은 놀란 나머지 그 자리에서 펄쩍 뛰었습니다. 마침내 한 나라의 왕이 엘렌을 주목한 것입니다. 엘렌은 다른 일을 모조리 내팽개치고 즉시 그를 만나기로 했습니다.

그러나 사신은 면회실 안에 들어오자마자 이렇게 말했습니다.

"엘렌 씨, 폐하께서는 지금 당신 때문에 곤란해하고 계십니다."

그는 엘렌에게 서류 한 장을 내밀었습니다.

서류에는 엘렌이 바이킹 용병단을 고용해 자신에게 반발하는 이들을 멋대로 포박하고 다닌다는 사실이 고스란히 적혀 있었습니다. 프레데릭왕은 이 나라에 왕국 군대가 아닌 용병단은 필요치 않으며 지금 당장 용병단을 해산하지 않으면 앞으로 엘렌의 성냥을 전국적으로 판매 금지할 거라고 했습니다.

왕이 보낸 서신인 만큼 엘렌도 이번에는 물러설 수밖에 없었습니다. 사신이 가져온 '앞으로는 사설 용병단을 고

용하지 않는다. 만약 약속을 어길 시 순순히 처벌받는다'
라는 서약서에 마지못해 사인을 했습니다.

"사장님, 이제 어쩌죠?"

사신이 돌아가자 버드레이가 걱정스러운 얼굴로 물었
습니다.

"지금 이 슈펜하겐에는 우리를 추방하려는 성냥 폐인들
의 관계자가 수없이 많습니다. 우리가 무력을 쓰지 못하
게 되면 그들을 통제할 수 있을까요?"

"아직 방법은 있어. 녀석들의 움직임을 관찰하면서 폭동
을 일으키기 전에 막는 거야."

"어떻게 말이죠?"

"탐정을 고용해 그런 움직임이 있는지 조사하라고 하면
되지. 비용은 상관 안 해. 버드레이, 얼른 내게 협력할 탐정
을 찾아줘."

06

파도 너머로 마치 장난감 상자를 늘어놓은 것처럼 화려
한 색채의 마을이 보입니다.

"저곳이 슈펜하겐이야."

배를 모는 어부 아저씨가 느긋이 말했습니다. 빨간 모

자는 거센 바닷바람 때문에 망토가 벗겨져 날아가지 않게 주의하며 그 마을을 바라봤습니다.

　오랜 여행 끝에 마침내 도착했습니다. 귀여운 건물들이 주는 느낌이 엘렌의 사악한 이미지와 사뭇 달라서 빨간 모자는 당황했습니다.

　"저 바닷가에 있는 건물은 전부 과자 가게 같은 거예요?"

　"그럴 리 없지."

　어부 아저씨가 미소 지었습니다.

　"슈펜하겐은 원래 무역항이야. 저것들은 전부 창고고."

　빨간 모자는 이렇게 화려한 창고가 있을 줄은 지금껏 상상도 못 했습니다.

　그중 노란색 창고와 분홍색 창고 사이에서 유독 눈에 띄는 새카만 3층 건물이 눈에 들어왔습니다. 옆으로 긴 건물은 주변과 조화를 이룰 마음이 아예 없는 것처럼 홀로 고색창연한 중세 분위기를 발산하고 있습니다. 건물 위로 삐져나온 금속 막대 두 개도 왠지 으스스해 보였습니다.

　"저것도 창고예요?"

　빨간 모자가 묻자 어부 아저씨의 얼굴이 험악해졌습니다.

　"아니, 저건 감옥이야. 국가에서 지은 게 아니라 성냥 회사 사장 엘렌이 만든 사설 감옥이지."

　그 이름을 듣고 빨간 모자는 가슴이 철렁했습니다.

　"걔는 고작 열세 살에 회사를 크게 키우면서 주변에 적도 많이 생겼다고 해. 그래서 수하를 시켜 자신에게 맞서는 이들을 붙잡아 저 안에 집어넣고 있다더군."

그러고 보니 건물 위로 솟은 두 금속 막대가 왠지 성냥개비처럼 보이기도 합니다. 역시나 엘렌은 만만치 않은 상대인 것 같습니다.

"엘렌은 이 마을에서는 인기가 아주 좋지만 난 걔가 별로 마음에 안 들어. 안 좋은 기억도 있고."

어부 아저씨는 감옥을 지그시 보며 말했습니다.

"안 좋은 기억요?"

"이런 나도 얼마 전까지는 '세인트 엘모의 불'이라는 슈펜하겐에서 가장 유명했던 성냥 회사에서 일했거든. 하지만 '엘렌의 성냥'과의 경쟁에서 밀리고 회사가 통째로 넘어가면서 나도 잘렸어. 그래서 지금은 이렇게 어부로 근근이 살고 있고."

어부 아저씨가 담배를 입에 물고 성냥불을 붙입니다. 그는 연기를 내뿜고 성냥갑을 빨간 모자에게 보여줬습니다. '세인트 엘모의 불'이라고 적혀 있습니다.

"회사를 관두면서 한가득 들고나온 재고품이야. 소심한 반항이라고 할까. 그리고 어차피 '엘렌의 성냥'을 통해 보는 꿈은 전부 허상이니까."

"현명하시네요."

"그래? 너도 하나 줄 테니 가져가."

어부 아저씨가 던져준 성냥갑을 받아 들고 빨간 모자는 마음을 다잡았습니다.

항구에 도착해 어부 아저씨에게 인사하고 곧장 슈펜하겐 마을 이곳저곳을 돌아다녔습니다. 그러자 얼마 안 돼 '엘렌의 성냥 3지구 직영점'이라고 적힌 큼지막한 간판이 눈에 들어왔습니다. 금발에 파란 눈을 가진 소녀가 미소 짓고 있습니다.

빨간 모자는 마침 가게에서 나오는 할머니에게 말을 걸어보기로 했습니다.

"할머니. '엘렌의 성냥'이 이 마을에서 그렇게 인기가 많나요?"

"그렇지. 그 성냥 덕에 마을이 유명해졌으니."

할머니는 당연한 것처럼 대답했습니다.

"그 회사는 마을에 기부도 많이 하고 있어. 이 길과 저 강에 걸린 다리도 모두 그 엘렌이 만들어준 거지. 나쁘게 말하는 사람도 있다지만 난 대단한 여자애라고 생각해."

어부 아저씨가 말했듯 역시 엘렌은 인기가 많은 듯합니다. 그러나 몇몇 이들을 더 만나자 엘렌에게 좋지 않은 감정을 품은 사람도 있었습니다.

"걔 때문에 내 동생이 얼마나 망가졌는지 알아?"

술집 앞 나무 상자에 앉아 홀로 술을 마시던 붉은 얼굴의 아저씨가 빨간 모자에게 시비조로 말했습니다. 발밑으로 빈 와인병이 열 개는 넘게 굴러다닙니다.

"내 동생은 어부였는데 올해 고기가 잘 안 잡히는 바람에 매 끼니 먹을 빵도 못 사게 됐어. 내 얼굴을 볼 때마다 돈타령을 해댔고 '언젠가 배가 가라앉을 만큼 가자미를 잔뜩 잡고 싶어'라고 중얼거리기도 했지만, 한 달 전부터는 모습을 잘 보이지 않게 됐지."

그는 와인을 한 모금 꿀꺽 마셨습니다.

"고기가 잘 잡힌다는 소식도 없었으니 수중에 돈 들어올 일이 없었을 터. 난 뭔가 이상하다는 걸 느끼고 그길로 동생 집을 찾아갔어. 그런데 그 녀석은 집 문을 꼭 닫아두고 성냥개비를 그으며 이히힛, 이히힛 웃고 있지 않겠어? 눈두덩이가 푹 파였고 머리는 비듬투성이에다 입에서는 침을 질질 흘리면서 말이야. 난 성냥을 빼앗아 이제 두 번 다시 성냥에 손대지 말라고 했고 그 녀석도 그러겠다고 약속했지. 하지만 채 이틀도 되지 않아 또 성냥을 사고 말았어."

빨간 모자는 속으로 '우리 할머니랑 똑같아'라고 느꼈습니다. 결국 그 동생은 지금 자기 집 다락방에 틀어박혀 금단 증상과 싸우고 있다고 합니다.

"너도 '엘렌의 성냥' 피해자야?"

남자는 주변을 경계하며 물었습니다. 빨간 모자의 반응을 보고 뭔가를 느낀 듯합니다. 빨간 모자는 조용히 고개를 끄덕였습니다.

"그럼 반反엘렌 조직 사람들이 모이는 숙소를 소개해 줄 게. 동지들을 만날 수 있을 거야."

그가 빨간 모자를 데려간 곳은 뜻밖에도 마을 한가운 데에 있는 큰 호텔이었습니다.

그곳 '제비 호텔'은 프런트 앞으로 세련된 신사 숙녀와 부자 상인 같은 이들이 오가서 도무지 그런 불온한 조직 원들이 모이는 곳 같지 않았습니다. 얼굴이 붉은 남자는 빨간 모자를 위해 방을 하나 잡아주고 "오늘 밤 사람이 널 데리러 올 거야"라는 말을 남기고 사라졌습니다.

빨간 모자는 4층 모퉁이에 있는 방을 배정받았습니다. 일인용 침대와 책상 정도만 놓인 작은 방입니다. 왠지 공 기가 탁한 것 같아 창문을 열자 광장이 한눈에 들어왔습 니다. 담소를 나누는 여자들, 개와 함께 걷는 소년……. 낯선 마을에서 비로소 정다운 인간미를 느끼고 빨간 모자 는 감상에 잠겼습니다. 이 여행이 평범한 것이었다면 얼마 나 좋았을까요.

피로가 약간 몰려와 사람이 오기 전까지 잠시 쉬려고 침대에 누웠습니다.

눈을 감은 빨간 모자의 귓가에 부웅 하는 소리가 들렸 습니다. 열린 창문으로 벌레가 들어왔을까요.

* * *

누군가가 방문을 두드린 건 밤 9시가 지난 시각이었습니다.

문밖에 서 있는 사람은 호텔 직원이었습니다.

"손님, 저희 호텔의 회원제 레스토랑으로 안내해 드리겠습니다."

목소리를 낮춰 말하는 그를 보며 빨간 모자는 그곳에서 반엘렌 조직의 모임이 열린다는 것을 직감했습니다. 바구니를 들고 그를 뒤따라갑니다.

그는 호텔 2층 끝에 있는 무인 객실로 들어가 장식장 위에 있는 촛대를 밀었습니다. 그러자 쿠우우웅 하는 소리를 울리며 장식장이 통째로 움직이더니 비밀 계단이 나타났습니다. 아래에서는 이미 왁자지껄한 소리가 들리고 있습니다.

계단을 내려가자 마치 항구 창고처럼 살풍경한 방이 나타났습니다. 벽 앞 테이블에는 술과 음식이 있지만 아무도 손을 대지 않습니다. 사람들 앞에는 나무 상자로 만든 작은 무대가 있고 그 위에서 여자아이가 눈물을 흘리며 뭔가를 호소하고 있었습니다. 호텔 직원은 빨간 모자에게 말없이 고개를 숙이고 다시 계단을 올라갔습니다.

여자아이의 이야기에 귀 기울여봅니다. 그 소녀의 어머

니가 '엘렌의 성냥' 때문에 폐인이 됐다는 이야기였습니다.

그 뒤로도 사람들이 하나둘 무대에 올라 주변 이들의 이야기를 전했습니다. 청중들은 그때마다 "이제는 더 이상 '엘렌의 성냥'을 팔면 안 돼!" "엘렌을 체포해야 해!" 같은 말을 외쳤습니다.

얼마 후 빨간 모자를 제외한 다른 참가자가 모두 연설을 마쳤습니다.

"넌 뭐 할 얘기 없어?"

옆에 앉은 청년이 자상하게 물었습니다. 하얀 피부에 잘생긴 그의 눈에서 기대감이 비칩니다.

빨간 모자는 망설임 없이 일어서서 사람들 앞으로 나갔습니다.

"전 엘렌을 죽이고자 이 슈펜하겐에 왔어요."

그야말로 무시무시한 말을 입에 담는 빨간 모자를 보며 청중들은 경악했습니다.

빨간 모자는 할머니가 성냥 의존증에 빠져 무기력한 모습을 보이다가 끝내 목숨을 잃은 과정과, 복수를 다짐하고 머나먼 여행길을 떠나온 사연을 들려줬습니다. 말하는 동안 저도 모르게 흥분했지만 청중들에게는 진심이 잘 전해진 듯했습니다.

"하지만 죽이다니, 어떻게?"

가장 앞줄에 앉은, 뺨에 흉터 난 남자가 물었습니다. 빨간 모자는 바구니에서 쿠키를 꺼내 들었습니다.

"이건 한입만 먹어도 바로 저세상으로 가는 독이 든 쿠키예요. 전 엘렌을 동경해 그 애처럼 멋진 회사를 세우려는 꿈을 가진 소녀로 위장해서 접근할 거예요. 그리고 선물이라며 이걸 엘렌에게 주는 거죠. 어른이 쿠키를 가져가면 의심할 수도 있겠지만, 저처럼 어린 여자아이가 동경한다며 이런 걸 주면 흔쾌히 이 쿠키를 입에 넣지 않을까요?"

청중들 사이에서 박수가 터졌습니다. 그러나 앞서 어머니가 성냥 의존증에 빠졌다고 호소했던 여자아이는 왠지 납득하지 못하는 듯했습니다.

"엘렌은 용의주도하다고 들었어. 너라면 걔 옆에 갈 수 있을지 몰라도 과연 쿠키까지 먹을지는…….'

"먹지 않을 때를 대비한 최후의 수단도 있답니다."

빨간 모자는 이번에는 바구니에서 와인병을 꺼내 들었습니다.

"이 안에는 특별 제조한 화약이 들었어요. 이걸 던져 깨뜨리면 이런 호텔 하나쯤은 통째로 날아갈 정도로 엄청난 폭발이 일어날 거예요."

청중들이 "대단해!" 하고 환호했습니다. 조금 전 여자아이도 이 정도면 괜찮겠다고 납득한 듯합니다.

"언제 실행에 옮길 거야?"

볼에 흉터 있는 남자가 재촉하듯 물었습니다.

"빠르면 빠를수록 좋겠죠. 내일이요."

빨간 모자의 말에 용기를 얻었는지 청중들이 흥분했습니다.

이런 자리에는 역시 술을 빼놓을 수 없겠지요. 사람들은 빨간 모자를 격려하며 술을 권했지만 빨간 모자는 거절했습니다.

"이거라면 마실 수 있을 거야."

어느덧 술에 취해 빨간 모자를 거들떠보지도 않고 떠드는 사람들을 곁눈질하며, 조금 전에 만난 그 잘생긴 청년이 연분홍색 액체가 든 잔을 빨간 모자에게 내밀었습니다. 입에 대보니 맛이 새콤달콤합니다.

"체리 칵테일이야. 알코올은 안 들었어."

빨간 모자는 미소 짓는 그의 얼굴을 멍하니 바라봤습니다. 나이는 자신보다 약간 많을까요. 이 남자는 혹시 내가 마음에 든 걸까. 그런 망상을 하다가 곧장 '이러면 안 돼, 안 돼' 하고 고개를 흔듭니다.

이번 여행의 목적은 어디까지나 엘렌에게 복수하는 것입니다. 남자에게 정신 팔려 있을 시간이 없습니다. 빨간 모자는 머릿속에서 그를 쫓아내려고 잔에 남은 칵테일을 단숨에 들이켰습니다.

"한 잔 더 할래?"

그가 또다시 칵테일을 권했습니다. 빨간 모자는 "뭐 조금이라면……" 하고 무심코 한 잔을 더 받았습니다.

기억나는 것은 그 잔에 입을 갖다 댔을 때까지였습니다.

* * *

다음 순간 눈을 번쩍 떴을 때, 빨간 모자는 싸늘한 곳에 누워 있었습니다. 어둡고 눅눅한 그곳은 언뜻 봐도 그 지하가 아닐뿐더러 호텔 방도 아닙니다. 캄캄해서 주변이 보이지 않습니다.

상반신을 일으키려 할 때였습니다.

— 치익.

갑자기 왼쪽이 환해졌습니다.

"눈을 떴나 보네."

주황색 불빛 속에서 그 하얀 피부의 잘생긴 청년이 웃는 얼굴이 보였습니다. 그러나 뭔가 이상합니다. 빨간 모자와 청년 사이에 창살이 있습니다. 그것도 모자라 그 옆에는 바이킹 차림을 한 낯선 남자가 서 있었습니다.

"여긴 어디?"

"엘렌 씨의 감옥."

청년은 이보다 즐거울 수 없다는 듯 유쾌하게 대답했습니다.

"……어떻게 된 거예요?"

"예상했던 것보다 영 둔감하네. 내 이름은 센리. 엘렌 씨가 고용한 탐정이지. 신분을 숨긴 채 정보를 수집하다가 '제비 호텔' 지하에서 엘렌 씨의 성냥 판매를 저지하려는 이들이 모인다는 소식을 듣게 됐어. 그래서 나도 동지인 척하며 몰래 그들 사이에 들어갔지."

그는 모두가 연설에 집중하는 틈을 타 음료가 든 잔과 음식에 수면제를 탔다고 합니다.

"너희는 놀라울 만큼 쉽게 잠들어 버렸어. 그 뒤로는 계획대로 엘렌 씨의 공장 직원들을 불러 일망타진했고. 다른 녀석들은 이 아래층에 있는 대형 감옥에 모조리 집어넣었지만, 엘렌 씨가 너만은 꼭 만나보고 싶다 해서 여기 넣은 거야."

특별 대우지. 센리가 미소 지으며 새 성냥에 불을 붙이자 또다시 그 주변만 밝아졌습니다. 그는 성냥을 바이킹 남자에게 건네더니 옆구리에 끼고 있던 서류로 시선을 떨궜습니다.

"실은 너에 대해서는 전국 각지의 동료들로부터 보고를 받았어. 클레어드룬, 마이펜, 구텐슐라프. 그곳에서 일어난 기묘한 사건들을 척척 해결하며 슈펜하겐으로 향하는 빨간 모자라는 여자아이가 있다고 하더군. 그럼 뭔가 있다고 의심하는 게 당연하지 않겠어?"

"보고…… 라니……."

"난 탐정이라고 했지? 탐정은 정보가 생명이야. 요즘은 분위기가 하도 뒤숭숭해서 엘렌 씨를 죽이려는 사람들이 나라 밖에서도 찾아오고 있다지. 그런 사람들을 사전에 막는 게 내 역할이고. ……실은 넌 머리가 아주 영리하다고 해서 잔뜩 경계하고 있었는데 설마 잠입 중이던 모임에서 널 만날 줄이야."

센리가 하하하 하고 웃음을 터뜨렸습니다.

"너희처럼 엘렌 씨를 죽이려는 인간들은 모두 붙잡혀서 이곳에 들어오게 돼. 그 뒤로 어떻게 되는지까지는 나도 잘 모르지만 듣자 하니 북쪽으로 백 킬로미터 정도 떨어진 숲에 보내져 성냥 제조용 나무를 벌목하는 일을 한다더군."

센리는 미소 지으며 고개를 흔들었습니다.

"얼마나 추울까."

"저도 거기로 보내지는 거예요?"

"아침까지 머리를 식히고 엘렌 씨에게 사죄해 봐. 또 모르지. 용서해 줄지도."

그는 빨간 모자에게 성냥갑을 획 집어 던졌습니다.

"넌 '엘렌의 성냥'을 아직 써본 적 없지? 이 성냥의 위력을 직접 체감하면 엘렌 씨를 죽이는 게 얼마나 어리석고 멍청한 짓인지 깨닫게 될걸? 사용법은…… 이제 와서 새삼 설명할 필요도 없겠지."

센리는 몸을 일으키더니 마지막으로 싱긋 미소 지었습니다.

"그럼 난 이만. 좋은 꿈 꿔."

순간 불이 훅 꺼지고 또다시 세상이 어둠에 잠겼습니다. 센리와 바이킹 남자의 발소리가 점점 멀어집니다.

암흑에서는 시간이 빠르게 흐르는지 느리게 흐르는지 알 수 없습니다. 빨간 모자는 가만히 고민하다가 마음을 굳히고 성냥갑을 집어 들었습니다. 그리고 성냥을 하나 꺼내 치익 하고 불을 붙입니다.

아주 환한 빛입니다. 주변을 비추니 지금 갇힌 감옥이 어떤 곳인지도 알 수 있습니다. 그러나 역시 불안감은 사라지지 않았습니다.

북쪽 숲에서 나무를 베는 자신의 모습을 상상합니다. 그런 운명으로 끝나고 싶지는 않습니다. 그러나 지금 같은 상황에서는…… 성냥불이 조금씩 힘을 잃습니다. 빨간 모자는 성냥 하나를 더 꺼내 불을 붙였습니다.

치익.

07

"오, 날 죽이러 일부러 남쪽에서 여기까지 올라왔다……."

엘렌은 센리의 보고서를 훑어보고 있었습니다.

밤 11시가 지난 시간이지만 아직 머리가 맑습니다. 책상 위에는 그 소녀가 들고 왔다는 바구니가 있습니다. 독이 든 쿠키와 화약이 들었다는 와인병. 그야말로 유치하기 짝이 없는 수법입니다.

"그래서 그 빨간 모자는 지금 뭐 하고 있어?"

"모르겠습니다. 제 얘기를 듣고 놀란 것 같긴 한데 아마 지금쯤 절망에 빠져 허우적거리고 있겠죠."

"흐음."

엘렌은 태어날 때부터 복 받은 인간들을 증오했습니다. 그런 자들은 노력하지 않아도 그럭저럭 먹고살 수 있으니 악착스럽게 노력할 필요도 없습니다. 골목에서 얼어 죽을 뻔한 경험은 당연히 없을 것이고, 하루하루 살아가며 불안해할 이유도 없을 것입니다. 그들은 대단한 노력도 하지 않는 주제에 필사적으로 일해서 부를 축적한 자들을 미워하고, 질투하고, 끌어내리려 합니다.

처음 빨간 모자의 이야기를 들었을 때도 어차피 그 정도 일이고, 그 아이 역시 다 타버린 성냥만큼 가치 없는 사람들 중 한 명일 거라 여겼지만 보고서를 읽다 보니 약간 흥미가 동했습니다. 여행길에서 빨간 모자가 맞닥뜨렸다는 사건은 하나같이 해결하기 어려운 문제였던 것으로 보입니다. 그런 사건들을 해결하며 여기까지 왔다니, 재능이 비범하다고 할 수 있습니다.

"잠깐 만나볼까."

"엘렌 씨가 직접요?"

"응, 만나보고 싶어. ……그러고 보니 난 죽은 토비아스와 앨빈이라는 건축가에게 일을 맡긴 이래 아직 감옥에 가본 적도 없으니까."

엘렌은 책상 위에 놓인 성냥갑 하나를 들고 센리에게 안내를 지시했습니다.

한밤중 가로등 아래에서도 '바다표범 해운'이라는 이름이 잘 보이는 새파란 창고 바로 오른편에 주변 창고와는 명백히 다른 분위기의 검은 석조 건물이 있습니다.

"무시무시한 건물이네. 이런 곳에 갇힌다고 상상만 해도 몸이 떨려."

"엘렌 씨의 지시로 지어진 건물입니다."

센리와 버드레이가 미소 지으며 엘렌을 안내했습니다.

출입구를 지나 들어가니 바로 앞에 교도관실이 있었습니다. 엘렌이 들어가자 세 명의 교도관이 허둥지둥 몸을 일으킵니다.

"사장님! 이런 시간에 무슨 일로?"

"빨간 모자라는 아이를 만나러 왔어."

"아, 그러시군요. 알겠습니다. 이쪽으로 오시죠."

교도관장이 직접 랜턴에 불을 붙이고 엘렌을 3층에 있

는 빨간 모자의 감옥으로 안내했습니다.

1층에는 교도관실뿐이고 감옥은 2층과 3층에 있는 듯합니다(엘렌은 그런 사실조차 모르고 있었습니다).

빨간 모자는 그 3층 감옥에 홀로 수용돼 있었습니다.

스무 명은 너끈히 들어갈 넓은 감옥. 바다와 인접한 안쪽 벽에 크기가 손바닥 두 개쯤 되는 채광창 하나만 덩그러니 있어서 어두운 곳입니다.

그 가운데에 빨간 모자가 달린 빨간 망토를 뒤집어쓴 여자아이가 얌전히 앉아 있었습니다.

"안녕, 빨간 모자."

엘렌이 말을 걸었습니다.

"누구?"

"네가 그렇게 만나고 싶어 하던 사람."

"엘렌……?"

"그래, 빨간 모자."

엘렌이 한쪽 손을 번쩍 들어 올리자 바구니를 든 버드레이가 다가옵니다.

"앗, 그건."

"네 바구니야. 안에 든 건 독이 든 쿠키와 화약이 든 위험한 와인병."

"돌려줘!"

빨간 모자가 창살 너머로 손을 뻗었지만 바구니에는 닿

지 않습니다. 엘렌은 슬슬 유쾌해졌습니다. 나이는 엘렌보다 약간 많아 보입니다. 그러나 부와 권력 면에서는 엘렌이 단연코 앞섭니다.

"안타깝네, 빨간 모자. 너, 나한테 복수하러 왔다며?"

"넌 수많은 사람들을 불행에 빠뜨렸어. 더 이상 그 성냥을 팔지 마!"

화를 내는 빨간 모자의 표정이 아주 볼만합니다. 이런 상대조차 무릎 꿇리는 것이 바로 권력입니다.

"자, 시작하자."

엘렌은 빨간 모자의 철창 안에 들어가 성냥갑을 꺼냈습니다. 그곳에서 성냥 하나를 집어 갑 옆면에 있는 규조토에 대고 긋습니다.

"우리의 얘기를."

치익.

08

빨간 모자는 지금 해변에 있습니다.

눈앞에는 푸른 바다가 펼쳐졌고 따스한 햇볕이 기분 좋게 내리쬐는 곳입니다. 멀리서 물줄기를 내뿜는 건 고래일까요. 옆에는 금발에 파란 눈을 가진 엘렌이 다소곳이 앉아 저 먼 수평선을 바라보고 있습니다.

"남쪽 섬 바다야. 경치가 아주 근사하지?"

엘렌이 입을 열자 바닷바람이 불어 아름다운 금발 머리를 쓰다듬고 갑니다.

"슈펜하겐의 추운 바다와는 영 딴판이야."

"여긴……."

"너도 알잖아."

엘렌은 빨간 모자 쪽으로 고개를 돌립니다. 손에는 불붙은 성냥 한 개비를 쥐고 있습니다.

"네 할머니 일은 나도 안타까워. 센리에게 들었어."

그 한마디로 빨간 모자는 모든 기억을 떠올렸습니다.

지금 눈앞에 있는 사람은 자신의 철천지원수인 성냥팔이 소녀 엘렌입니다. 이렇게 둘만 있는 순간이 찾아왔는데도 지금 빨간 모자의 손에는 독이 든 쿠키도, 폭탄 와인병도 없습니다.

그렇다면 직접 호소할 수밖에 없겠지요.

"엘렌, 네 성냥은 이 세상에 해로운 물건이야. 난 어떻게 되든 상관없지만 성냥은 더 이상 팔지 마."

"그럴 순 없어."

빨간 모자가 간곡히 말해도 엘렌은 망설임 없이 고개를 흔들었습니다.

"난 아무 잘못 없어. 원하는 꿈을 바로 눈앞에 보여주는 성냥이라니, 이보다 더 멋진 게 어딨겠어? 그걸 무분별하게 남용하다 폐인이 되는 건 그걸 쓰는 사람이 심약하기 때문이야. 마음만 강하면 현실을 똑바로 직시하며 살 수 있어."

"사람은 원래 심약해."

"그런 사람들을 잘 이용하는 게 강한 사람이지. 약자들은 그 나약한 면모 덕분에 내 성냥을 잔뜩 사주고 있어. 그래서 난 더 사업을 확장해 갈 수 있고. 게다가 마을에 기부까지 하니 모두 기뻐하잖아."

"그것 때문에 슬퍼하는 사람도 아주 많아."

"꼭 나태한 인간들이 틈만 나면 그런 소리를 하더라. 자기는 아무 노력도 안 하는 주제에 성공한 사람들을 질투하고 증오해. 노력보다 증오하는 게 훨씬 편하니까."

엘렌은 후훗 웃음을 터뜨렸습니다.

"자, 이런 얘기는 그만하자. 선악 같은 건 따져봐야 결론이 나지 않고 무엇보다 지겨워. 그보다 너, 날 돕지 않을래?"

"돕는다고?"

"그래, 난 이제 남쪽에도 본격적으로 판로를 넓혀 가려 해. 지사를 세울 생각이야. 네 고향에 지사를 세울 테니 그곳 지사장이 돼서 내 성냥을 팔아주지 않을래?"

빨간 모자는 경악했습니다. 참으로 터무니없는 말을 아

무렇게나 지껄이는 소녀입니다.

"나이는 나보다 조금 많겠지만 너도 아직은 '소녀'라고 부르기 적당한 나이겠지. '엘렌의 성냥'은 소녀들이 팔아야 더 잘 팔려. 그렇게 성공한 날에는 진짜 남쪽 바다를 즐기러 둘이 함께 여행을 떠나자."

"싫어."

빨간 모자는 딱 잘라 거절했습니다.

"할머니의 목숨을 앗아 간 성냥을 나더러 팔라니, 절대 싫어."

"조금 전에도 말했지만 네 할머니의 마음이 약했을 뿐이고……."

"무슨 말을 해도 널 도울 일은 없어! 엘렌, 넌 악마야. 인간의 약한 면을 파고들어 자기 배를 채우는 악마라고!"

그 뒤로 이어지는 침묵.

철썩, 철썩. 마치 물감을 칠한 것처럼 새파란 하늘 아래로 파도 소리만 울립니다. 엘렌은 빨간 모자의 얼굴을 지그시 바라보다가 잠시 후 "좋아" 하고 몸을 일으켰습니다.

"그게 네 대답이구나. 이제는 후회해도 늦을 거야."

"후회 따위 안 해."

"네가 과연 뭘 할 수 있을까?"

엘렌은 경멸하는 눈빛으로 빨간 모자를 보다가 후 하고 성냥불을 껐습니다.

순식간에 주변이 어두워집니다.

빨간 모자의 눈이 어둠에 익숙해질 무렵, 엘렌이 감옥 너머 계단을 내려가는 모습이 보였습니다.

09

감옥을 찾은 다음 날 오전 9시가 조금 넘은 시간.

엘렌은 공장 안에 있는 연구실에서 실험 기구들을 앞에 두고 욜문과 상의하고 있었습니다. 지금 파는 성냥은 한 개비의 연소 시간이 대략 2분 남짓인데 조금 더 오래 지속시킬 방법을 찾는 중입니다. 욜문은 시험관을 흔들며 "여러 가지 궁리는 하고 있는데……" 하고 뜨뜻미지근하게 대답했습니다.

엘렌은 경영 수완은 뛰어나지만 화학에는 문외한이라 전적으로 그에게 부탁해야 합니다. 그러나 욜문의 대답은 늘 시원찮아서 엘렌을 조바심 나게 했습니다.

"일단 좀 쉬죠. 가서 커피라도 끓여 오겠습니다."

욜문은 얼버무리듯 웃으며 엘렌을 달랬습니다. 엘렌은 어쩔 수 없이 의자에 앉아 한숨을 내쉬다가 순간 어떤 아이디어를 떠올렸습니다.

"그런데 욜문. 빨간 모자가 가져온 그 와인병 말인데,

진짜 위력이 어느 정도일까?"

"아아, 그 와인병이요. 하하핫."

욜문은 커피밀 손잡이를 돌리면서 웃음을 터뜨렸습니다.

"쓸 만한 게 못 됩니다. 깨뜨리자마자 폭발하는 간이 폭탄을 만들려 한 것 같은데, 그런 화약으로는 기껏해야 불꽃만 잠깐 터지고 말죠. 애들은커녕 아기들 수준도 못 되는 어설픈 장난감이니까요."

"그래?"

엘렌은 후훗 하고 웃었습니다. 어젯밤 성냥불 속에서 본 빨간 모자의 얼굴을 떠올립니다. 그렇게 건방지게 굴었으면서 정작 애지중지 가져온 무기는 못 쓰는 수준이라니, 참으로 가여울 따름입니다.

아무래도 미청년 탐정 센리의 활약으로 연행해 온 이들과 함께 북쪽 숲으로 보내는 게 좋을 것 같습니다. 엘렌은 가본 적 없지만 겨울에 눈보라가 몰아친다는 그 숲은 슈펜하겐보다 훨씬 추운 곳이겠지요.

"사장님!"

그때 누군가가 연구실 문을 벌컥 열고 들어왔습니다. 센리입니다. 잘생긴 얼굴이 하얗게 질려 있습니다.

"빨간 모자가 감옥에서 사라졌습니다."

엘렌은 순간 무슨 말을 하는지 이해하지 못했습니다.

"뭐라고?"

"아니, 빨간 모자뿐만이 아닙니다. 함께 연행해 온 스무 명도 전부 자취를 감췄습니다."

감옥은 공장에서 마차를 타고 5분 거리에 있습니다. 엘렌이 허겁지겁 안으로 들어가자 교도관장은 이미 얼굴이 사색이 돼 있었습니다.

"빨간 모자 일행이 도망쳤다고?"

"네⋯⋯, 아아⋯⋯ 으으⋯⋯."

나이가 쉰이 넘는 그 교도관장은 신음 외에는 다른 할 말이 없는 것 같았습니다.

"정신 차려!"

"죄, 죄송합니다. 오늘 아침 6시까지만 해도 있었는데⋯⋯."

이 감옥에서는 3시간 단위로 순찰을 합니다. 오전 0시, 3시, 6시, 9시, 정오, 오후 3시, 6시, 9시입니다. 오늘 아침 6시에 교도관장이 직접 순찰했을 때는 2층에 있는 수용자 스무 명과 3층의 빨간 모자 모두 곤히 잠들어 있었다고 합니다. 그러나 바로 조금 전인 오전 9시 순찰 시간에 다른 교도관이 갔을 때 2층과 3층 모두 텅 비어 있었다고 합니다.

"어쨌든 안내해."

"네! 케이힐!"

나이가 스물 정도 돼 보이는 젊은 교도관이 용수철처럼 벌떡 일어섰습니다. 오전 9시 순찰을 맡았던 교도관이라고 합니다.

　엘렌, 센리, 버드레이 순으로 그를 뒤따라갑니다. 교도관장의 말대로 분명 2층 감옥에는 아무도 없었습니다. 뒤이어 3층. 어제 빨간 모자와 마주했던 그 감옥은 지금 텅 비어 있습니다.

　엘렌은 감옥 출입구에 달린 자물쇠를 확인했습니다. 놋쇠로 만든 튼튼한 자물쇠라 손으로 열 수 있는 물건이 아닙니다.

　"열쇠는?"

　"여깄습니다!"

　케이힐이 즉시 허리에 찬 열쇠 꾸러미에서 열쇠 하나를 꺼내 자물쇠에 넣고 돌렸습니다. 철컥 하는 둔탁한 소리와 함께 자물쇠가 풀렸습니다.

　"열쇠는 이거 하나뿐이야?"

　엘렌이 묻자 케이힐은 고개를 끄덕였습니다.

　"6시부터 9시 사이에는 분명 아래 교도관실 벽에 걸려 있었습니다."

　그렇다면 이 출입구로 밖에 나갈 수는 없었다는 뜻입니다. 만약 어떤 수를 써서 이 철창 사이를 빠져나가 1층의 유일한 출입구로 나간다고 해도 교도관실 앞을 반드시 지나쳐야 합니다.

엘렌은 감옥 안으로 들어갔습니다. 순간 뭔가에 다리가 걸려 몸이 앞으로 기우뚱거리고 말았습니다.

"사장님, 조심하세요."

센리가 말을 걸었을 때, 엘렌은 이미 바닥에 손을 갖다 댄 상태였습니다. 돌아보니 감옥은 출입구 쪽 바닥에 턱이 있고, 감옥 내부는 복도보다 몇 센티미터 높은 구조였습니다.

"괜찮아."

엘렌은 일어서서 주변을 둘러봤습니다. 휑한 곳입니다. 나무 바닥에는 개미 새끼 한 마리 보이지 않습니다. 출입 구 양옆은 검게 칠한 돌벽입니다. 수용자들이 압박을 느낄 만큼 단단한 석재였습니다.

엘렌은 바다와 인접한 벽 앞으로 다가갔습니다.

손바닥 두 개 크기의 채광창. 유리 없이 격자만 세 개뿐 인 창문 사이로 짠 내를 실은 서늘한 바닷바람이 밀려들 어 옵니다. 까치발을 들어 밖을 보니 납빛 파도가 몰아치 는 바다가 끝없이 펼쳐져 있습니다.

"여길 통해서 나간 게 아닐까?"

엘렌은 뒤에서 지켜보는 이들을 향해 물었습니다.

"아뇨, 그럴 수는 없습니다. 보시다시피 주먹 하나 들어 가지 않을 만큼 격자 간격이 좁죠. 만약 격자를 떼어낸다고 해도 창 크기가 워낙 작아서 쥐새끼가 아닌 이상 나가기 힘들 겁니다."

센리가 그렇게 대답했습니다.

"그리고 설령 나갔다고 해도 여긴 3층이고 아래는 바다죠."

버드레이도 옆에서 거들었습니다.

"마법을 써서 새로 변신해 날아갔을까?"

엘렌이 그런 말을 꺼냈습니다.

"빨간 모자는 저 먼 남쪽 나라에서 왔잖아. 바다 너머 숲에는 다양한 능력을 가진 마녀들이 있다고 들었어. 만약 인간을 동물로 바꿀 수 있는 마녀와 빨간 모자가 평소 알고 지내는 사이였다면 여기서 도망칠 수도 있었겠지."

"음…….""그, 그건……."

센리와 버드레이가 얼굴을 마주 봤습니다.

"뭐 해, 센리! 넌 탐정이잖아! 지금 당장 빨간 모자의 지인 중에 그런 마녀가 있는지 알아 와!"

"아, 네."

센리는 좀처럼 납득 못 하는 듯했지만 별말 없이 계단으로 내려갔습니다.

"그건 그렇고 정말 짜증 나네. 빨간 모자, 널 반드시 북쪽 숲으로 보내고 말 테니 각오해."

"저……."

그때 옆에서 버드레이가 머뭇머뭇 입을 열었습니다.

"뭐야?"

"음……. 그러니까 사장님이 정말 눈치 못 채신 건지 아니면 일부러 말씀을 안 하시는지 몰라서 잠자코 있었습니다만……."

"뭘?"

버드레이는 몸은 진짜 바이킹처럼 우람하지만 소심한 구석이 있어서 이렇게 뜸을 들일 때가 많습니다.

"하고 싶은 말이 있으면 얼른 해!"

"네, 그러니까 이 감……."

"사장님!"

이번에는 계단 아래에서 교도관장이 꼬리에 불붙은 개처럼 부리나케 뛰어왔습니다.

"지금 막 들어온 소식입니다. 4지구에 있는 직영점에 화재가……."

"뭐라고?"

슈펜하겐에는 '엘렌의 성냥' 직영점이 총 열네 곳 있는데 4지구 직영점이라면 그중에서도 가장 규모가 큰 점포입니다.

"가게에서 보낸 사람 말에 따르면 웬 여자가 느닷없이 상품이 진열된 곳에 와인병을 투척했다고 합니다. 그러자 엄청난 폭발이 일어나 가게에 있는 성냥이 단숨에 불타올랐다고 합니다."

"전문 폭동꾼인 것 같은데? 대단하네."

"실은 그 폭동꾼이 말입니다만…… 사장님."

교도관장은 조금 전보다 얼굴이 더 창백하게 질려 있었습니다.

"그가 빨간 모자가 달린 빨간 망토를 뒤집어쓰고 있었다고 합니다."

* * *

엘렌은 그 즉시 마차를 불러 버드레이와 함께 4지구 직영점으로 향했습니다.

불길은 잡혔지만 가게 안에 있던 상품들은 전부 검게 그을려 못쓰게 됐습니다.

"빨간 모자가 달린 빨간 망토를 뒤집어쓴 여자였습니다. 틀림없습니다. 갑자기 뭐라 뭐라 외치면서 저 선반으로 병을 투척했습니다. 병이 깨지자마자 순식간에 불이 붙었고……, 으으……."

직원의 설명을 듣고 엘렌의 분노는 정점에 달했습니다. 빨간 모자……. 대체 어떤 수법인지 몰라도 탈옥으로 모자라 가게까지 습격하다니.

그러나 화약이 든 와인병은 빨간 모자를 처음 붙잡았을

때 압수했습니다. 대체 어디서 또 화약을 손에 넣은 걸까요.

"버드레이."

엘렌은 충실한 비서 겸 경호원에게 말했습니다.

"용병단을 소집해."

"네?"

"슈펜하겐을 샅샅이 뒤져야겠어. 혹시라도 수색에 협조하지 않는 사람이 있으면 손봐줘도 돼."

"하, 하지만 용병단은 폐하께서 금지하셨습니다. 만약 용병들을 또 소집하면 처벌받겠다는 서약서에도 사인을……."

"지금 이 상황에서 그런 말이 나와?"

엘렌은 겉으로는 태연자약했지만 속에서 용솟음치는 증오와 분노를 참을 수 없었습니다. 버드레이가 허리를 쭉 펴고 차렷 자세를 취합니다.

"시, 실례했습니다! 지금 당장 소집하겠습니다!"

엘렌은 뛰어가려는 버드레이를 "잠깐" 하고 멈춰 세웠습니다.

"감옥 교도관들도 데려가."

"교도관들도 말인가요?"

"그래, 아무도 없는 감옥을 지켜봐야 소용없잖아. 한 명도 남김없이 모조리 데려가."

"알겠습니다."

버드레이가 뛰어갔습니다. 빨간 모자 걔는 북쪽 숲에 보내는 수준으로는 부족해. 화형에 처하든지 해야겠어…… 엘렌이 속으로 그렇게 다짐할 때였습니다.

"사장님!"

멀리서 센리가 안색이 바뀌어 달려오는 모습이 보였습니다. 좋지 않은 예감이 머리를 스칩니다.

"센리, 내가 지시한 조사는?"

"지금 그럴 때가 아닙니다!"

센리가 버럭 소리쳤습니다.

"3지구 직영점, 5지구 직영점도 당했습니다. 전부 그 빨간 모자의 소행입니다!"

10

빨간 모자는 줄곧 참고 있었습니다.

얼마나 더 이러고 있어야 하는 걸까요. 마지막으로 입에 댄 음식은 어젯밤 '제비 호텔' 지하실에서 먹은 샌드위치입니다. 아직 시간이 별로 흐르지는 않았지만 배에서 꼬르륵 소리가 들립니다. 가만히 서 있는 것도 피곤합니다.

문득 불안감이 엄습했습니다. 이대로 아무도 날 구하러 와 주지 않는다면…… 여기서 굶어 죽어 미라로 남을지도 모릅니다.

그러나 어쨌든 지금은 믿고 기다려야 합니다.

그 엘렌이라는 성냥팔이 소녀를 이길 방책은 이것밖에 없으니까요.

ll

결국 그날 슈펜하겐에 있는 열네 군데 직영점이 모두 폭탄 테러를 당했습니다.

모든 점포에 갑자기 빨간 모자가 달린 빨간 망토를 뒤집어쓴 자가 나타나 느닷없이 와인병을 투척했다고 합니다. 병은 깨지자마자 엄청난 폭음과 섬광을 발산하며 점포 안에 있는 모든 것을 불태워 버렸습니다.

엘렌은 치밀어 오르는 분노를 참을 수 없었습니다. 왕과의 약속까지 어기며 용병단을 동원했는데 빨간 모자를 붙잡기는커녕 행방도 파악하지 못하고 있기 때문입니다.

예전부터 요주의 인물로 점찍어 둔 성냥 폐인 관계자들의 집에도 들이닥쳐 샅샅이 뒤졌지만 빨간 모자를 숨겨준 흔적은 찾아볼 수 없었습니다. 그런데도 빨간 모자는 직영점에 나타나 폭탄을 던지고 유유히 사라지는 상황. 그야말로 신출귀몰하다고 할 수밖에 없습니다.

저녁이 되자 엘렌은 성냥 공장 사장실로 돌아가 새 대책을 세우기로 했습니다. 센리, 욜문, 그리고 예전 직원들까지 모아 의견을 들었습니다. 빨간 모자가 슈펜하겐에서 도망치지 못하게 교차로와 항구 등 주요 거점에 바이킹 용병단을 배치한 후, 버드레이에게 그쪽 지휘를 맡겼습니다.

"역시 이상하네요……."

미청년 탐정 센리가 책상 위에 펼친 슈펜하겐 지도를 보며 중얼거렸습니다. 지도에는 피해를 본 직영점이 붉게 표시돼 있습니다.

"1지구와 7지구에 있는 직영점은 오후 2시쯤 거의 동시에 습격당했습니다. 그런데 이 두 점포 사이는 아무리 빨리 달려도 20분은 걸리는 거리예요."

"듣고 보니 그러네요."

욜문도 옆에서 동의했습니다.

"빨간 모자는 8지구와 10지구에도 거의 동시에 나타났다고 합니다."

"그렇다면 빨간 모자가 두 명 이상 있다는 말인데."

"그런 말도 안 되는 일이 어딨어!"

엘렌은 두 사람의 대화를 가로막고 소리쳤습니다.

빨간 모자가 두 명이라고? 머리가 지끈거립니다. 감옥에서 탈출한 것으로 모자라 이번에는 두 명이라고……? 어젯밤 마주 봤던 그 소녀의 얼굴을 떠올립니다.

슈펜하겐까지 오는 길에 여러 기이한 사건들을 해결했다는 빨간 모자. 영리하리라 예상은 했지만 이렇게까지 속수무책으로 당하게 될 줄은 몰랐습니다.

이건 마치⋯⋯.

"악몽이라도 꾸는 것 같아."

그렇게 중얼거리고 엘렌은 화들짝 놀랐습니다.

"그래, 꿈!"

"응? 왜 그러시죠?"

욜문이 물었습니다.

"이제 알겠어. 꿈이었구나. 난 지금 빨간 모자가 보여주는 꿈을 꾸고 있는 거야."

직원들은 주변을 두리번거리는 엘렌을 어안이 벙벙한 얼굴로 쳐다봤습니다.

"그래, 맞아. 지금 이렇게 나한테 복수하는 거네. 하지만 난 안 속아, 빨간 모자. 누가 뭐라고 해도 그건 내 성냥이야. 지금 당장 포기하고 불을 꺼!"

"사장님, 진정하세요."

센리가 엘렌의 어깨를 붙들었습니다.

"이건 현실입니다."

그의 얼굴을 보고 엘렌은 스스로 자기 뺨을 힘껏 후려쳤습니다. 통증이 얼굴 전체에 퍼집니다. 지금껏 이토록 현실을 인정하고 싶지 않은 적이 없었습니다.

그러나 엘렌에게 진정한 악몽은 지금부터였습니다. 마을 거점들을 감시 중이어야 할 버드레이가 느닷없이 사장실로 뛰어 들어왔습니다.

"버드레이, 무슨 일이야?"

"지금 이 공장이…… *빨간 모자들에게 포위돼 있습니다.*"

***

슈펜하겐 마을은 엘렌의 기부 덕에 모든 길목에 가로등이 설치됐습니다. 공장에서 나간 엘렌의 눈에 그 가로등 불빛에 비치는 스무 명 남짓의 사람들의 모습이 들어왔습니다. 모두 하나같이 빨간 모자가 달린 빨간 망토를 뒤집어쓰고 있고 얼굴은 보이지 않습니다.

으스스한 광경을 지켜보며 엘렌은 숨을 죽였습니다. 공장 앞에 있는 직원들과 센리도 말없이 빨간 모자들을 지켜볼 뿐입니다. 공포 때문인지 욜문은 목발을 잡은 손을 덜덜 떨었습니다.

"너희는…… 누구?"

엘렌이 물었습니다.

스무 명이 넘는 빨간 모자.

그들은 그저 입을 다물고 가만히 서 있습니다.

인형 혹은 유령처럼 느껴질 정도지만 그중 몇 명의 몸이 살짝 흔들리는 것을 보니 분명 살아 있는 인간입니다. 키는 제각각 다르고 유심히 보니 신발도 모두 다른 걸 신고 있습니다.

"망토를 벗어!"

흥분한 엘렌이 소리쳤습니다.

빨간 모자들은 대답 대신 망토 아래에서 뭔가를 쓱 꺼냈습니다. 녹색 와인 병입니다. 오늘 하루 습격당한 점포를 확인하고 온 이들은 그 안에 무엇이 들었는지 이미 알고 있습니다.

"용병단은 지금 어딨어?"

엘렌이 버드레이에게 물었습니다.

"지금 여기로 오는 중일 겁니다."

그러나 아무리 어두운 밤이라고 해도 용병단은 고사하고 평범한 시민도 보이지 않습니다. 대체 어떻게 된 일일까요.

그때 광장으로 이어지는 길 쪽에서 묵직하고 규칙적인 발소리가 뚜벅뚜벅 울려 퍼졌습니다.

"용병단이 왔구나!"

엘렌이 소리쳤습니다.

"얼른 이리로 와줘!"

손을 흔들었지만 발소리에는 서두르는 기색이 느껴지지 않습니다.

"뭔가 이상하지 않습니까?"

옆에서 욜문이 입을 열었습니다.

"저건 말 같은데요."

그렇습니다. 발소리에 섞여 다그닥 다그닥 하는 말발굽 소리가 들립니다. 엘렌의 용병단원 중 기병은 없습니다.

잠시 후, 어둠 속에서 병사들이 모습을 드러냈습니다. 그 광경을 보고 엘렌은 얼어붙고 말았습니다.

"전 부대, 멈춰!"

가장 선두에 있는 백마 위에서 체격이 듬직한 남자가 우렁차게 소리쳤습니다.

그러자 부대가 빨간 모자 무리 바로 뒤에서 움직임을 멈췄습니다. 번쩍번쩍 잘 닦인 창과 갑옷을 갖춰 입은 왕국 군대입니다. 엘렌의 용병단과는 차원이 다른, 수준 높은 장비와 엄격한 규율. 전부 합쳐 어림잡아 이백 명은 될 것 같습니다.

"성냥팔이 소녀 엘렌."

백마에 탄 남자가 입을 열었습니다. 엘렌은 그가 누군지 물론 알고 있습니다. 덴마크 왕국의 프레데릭왕입니다.

"그대는 일전에 사설 용병단을 꾸리지 않겠다고 나와 약속하고 서약서에 사인도 했지. 그러나 오늘 그대는 또 다시 용병단을 동원해 슈펜하겐을 혼란에 빠뜨렸다."

"아, 아니에요. 저 빨간 모자들이 제……."

"지금 내게 말대꾸를 하는 건가?"

프레데릭왕이 냉정하게 말을 잘랐습니다. 그러더니 주머니에서 두루마리 종이를 한 장 꺼냅니다.

"우리와 통상 관계를 맺은 인접 국가에서 들어온 진정서를 그대에게 읽어주지. '엘렌의 성냥에 의한 환각 작용 때문에 모든 백성이 노동 의욕을 잃고 나태에 빠져 심지어 목숨을 잃는 사람까지 나오는바, 우리는 귀국이 즉각 해당 상품 수출을 금지하기를 요구한다'. 난 인접 국가들과 우호적인 관계를 유지하길 바란다. 따라서 엘렌, 지금 즉시 그대 회사의 성냥 수출을 금하는 것과 동시에 국내 판매도 금지한다."

"그럴 수는……."

"이거 참 딱하게 됐네."

그때 귀에 익은 목소리가 들렸습니다. 문득 고개를 돌리니, 프레데릭왕이 탄 백마 바로 뒤를 따르던 말에 올라탄 그 아이가 엘렌에게 손을 흔들고 있었습니다.

"빨간 모자! 대체 어떻게?"

"어떻게라……. 음, 어디서부터 설명해야 하려나?"

빨간 모자는 옆에 있는 병사의 도움을 받아 영차 하고 말에서 내렸습니다. 그리고 수많은 빨간 모자들 사이를 지나 엘렌 쪽으로 다가옵니다. 그러나 빨간 모자가 정작 말을 붙인 상대는 엘렌이 아닌, 옆에서 아연실색하던 센리였습니다.

"센리 씨, 절 만나기 전부터 저에 대해 이미 알고 있었다고 하셨죠?"

빨간 모자는 그렇게 운을 떼고 싱긋 웃었습니다.

"실은 저도 알고 있었어요, 당신을."

12

빨간 모자가 '제비 호텔' 지하에서 센리의 권유로 체리 칵테일을 마시고 정신을 잃기 몇 시간 전 일입니다.

호텔 방으로 들어간 빨간 모자는 창문을 활짝 열어둔 채 잠시 쉬려고 침대에서 눈을 붙였습니다.

그때 귓가에서 부웅 하는 소리가 들렸습니다. '아아, 벌레가 들어왔나 보네. 창문을 닫아야겠어'라고 생각한 바로 그때였습니다.

"빨간 모자, 위험해."

어딘가에서 귀를 찌르는 새된 목소리가 들렸습니다.

눈을 떠 보니 베개 위에 무당벌레 한 마리가 있었습니다.

"에이미?"

빨간 모자는 몸을 벌떡 일으켰습니다. 틀림없습니다. 마이펜 숲에 사는 늑대 게오르그의 충실한 심복, 무당벌레 에이미입니다.

"정말 에이미잖아. 여긴 어떻게?"

"빨간 모자, 엘렌에게 복수할 생각이라고?"

"그 얘기는 어디서 들었어?"

"게오르그 님이 네 바구니가 계속 신경 쓰인다며 널 쫓아가 보라고 했어."

그러나 빨간 모자가 이미 숲에서 빠져나간 다음 지시하는 바람에 빨간 모자의 행방을 찾기까지 며칠이 걸렸다고 합니다. 간신히 구텐슐라프 왕국에서 소식을 들었을 때는 슈펜하겐으로 가기 위해 킷센 재상의 저택을 떠난 후였습니다.

"빨간 모자, 그 저택을 떠날 때 이렇게 말했다며? 엘렌을 죽이러 슈펜하겐으로 간다고. 슈나펜에게 들었어."

브로치 대신 가슴 위에서 거미를 기르던 그녀라면 무당벌레에게 그렇게 말했어도 이상하지 않습니다. 빨간 모자는 납득했습니다.

"엘렌이 얼마나 위험한지는 나도 알아. 그래서 네게 한마디 하러 온 거야."

"걱정해 줘서 고마워, 에이미. 하지만 말리지는 마. 엘렌에게 복수하는 게 내가 여행을 떠난 진짜 목적이니까."

그러자 에이미는 뜻밖의 대답을 꺼냈습니다.

"누가 말린다고 했어?"

"응?"

"'엘렌의 성냥'은 위험해. 게오르그 님도 마을 사람들에게 다 들었대. 네가 엘렌을 처리해 주기를 바라는 사람이 아주 많아."

"그럼……."

"난 이 '제비 호텔'에서 열리는 모임이 위험하다는 걸 알려주러 왔어. 그에 대해 잘 아는 사람이 광장 너머 레스토랑에 있어. 가봐."

에이미의 조언에 따라 빨간 모자는 망토를 벗고 평범한 여자아이의 모습으로 광장 너머 레스토랑에 들어갔습니다. 가게 안쪽에서 정신없이 연어구이를 먹는 초라한 행색의 남자에게 다가가 맞은편 의자를 잡아당겨서 앉았습니다.

"여어."

"어라?"

싹싹하게 말을 걸어오는 남자의 얼굴을 보고 빨간 모자는 깜짝 놀랐습니다. 행색은 노숙자나 마찬가지지만 얼굴이 낯익습니다.

그는 구텐슐라프 왕국에서 만난 바람둥이 이탈리아인 냅이었습니다.

"아무리 목적이 있다고 해도 이런 차림새는 내 취향이 아니긴 한데. 아무튼 널 다시 만났으니 됐어."

냅은 그렇게 말하고 더러운 셔츠 안쪽에서 장미 한 송

이를 꺼내 빨간 모자에게 내밀었습니다. 빨간 모자는 그 손을 탁 뿌리쳤습니다.

"아야."

"장미는 됐어요. 그보다 에이미가 말한 '제비 호텔' 모임에 대해 잘 안다는 사람이 냅 씨예요?"

"물론이지."

냅은 목소리를 낮췄습니다.

"그 모임에는 엘렌이 비밀리에 투입한 센리라는 첩자가 있어. 아니, 이 마을 곳곳에 침투한 엘렌의 첩자들이 엘렌을 적대시하는 이들을 모두 오늘 밤 그 모임에 참가하게 꼬드겼다고 해."

"그럼 저한테 '제비 호텔'을 소개해 준 그 아저씨도?"

"센리와 한패겠지."

이럴 수가. 빨간 모자는 자기도 모르는 사이 이미 적들의 손아귀 안에 있었던 셈입니다.

"엘렌에게 접근해 죽이는 건 포기하는 게 좋을 거야. 독이 든 쿠키와 폭탄 와인병 같은 게 통할 리도 없어."

냅은 빨간 모자의 속내를 이미 꿰고 있는 것처럼 말했습니다.

"도대체 냅 씨는 정체가 뭐예요? 어떻게 그렇게 속속들이 잘 알아요?"

"내가 여러 나라를 떠돌아다니며 목수 일을 했다고 하

지 않았나? 구텐슐라프 왕국에 가기 전 이 나라에서 감옥 짓는 걸 도왔어."

"감옥이라니……. 엘렌이 짓게 했다는 그 새카만 감옥이요?"

"그래, 내가 존경하는 건축가 앨빈 씨가 맡는다고 해서 나도 참여했지. 앨빈 씨는 특이한 건물을 짓는 걸로 유명한데, 그 감옥 역시 설계가 특이했고 구조도 아주 매력적이었어. 하지만 어느 날 갑자기 우락부락한 바이킹 녀석들이 현장에 들이닥쳐 요한이라는 우리 동료를 붙잡아 가더군. 나중에 알게 됐는데 그 바이킹들은 엘렌이 독자적으로 고용한 사설 용병단원들이었다고 해."

냅은 나이프로 능숙하게 연어를 잘라 입에 가져갔습니다.

"빨간 모자, 요한은 너와 처지가 아주 비슷했어. 가족이 성냥 의존증에 빠지는 바람에 엘렌을 증오하며 복수할 기회를 노리다가 감옥 건축 작업원으로 몰래 들어간 거야. 하지만 결국 어디선가 정보가 새서 붙잡힌 거지. 소문을 듣자하니 엘렌은 그렇게 붙잡은 사람들을 저 먼 북쪽 숲에 보내 벌목 작업을 시킨다고 해. 요한은 꽤 괜찮은 녀석이라 어떻게든 그곳에서 구해줄 방법이 없을까 궁리했지만 아무래도 혼자 힘으로는 어려울 것 같더군. 또 사방팔방에 엘렌의 첩자들이 숨어 있는 슈펜하겐에서는 일을 벌이기도 어려우니, 감옥이 다 지어지자마자 여기를 떠나 요한을 구할 방법을 궁리하면서 이곳저곳을 전전한 거야."

"그러다가 구텐슐라프까지 오신 거군요. ……하지만 냅 씨는 그곳에서 구출 계획을 세우기는커녕 글리제 씨에게 정신이 팔려 있었죠."

그러자 냅은 주눅 든 기색도 없이 하하 웃음을 터뜨렸습니다.

"이해해 줘. 이탈리아인에게 연애는 삼시 세끼보다 중요하니까. 난 그 뒤로도 글리제를 만나려고 킷센 영감님의 저택에 갔어. 그런데 슈나펜이 날 내쫓으려 해서 화제도 돌릴 겸 넌지시 네 얘기를 꺼내니 네가 엘렌이라는 여자아이를 죽이러 슈펜하겐으로 떠났다는 게 아니겠어? 너희 할머니 얘기도 들려주더군. 그래서 드디어 믿음직스러운 동료를 찾았다고 생각해 서둘러 슈펜하겐으로 돌아오게 된 거야."

냅이 지금 눈앞에 있는 이유를 그제야 이해했습니다. 여자 문제에서는 다소 못 미더운 부분이 있지만 신뢰 못 할 상대는 아닌 듯합니다. 빨간 모자는 그 밖에도 궁금한 게 많았습니다.

"조금 전에 엘렌이 직접 용병단까지 동원했다고 했죠? 설마 그런 짓까지 벌일 줄은 몰랐어요. 계획을 좀 더 치밀히 세워야겠어요."

그러자 냅은 뺨 언저리에 포크를 갖다 대더니 "실은 그 용병단 말인데" 하고 한쪽 눈을 찡긋했습니다.

"얼마 전에 그 얘기가 덴마크 왕국 프레데릭왕의 귀에까지 들어가 강제로 해산됐다고 해. 앞으로도 그 지시에 순순히 잘 따르면 별문제 없겠지만, 만약 또 용병단을 동원하려는 움직임을 보이면 그때는 정식으로 처벌이 내려질 거라고 하던데."

"그렇군요."

"빨간 모자, 나는 그런 상황을 이용하는 방법이 있지 않을까 궁리했어."

"어떻게요?"

"엘렌이 직접 나서지 않으면 해결 못 할 사건을 마을에 일으켜 용병단을 다시 소집하게 하는 거지. 프레데릭왕이 그 소식을 접하면 엘렌에게 왕명으로 정식 처벌이 떨어지게 될 거고."

"하지만."

빨간 모자에게는 순순히 그 작전에 합류 못 할 이유가 있었습니다.

"그럼 엘렌을 죽일 수 없잖아요."

"굳이 죽일 것까지 있겠어? 처벌을 받으면 걔는 이제 두 번 다시 성냥을 못 팔게 될 텐데. 그걸로 충분하지 않아?"

온화한 냅의 물음에 빨간 모자는 잠시 생각에 잠겼습니다. ······분명 엘렌을 죽여봤자 할머니가 되돌아오는 것은 아닙니다.

"……알겠어요. 하지만 어떡해야 엘렌이 용병단을 다시 소집하죠?"

"거기까지는 아직 생각 안 했어."

번지르르한 외모만큼이나 역시 가벼운 남자입니다. 빨간 모자는 팔짱을 끼고 골똘히 생각에 잠겼습니다.

문득 아이디어가 떠올라 다시 눈을 떴을 때 넵은 연어 구이를 다 먹고 입가를 닦고 있었습니다.

"이런 건 어떨까요?"

그러자 넵이 "응?" 하고 기대에 찬 눈빛으로 빨간 모자를 봤습니다.

"오늘 밤 제가 일부러 붙잡히는 거예요."

"일부러 붙잡힌다고?"

"네, 엘렌이 절 만나러 올지 안 올지 모르겠지만 빨간 모자가 달린 빨간 망토를 뒤집어쓴 여자아이는 존재만으로 특이하지 않겠어요?"

"그렇지."

"그리고 그 이튿날부터 마을 여기저기서 빨간 모자가 달린 빨간 망토를 뒤집어쓴 사람이 '엘렌의 성냥'을 파는 가게들을 습격해요. 감옥에 있을 제가 마을에 나타나면 놀란 엘렌이 용병단을 다시 소집하지 않을까요?"

"마을에 나타날 그 빨간 모자는 누군데?"

"당연히 넙 씨죠. 어디서 빨간 모자 달린 빨간 망토를 구해 오셔서 저인 척하고 돌아다니는 거예요."

넙은 텅 빈 접시를 숟가락으로 툭 두드리고 생각에 잠 겼지만 "아니, 그건 좋지 않아" 하고 중얼거렸습니다.

"감옥에 당사자가 있는 걸 확인만 하면 금세 밝혀질 일 이야. 그럼 난 그저 빨간 모자를 쓰고 빨간 망토를 휘날리 는 변태가 되겠지. 엘렌도 그런 상황을 별로 두려워하지 않을 것 같은데."

"그건 그래요."

빨간 모자는 스스로 제안했지만 별로 믿음이 가는 작 전이 아니라고 느꼈습니다. 넙은 포크를 탁자에 내려놓고 "감옥에서 네가 아예 사라져버리면 그때는 엘렌도 겁에 질 릴 수 있겠지만" 하고 웃었습니다.

"어떻게 사라져요?"

"마침 좋은 생각이 떠올랐어. 아까 감옥을 함께 지은 동 료를 우연히 만나서 들었는데, 그 감옥이 완성된 이후 엘 렌은 아직 한 번도 감옥을 찾지 않았다고 해."

"직접 지시해서 만든 감옥인데도요?"

"그래. 그리고 감옥을 설계한 앨빈은 설계도를 우리에 게 맡기고 절반쯤 지었을 때 다른 나라로 가버렸어. 이후 토지 매입과 감옥 건설과 관련된 모든 일은 토비아스라는 비실비실한 노인이 맡았는데, 그 역시 감옥이 완성되기 직전 죽어버렸지. 요한이 체포된 후 우리는 엘렌에게 감정이 상할 대로 상해서 감옥 구조에 대해 '엘렌의 성냥' 사람들에게는 설명해 주지 않았어. 즉, *그 성냥 공장 녀석들은 앨빈이 지은 감옥의 최대 비밀을 그 누구도 모르고 있다는 뜻이야.* 그 비밀만 잘 이용하면 널 감옥에서 사라지게 할 수도 있어."

* * *

"최대 비밀이라니?"

빨간 모자가 거기까지 설명했을 때 엘렌은 험악한 얼굴로 따져 물었습니다.

"어디 빠져나갈 구멍이라도 있었다는 거야?"

"아니, 그런 곳을 통해 빠져나간다고 해도 용병단에 들킬 거야. 난 그보다 훨씬 안전한 곳에 있었어. 감옥의 비밀을 모르는 사람들은 절대 찾지 못할 어떤 곳에, 냅 씨."

빨간 모자가 그를 부르자 스무 명 남짓 되는 빨간 모자들 중 가장 가까운 곳에 있던 사람이 모자를 획 걷었습니다. 반듯한 얼굴이 드러납니다.

"어휴, 이 모자. 깊숙이 쓰고 있으면 어쩌나 더운지 원."

냅은 유쾌하게 웃으며 등 뒤에 숨겨뒀던 석판과 장미한 송이를 꺼냈습니다. 석판에는 감옥을 옆에서 본 구조가 그려져 있습니다.

"엘렌 씨, 처음 뵙겠습니다. 전 당신이 지시한 감옥을 만들 때 참여한 목수 냅이라고 합니다."

그는 우아한 몸짓으로 엘렌에게 장미를 내밀었습니다. 빨간 모자는 옆에서 그 손을 탁 내려쳤습니다.

"아야."

"장미는 됐고 설명부터 해요."

"엘렌 씨, 당신은 앨빈 씨에게 감옥 건설을 처음 의뢰할 때 '엘렌의 성냥'스럽게 지어달라고 했다더군요. 수용자들에게 언뜻 희망을 선사할 듯하다가 어느 순간 절망의 나락으로 훅 떨어뜨리는 그런 이미지의 건물을 요구하셨다던데."

엘렌은 대꾸하지 않았지만, 의뢰했을 당시를 떠올리는 것 같습니다.

"앨빈은 당신 회사의 성냥갑을 유심히 관찰하고 당신이 말한 이미지를 감옥에 덧씌웠습니다. 그래서 이런 구조의 감옥을 만들었죠. 감옥은 성냥갑처럼 이중 구조로 돼 있어요. 천장과 바닥, 바깥벽과 철창이 성냥갑의 바깥 부분에 해당하고, 감옥 안에는 성냥갑 내부에 해당하는 또 하나의 감옥이 있죠. 그 감옥은 마치 손수레처럼 반대편 공간으로 이동할 수 있게 돼 있습니다. 하지만 이 안쪽 감옥은 실제 성냥갑과 달리 바깥벽과 옆면 철창이 없어요. 평소에는 작은 창문으로 빛이 들어오고 바깥 경치도 볼 수 있지만, 반대편 공간은 창문이 없어 늘 어두운 절망의 암흑이 뒤덮고 있죠(그림1 참조). 덧붙이자면 이걸 이동시킬 때 쓰는 도구가 바로 건물 위에 달린 성냥개비 모양 레버들입니다. 격조 높은 장식쯤으로 생각하셨죠?"

엘렌은 놀란 얼굴로 냅이 든 석판 그림을 응시했지만 잠시 후, 고개를 세차게 흔들며 "말도 안 돼!" 하고 소리쳤습니다.

"내 감옥은 이렇게 가로로 긴 건물이 아니야!"

"아무래도 당신은 건물 구조를 제대로 본 적이 없는 것

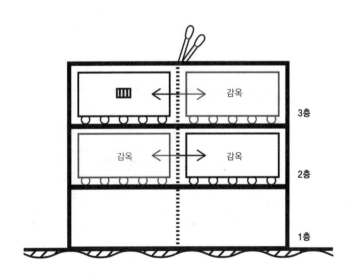

그림 | _ 바다 쪽에서 본 구조

같네요."

넵은 석판 위에 종이 한 장을 덧붙였습니다. 그곳에는 감옥을 위에서 내려다본 그림이 그려져 있습니다. 감옥은 항구와 맞닿은 부분이 긴 L자 모양이었던 것입니다(그림2 참조)!

"육지 쪽에서는 여기 있는 '바다표범 해운'이라는 이름의 *파란 창고*가 옆에 붙어 있는 것처럼 보이죠. 하지만 그건 사실 건물의 절반 부분이고 바다 쪽에서 보면 건물 전체가 확실히 보입니다."

아연실색한 엘렌을 보며 빨간 모자는 슈펜하겐으로 향하던 배 위에서 본 광경을 다시 떠올렸습니다. 자신이 간

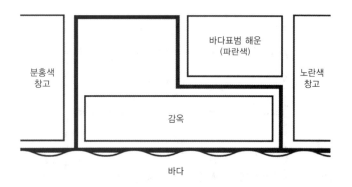

그림 2 _ 위에서 본 구조

혔던, 그 가로로 긴 검정색 건물은 *바다에서 보면 분명 노란색 창고와 분홍색 창고 사이에 있었습니다.*

"아아……."

엘렌의 경호원인 바이킹 차림 남자가 중얼거렸습니다.

"그래서 감옥 안에 불에 탄 성냥이 없었나."

그렇습니다. 어젯밤 빨간 모자가 감옥 안에 떨어뜨린 불에 탄 성냥개비는 빨간 모자가 갇혀 있던 안쪽 감옥을 이동시킴으로써 함께 사라져버렸습니다. 그 사실 때문에 혹여 엘렌이 감옥의 구조를 깨닫지 않을까 염려했지만 아무래도 깨달은 사람은 이 바이킹 차림 경호원뿐인 듯합니다.

"버드레이! 왜 처음 알았을 때 바로 말해주지 않은 거야!"

"말씀드리려고 했습니다. 하지만 갑자기 다른 일이 생겨서……."

"이 바보 멍청이!"

고함을 지르며 길길이 날뛰는 엘렌. 그 옆에서는 센리가 "이해가 안 돼. 정말 이해가 안 돼!" 하고 아우성쳤습니다.

"그 안쪽 감옥을 이동시킨 사람이 대체 누구란 거야?"

"당연히 이 몸이지 누구겠어."

냅이 천연덕스럽게 대답했습니다.

"아마 7시가 지날 무렵이었을 거야. 내가 벽 기어오르는 건 여자들을 유혹하는 일만큼이나 잘해서 말이야. 그다음도 전부 우리 소행이었지. 빨간 모자와 스무 명의 동지들은 암흑 속에서 그저 꾹 참고 있었을 뿐."

"그러니까 그게 이해가 안 된다고!"

센리는 벌겋게 충혈된 눈을 까뒤집으며 외쳤습니다.

"빨간 모자가 달린 빨간 망토는 도대체 어디서 구했지? 슈펜하겐에 그런 건 없을 텐데. 너희는 이 계획을 어제 떠올렸다고 하지 않았나? 고작 하룻밤 사이에 그렇게 많은 빨간 망토를 어떻게 구해? 만약 그런 걸 뒤집어쓴 녀석이나 감추고 있는 녀석이 있었다면 나나 바이킹 용병단이 금세 찾았을 거야!"

빨간 모자는 그의 말을 듣고 흐뭇하게 미소 지었습니다.

"드디어 정체를 공개할 시간이 왔군요, 바바라 할머니."

그러자 녑 옆에 있던 빨간 모자의 망토가 휙 사라졌습니다. 그곳에 있는 사람은 신데렐라 사건 때 처음 만난 마녀, 바바라 할머니였습니다.

"대체 무슨 얘기가 그렇게 기니? 12시가 지나면 어쩌려고 그랬어?"

"엘렌, 센리 씨. 소개할게요. 이분은 마녀 바바라 씨예요. 어제 제가 이 슈펜하겐으로 불렀죠. 이분은 절 새나 곤충으로 변신시켜 주지는 못해도 옷을 만들거나 없애는 건 아주 잘하세요. 비록 신발은 문제가 좀 있지만."

빨간 모자는 그러더니 손에 쥔 토끼 다리 부적을 쳐다봤습니다.

—혹시라도 곤란한 일이 생기면 그걸 하늘에 치켜들고 내 이름을 부르려무나. 몇천 킬로미터가 떨어져 있다 해도 번개처럼 네 곁으로 달려갈 테니.

　실제로 빨간 모자가 감옥 안에서 부적을 치켜들고 "바바라 할머니!" 하고 외치자 바바라는 약속대로 금세 나타나 줬습니다. 계획에는 별로 협조적이지 않았지만 빨간 모자가 감옥에 갇힌 모습을 보고 "어쩔 수 없지" 하더니 밖에 있는 냅과 접촉해 계획을 돕고 나선 것입니다. 물론 성냥 가게를 습격할 때마다 빨간 모자가 달린 빨간 망토를 만들고 없앤 사람도 바바라입니다. 서로 거리가 먼 가게들을 동시에 습격한 것도 일부러 오싹한 연출을 노리기 위함이었습니다.

　"덧붙이자면 냅 씨와 바바라 할머니가 던진 폭탄들은 마을 술집에서 모은 빈 병에 제가 원래 가지고 있던 와인 병 속 폭약을 조금씩 나눠 넣어 만든 거예요."

　빨간 모자는 냅과 밀담을 마치고 레스토랑에서 빈 병을 한 병 받아, 가게 뒤에서 모래를 채워 호텔로 가져갔습니다. 그리고 멀리서 공수해 온 와인병 속 화약 일부를 그 모래 병 속에 옮겨 담고, 나머지는 호텔 밖에서 기다리던 냅에게 건넸습니다.

　냅은 슈펜하겐의 술집을 일일이 돌며 빈 병을 모아 그 화약을 조금씩 나눠 담았습니다. 애초에 한 병으로 저택 하나를 통째로 날릴 수 있는 위력적인 화약입니다. 조금씩 나눠 담았다고 해도 성냥 가게에 화재를 일으키기에는 충분했습니다.

"아무튼 그런 연유로 센리 씨. 당신을 통해 엘렌에게 건넨 건 가짜 와인병이었어요. 그건 던져 봐야 고작 불꽃이 튀는 정도겠죠. 아기는커녕 생쥐 수준도 못 되는 어설픈 장난감이라고 할 수 있겠네요."

그 말에 센리와 엘렌보다 뒤에서 의족을 하고 서 있는 남자가 더 놀라는 듯 보였습니다.

"어쨌든 엘렌, 넌 신출귀몰하는 빨간 모자들 때문에 겁먹어서 결국 우리 계획대로 멋지게 용병단을 소집했어."

"다행히 마침 어제 '엘렌이 또 용병단을 소집하려 한다'라고 성에 전달해 둔 상태였죠."

넵이 머리를 긁적이며 미소 지었습니다.

"아니, 또 하나 이해가 안 되는 게 있어."

센리는 이제는 거의 녹초가 됐지만 그래도 묻지 않고서는 못 배기는 것 같았습니다.

"……넌 감옥에서 어떻게 나간 거야?"

"처음에만 해도 나갈 생각은 없었어요."

빨간 모자의 말을 듣고 센리와 엘렌 모두 눈을 휘둥그레 떴습니다.

"우리 목적은 엘렌이 왕과 한 약속을 어기게 하는 거였으니까요. 그 뒤로 천천히 나가면 그만이라고 생각했죠. 하지만 엘렌은 절 찾으려고 용병단뿐만 아니라 교도관들까지 동원했어요."

"후훗, 그건 좀 놀라웠죠."

냅이 손뼉을 치며 웃었습니다.

"성냥 가게들을 습격하는 도중에 감옥에 들러 보니 아무도 없지 뭡니까. 교도관실에 열쇠도 고스란히 있어서 모처럼의 기회이니 곧장 빨간 모자와 다른 사람들을 풀어 줬죠."

바바라가 허공에 손을 들자 모든 사람들이 뒤집어쓴 빨간 모자가 사라졌습니다. '제비 호텔' 지하실에서 만난 동지들이 험악한 얼굴로 엘렌을 노려보고 있습니다. 바바라 할머니가 신발을 바꿀 때 늘 진흙투성이가 되는 탓에 모두 신발만은 자기 돈으로 마련했다는 것까지 굳이 엘렌에게 설명할 필요는 없어 보입니다.

빨간 모자는 몸을 뒤로 돌렸습니다.

"폐하."

말에 탄 프레데릭왕에게 고개를 꾸벅 숙입니다.

"저희의 장황한 얘기를 들으시느라 고생하셨습니다. 모쪼록 한 말씀을."

왕은 "흐음" 하고 고개를 끄덕이고 엘렌 쪽을 봤습니다.

"엘렌, 나와의 약속을 어기고 또 용병단을 소집한 그대를 그냥 내버려 둘 수는 없다. 지금 이 자리에서 그대를 체포하고 성냥 공장도 폐쇄토록 하겠다."

왕이 신호하자 밧줄을 든 병사 한 명이 엘렌에게 다가갔습니다. 병사가 밧줄로 엘렌의 팔을 묶으려 한 바로 그때였습니다.

"싫어!"

엘렌은 옆에 선 의족 남자의 옷깃을 두 손으로 붙잡고 병사 쪽으로 밀쳤습니다. 너무도 갑작스러운 상황에 남자는 병사와 함께 쓰러지고 말았습니다.

엘렌은 재빨리 열린 공장 문 사이를 지나 안으로 도망쳤습니다.

"쫓아라!"

왕이 호령하자 병사들이 공장 안으로 우르르 돌진했습니다.

13

황금 벽지가 천장에 달린 샹들리에 빛을 반사해 찬란하게 반짝입니다.

가운데에는 커다란 거북 장식.

그리고 거북 장식 위에는 네 개의 황금 조각상이 얼굴

을 위로 든 채 하늘을 우러러보고 있습니다.

그 네 조각상의 얼굴이 받치는 것은 코르크로 만든 지구본이었습니다.

지구본 표면에 수많은 성냥개비 모양 핀이 꽂혀 있습니다.

엘렌은 지금 루비와 다이아몬드로 장식한 발판 위에 서서 그 지구본을 내려다보고 있습니다.

핀이 꽂힌 곳은 모두 '엘렌의 성냥' 지사가 세워진 곳입니다. 전부 몇 개 있는지 이제는 셀 수 없을 지경입니다.

"사장님."

금색 턱시도를 입은 집사가 다가와 엘렌에게 공손하게 성냥 모양 핀을 내밉니다.

"축하드립니다. 마침내 아라비아에도 지사를 설립하게 됐습니다."

"그렇구나."

엘렌은 기쁨을 억누르고 침착하게 핀을 받아 들었습니다.

"지사 문제와 관련하여 게르핫산 왕자님께서 사장님을 꼭 만나 뵙고 싶다고 하셨습니다."

"언제든 괜찮다고 전해줘."

엘렌은 지구본 위 아라비아 지역에 핀을 꽂았습니다.

"사장님." "사장님."

이번에는 은색 턱시도를 입은 집사와 에메랄드그린 턱

시도를 입은 집사가 나타나 역시 핀을 내밉니다.

"인도 퐁디셰리와 마드라스에서 사장님의 성냥 인기가 대단하다고 합니다. 영국 영사는 사장님의 성냥불로 끓인 물이 아니면 홍차를 마시지 못할 정도라고 합니다."

"청나라의 황제가 사장님의 성냥에 대한 사례로 비취 항아리 이백 개, 호랑이 가죽 삼백 장, 진미로 유명한 원숭이 머리 오백 개를 보냈습니다. 황제는 앞으로도 사장님의 성냥을 영원히 공급받고 싶다고 합니다."

"그렇구나."

이번에는 무심코 웃음이 새어 나왔습니다.

"모두가 내 성냥을 정말 좋아하네."

거금과 선물이 잇달아 도착합니다. 동시에 지구본 위에도 점점 성냥개비 핀이 늘어납니다.

엘렌은 성취감을 만끽하며 눈을 감았습니다.

예전 일이 눈앞에 떠오릅니다.

아홉 살의 비참했던 나. 가진 게 아무것도 없는, 작고 꾀죄죄했던 나. 심지어 눈 속에서 얼어 죽을 뻔하기도 했습니다. 그대로 죽었다면 아마 지나가던 누군가가 쓰레기와 함께 땅에 묻어버렸겠지요. 인간은 원래 그런 존재니까요.

돈 없는 인간은 평생 비참한 꿈이나 꾸면서 살 수밖에 없다. 꿈꾸는 데는 돈이 들지 않으니까. 그날 엘렌을 향해 침을 뱉은 남자는 그렇게 말했습니다. 그는 아무것도 몰랐습니다. 평생 비참한 꿈을 꿀 수밖에 없다는 것은 꿈꾸는 방식이 서툴기 때문입니다. 세상 모든 부를 손에 넣겠다고 굳세게 마음먹고 악착같이 돌진하다 보면 값비싼 꿈에 어울리는 사람이 될 수 있습니다.

눈을 뜨니 황금이 빛나고 있습니다. 꿈에야말로 돈을 들여야 합니다. 그럼 더 많은 부를 손에 넣을 수 있으니까요.

지금은 이렇게 거부가 된 엘렌에게 그 누구도 침을 뱉지 못할 겁니다. 얼어 죽을 정도로 추운 날 장갑도 끼지 못한 채 쫓겨나는 상황이 두 번 다시 일어날 리 없습니다.

"후후후, 하하, 하하하……!"

온 세상이 엘렌을 우러러보고 있습니다. 이 세상에는 엘렌이 꼭 필요합니다. 세상 모든 소녀가 장래 희망을 '엘렌처럼 되는 것'이라 말하겠지요.

엘렌은 소리 높여 웃었습니다. 소리 높여 웃을 수밖에 없습니다.

"사장님! 터키의 황제가 성냥 십만 갑을 주문하며 사장님을 꼭 만나 뵙고 싶다고 합니다."

부하들이 뒤이어 좋은 소식을 들고 옵니다.

"사장님! 러시아에서도 사장님의 성냥이 날개 돋친 듯이 팔리고 있습니다. 동방의 카자크 수장이 지사 설립에 한몫하고 싶다며 해달 모피 칠십만 장을 보냈습니다."

보고가 끊이지 않습니다.

"사장님! 남미를 조사하던 탐사대가 어제 발견한 높이 400미터의 거대 폭포에 사장님의 존함을 붙이고 싶다고 합니다."

"사장님! 오스트리아의 이름난 음악가가 사장님을 칭송하는 왈츠를 작곡했으니 연주회에 꼭 와주셨으면 한다고……."

"사장님! 미국 의회가 사장님에게 합중국 명예시민 자격을 선사하기로 결정했습니다. 또 대통령 관저에는 '엘렌의 성냥'의 회사 깃발을 다는 것으로……."

"사장님! 타국과의 교류를 꺼리기로 유명한, 일본의 막부 우두머리인 쇼군 도쿠가와가 '엘렌의 성냥'이라면 꼭 무역하고 싶다며 사절단을 보냈습니다. 정말로 놀라운 일입니다!"

"사장님!" "사장님!" "사장님!"

그렇구나. 난 성공한 사람. 난 지배자.

이 세상 모든 게 다 내 거야!

"사장님!" "사장님!" "사장님!"

14

성냥 공장에 진입한 프레데릭왕의 병사들은 얼마 안 돼 다시 공장 밖으로 나왔습니다. 엘렌은 아무래도 공장 뒷문을 통해 도망친 듯합니다. 병사들은 엘렌을 찾기 위해 뿔뿔이 흩어졌습니다. '제비 호텔' 지하 모임 동료들도 그들을 따라가는 바람에 공장 앞에는 빨간 모자와 바바라, 냅, 무당벌레 에이미만 남았습니다.

"이제 어쩌지? 우리도 쫓아갈까?"

냅이 물었지만 빨간 모자는 고개를 흔들었습니다.

"그럼 다 함께 저녁 식사라도? 연어 요리를 아주 잘하는 가게가 있어."

"그거 좋네."

바바라가 동의했지만 빨간 모자는 별로 끌리지 않았습니다.

"전 혼자 산책 좀 하고 올게요."

냅은 뭔가 말하려다 말고 "그래" 하고 어깨를 으쓱했습니다. 빨간 모자는 바바라와 에이미에게도 손을 흔들고 발걸음을 뗐습니다.

화려하고 귀여운 마을 풍경 위로 차가운 어둠이 조금씩 깔리고 있습니다.

이로써 여행은 끝입니다. 이 이상 복수를 노려봐야 허무

할 뿐입니다.

문득 어머니가 떠올랐습니다.

숲속에 있는 그 작은 집에서 분명 이제나저제나 딸을 걱정하며 기다리고 있겠지요.

문득 선물 가게에 들르고 싶어져 상점이 있을 법한 곳으로 향합니다. 그러나 그런 가게는 보이지 않습니다. 아무래도 상점가가 아닌 주택가에 들어온 모양입니다. 가게 같은 건 보이지 않고 옷깃을 세우고 바쁘게 오가는 남자들만 옆을 스쳐 갈 뿐입니다.

어쩔 수 없지 뭐. 그렇게 체념하고 조금 더 걸었을 때 창문으로 불빛이 새어 나오는 작은 골목을 발견했습니다.

웬일인지 그 골목이 신경 쓰였습니다.

빨간 모자는 골목 안으로 들어갔습니다. 조금 더 걷자 또다시 모퉁이가 나옵니다. 별생각 없이 모퉁이를 돌았다가…… 빨간 모자는 멈춰 섰습니다.

그곳에는 엘렌이 있었습니다.

차가운 바닥 위에 앉아서 입을 떡 벌리고 있습니다.

입가가 올라간 걸 보니 웃는 표정입니다. 그러나 눈빛은 공허하고 웃음소리도 들리지 않습니다.

손에는 불붙은 성냥.

그리고 무릎과 바닥에는 다 타버린 성냥개비, 성냥개비, 성냥개비…….

"내…… 거야……."

엘렌은 쉰 목소리로 그렇게 중얼거리고 고개를 뒤로 획 젖혀 넋 나간 얼굴로 하늘을 우러러봅니다.

"이 세상은…… 내……."

그 모습을 가만히 지켜보는 빨간 모자 앞에서 하얀 뭔가가 엘렌의 얼굴 쪽으로 흩날렸습니다.

그것은 슈펜하겐에 내리는 올해 첫눈이었습니다.

역자 후기

　이제는 나올 소재와 트릭은 다 나오지 않았냐는 우스갯소리가 돌곤 하는 미스터리 소설계에서, 기발한 아이디어와 탄탄한 기본기를 갖추면 언제든 훌륭한 완성도와 상업적 성공까지 두 마리 토끼를 거머쥐는 작품이 탄생한다는 것을 다시금 증명한 작품이 있습니다. 바로 '옛날이야기와 본격 미스터리의 환상적인 융합'이라는 문구로 널리 알려진 아오야기 아이토 작가의 『옛날 옛적 어느 마을에 시체가 있었습니다』입니다. 2019년 현지 출간된 『옛날 옛적 어느 마을에 시체가 있었습니다』는 독특한 작풍과 누구나 손쉽게 접근할 수 있는 대중적 소재, 다섯 가지 일본 전래 동화를 본격 미스터리라는 틀 안에 완벽하게 녹여내는 기량을 보여주며 출간한 해 연말 미스터리 랭킹 상위권을 휩쓰는 것은 물론 그해 평단과 대중들에게 가장 사랑받은 작품에 주어지는 '서점 대상' 후보에도 오른 바 있습니다. 작품은 인기에 힘입어 2020년 국내에도 번역 출간돼 많은 관심과 화제를 불러 모았고, 높은 완성도와 뛰어난 재미 덕에 수준 높은 국내 독자들 사이에서도 현지와 비슷한 호평이 쏟아졌지만 유독 한 가지 아쉬운 점으로 꼽힌 것이 있습니다. 일본 전래 동화를 기반으로 하는 바람에 국내 독자들에게는 생소한 원전이 많았다는 점입니다.

그런 독자들의 아쉬움을 풀어 줄 속편이 등장했습니다. 바로 이 작품 『빨간 모자, 여행을 떠나 시체를 만났습니다』입니다. 전편의 성공 이후 현지에서도 '서양 동화를 기반으로 한 작품도 읽고 싶다'라는 속편 요청이 출판사에 쇄도했고, 마치 그런 상황을 사전에 준비라도 한 것처럼 전편 출간 후 채 1년이 지나지 않아 속편이 출간됐습니다. 이번 『빨간 모자, 여행을 떠나 시체를 만났습니다』에서 본격 미스터리로 비틀어낸 서양 동화는 우리에게도 친숙한 「신데렐라」, 「헨젤과 그레텔」, 「잠자는 숲속의 공주」, 「성냥팔이 소녀」입니다. 누구나 제목만 얼핏 들어도 기억날 만한 이야기 속 무대에서 이번에도 흥미롭고 불가해한 사건이 연이어 일어나며 독자의 시선을 사로잡습니다. 전편처럼 독자와 공정한 게임을 추구하는 본격 미스터리로서의 규칙을 철저히 지키면서도 전편보다 수록작이 적은 만큼 단편 하나하나에 공을 들여 이야기를 더 깊이 있게 풀어냈고, 또 모든 단편이 훌륭하지만 작품 사이 접점이 다소 부족했다는 평가를 들은 전편과 달리 이번에는 '빨간 모자'를 탐정 캐릭터로 설정하여, 여러 사건을 차례차례 해결하며 마지막에 하나의 거대한 목표를 향해 가는 연작 단편집의 구성을 잘 살렸습니다. 또 옛날이야기 속 등장인물은 대부분 착하거나 바르다는 고정관념을 깨고 자기 욕망에 충실한 '인간'을 그린 전작처럼 이번에도 특유의 씁쓸한 독후감이 여전한데, 특히 '야망에 불타는 성냥팔이 소녀 vs 명탐정 빨간 모자'의 치열한 대결을 그리면서 모든 이야기가 하나로 수렴하는 마지막 수록작 「소녀여, 야망의 성냥불을 붙여라」는 이번 속편의 명실상부한 백미라 할 수 있습니다.

이 기발한 시리즈를 탄생시킨 작가 아오야기 아이토는 2009년 데뷔 이후 주로 청춘 미스터리를 쓰다가 어느 날 문득 미스터리 작가로서 작풍의 폭을 더 넓히고자 『옛날 옛적 어느 마을에 시체가 있었습니다』를 구상했다고 합니다. 그리고 스토리와 아이디어를 철저하게 다듬고 또 다듬어 전편에 실린 첫 단편 「밀실 용궁성」을 써내기까지 무려 7년이라는 시간이 걸렸습니다. 그런 각고의 노력이 있었기에 이 기발한 '옛날이야기×본격 미스터리' 기획은 성공적인 시리즈로 거듭났고 작가에게 베스트셀러 작가 타이틀을 안겼습니다. 작가는 『빨간 모자, 여행을 떠나 시체를 만났습니다』 출간 후 가진 인터뷰에서 "앞으로도 '소설을 쓴다'기보다 '세계를 만든다'라는 마음으로 집필을 이어 가고 싶다"라는 소회를 밝힌 바 있습니다. 또 시리즈를 계속 이어 갈 생각이며, 특히 이번에 '빨간 모자'를 매력 넘치는 당찬 탐정 캐릭터로 창조해낸 만큼 역시나 한 작품으로 끝내기는 아쉬웠는지 빨간 모자의 더 큰 도전을 그린 속편 또한 집필 중이라고 합니다. 우리에게 친숙한 동화가 아직 무궁무진한 만큼 작가가 다음에는 또 어떤 동화를 소재로 우리에게 재미있고 기발한 이야기를 들려줄지 여러분과 함께 기대하면서 지켜보고 싶습니다.

2021년 가을
이연승

빨간 모자, 여행을 떠나 시체를 만났습니다

1판 1쇄 발행 2021년 11월 9일
1판 2쇄 발행 2023년 2월 15일

지은이 아오야기 아이토
옮긴이 이연승
펴낸이 김기옥

문학팀 김세화 | 마케팅 김주현
경영지원 고광현, 김형식, 임민진

표지디자인 형태와내용사이 | 본문디자인 고은주
인쇄·제본 (주)민언프린텍

펴낸곳 한스미디어(한즈미디어(주))
주소 (04037) 서울시 마포구 양화로 11길 13(서교동, 강원빌딩 5층)
전화 02-707-0337 | 팩스 02-707-0198 | 홈페이지 www.hansmedia.com
출판신고번호 제313-2003-227호 | 신고일자 2003년 6월 25일

ISBN 979-11-6007-741-4 (03830)

한스미디어 소설 카페 http://cafe.naver.com/ragno | 트위터 @hans_media
페이스북 www.facebook.com/hansmediabooks | 인스타그램 @hansmystery